Editora **Charme**

Primeiro os negócios,
depois o prazer...

Herdeira
Profissional

Herdeiras do Duque - Livro 1

AUTORA BESTSELLER DO NEW YORK

MADELINE
HUNTER

Copyright © 2020. by Madeline Hunter.
Publicado pela primeira vez por Kensington Publishing Corp.
O Direito de Tradução foi negociado por intermédio de Sandra Bruna Agencia Literária, SL
Direitos autorais de tradução© 2020 Editora Charme.

Todos os direitos reservados.
Nenhuma parte desta publicação pode ser reproduzida, distribuída ou transmitida sob qualquer forma ou por qualquer meio, incluindo fotocópias, gravação ou outros métodos mecânicos ou eletrônicos, sem a permissão prévia por escrito da editora, exceto no caso de breves citações consubstanciadas em resenhas críticas e outros usos não comerciais permitido pela lei de direitos autorais.

Este livro é um trabalho de ficção.
Todos os nomes, personagens, locais e incidentes são produtos da imaginação da autora. Qualquer semelhança com pessoas reais, coisas, vivas ou mortas, locais ou eventos é mera coincidência.

1ª Impressão 2020

Produção Editorial - Editora Charme
Imagem - AdobeStock
Criação e Produção Gráfica - Verônica Góes
Tradução - Monique D'Orazio
Revisão - Equipe Editora Charme

FICHA CATALOGRÁFICA ELABORADA POR
Bibliotecária: Priscila Gomes Cruz CRB-8/8207

H945h	Hunter, Madeline
	Herdeira Profissional/ Madeline Hunter; Tradução: Monique D'Orazio; Revisão: Equipe Charme; Criação e Produção Gráfica: Verônica Góes – Campinas, SP: Editora Charme, 2020. 304 p. il.
	Titulo original: Heiress for Hire.
	ISBN: 978-65-87150-78-9
	1. Ficção norte-americana	2. Romance Estrangeiro. - I. Hunter, Madeline. II. D'Orazio, Monique. III. Equipe Charme. IV. Góes, Verônica.VI. Título.
	CDD - 813

www.editoracharme.com.br

Herdeira Profissional

Herdeiras do Duque - Livro 1

Tradução: Monique D'Orazio

AUTORA BESTSELLER DO NEW YORK TIMES

MADELINE HUNTER

Este livro é dedicado aos meus filhos Thomas e Joseph.

CAPÍTULO UM

Você o matou?

A voz falou vagamente em sua cabeça, como se viajasse através da distância e do nevoeiro. Não como a voz de sua consciência, não do jeito que ele costumava ouvir essa pergunta. Agora era uma voz diferente. Uma voz de mulher.

Não creio. Ajude-me aqui.

Ele parece morto para mim.

Garanto que ele não está morto. Agora, pegue isso e segure enquanto eu...

Um pouco mais claro agora. Mais próximo. Tão próximo que causou uma pancada de dor em sua cabeça. Cada palavra criava um golpe de martelo. Quanto mais palavras, mais golpes e mais perto elas soavam.

Eu deveria chamar Jeremy para vir aqui.

Não precisamos de Jeremy. Está vendo?

Bam. Bam.

Sem isso, já era ruim o suficiente.

Nós não somos as culpadas aqui. Segure a lâmpada mais perto, para que eu possa ter certeza de que é seguro. Espere, me dê a lâmpada... Pela aparência, este não é um ladrão comum.

O que você está fazendo com isso?

Bam, bam, bam.

Trazendo-o para que eu possa descobrir quem ele é e por que está aqui.

Bam...

O nevoeiro desapareceu, lavado por um ataque de líquido que o forçou a voltar à plena consciência. Ele colocou a pontinha da língua para fora para lamber alguns pingos dos lábios. Não era água. Vinho.

Não abriu os olhos de imediato. Passou alguns instantes acomodando a dor que gritava em seu couro cabeludo. Suas pernas tinham uma sensação estranha e seus braços doíam. Tentou mover os dois e não conseguiu.

Percebeu então que ambos estavam amarrados atrás dele, curvando seu corpo. Alguém o amarrara como uma ovelha, só que para trás.

Ele abriu os olhos para ver o cano de uma pistola a meros centímetros de sua cabeça. Seu olhar viajou pelo braço que a segurava, até que encontrou os olhos escuros e furiosos de uma mulher de cabelos castanhos muito bonita. Ela segurava a pistola como se soubesse usá-la. O olhar brilhante da mulher lhe dizia que ela esperava que ele lhe desse uma boa razão.

Diabos! Aquela noite não estava progredindo como ele planejara.

— Ele parece estar recobrando a consciência — disse Beth. Ela levantou mais o aquecedor de cama, como se fosse dar outro golpe.

— Abaixe isso. Ele está amarrado e eu tenho minha pistola.

— Ele parece grande. As cordas podem não o conter. Ele pode dominar você. Ficarei pronta por precaução.

— Ele não vai me atacar. — Ele, de fato, recobrara a consciência. Seus longos cílios se moveram. Depois de um momento, ele se esforçou contra as amarras. Minerva esperou que ele se acomodasse com sua situação.

Seus trajes pareciam ser de uma qualidade muito alta. O sangue agora manchava uma gravata antes intocada e engomada. Seu rosto poderia ser chamado de bonito, se não fosse pelos ossos fortes que tornavam os ângulos mais severos agora do que bonitos. Algo nele fez seu senso interior disparar avisos que lhe arrepiaram a espinha. Ele parecia ser um cavalheiro rico e... uma autoridade. Qualquer que fosse o motivo dele para entrar naquela casa, não era roubar alguns xelins.

Várias reações a atacaram enquanto ela sustentava a pistola apontada para o rosto severamente bonito. Medo. Vulnerabilidade. Experimentou uma onda de espírito inquieto que a atormentara por mais de um ano uma vez, e que ela pensava que havia banido para sempre.

Finalmente aqueles cílios se levantaram. Os olhos de safira focaram-se na pistola, depois o olhar dele subiu até fitar diretamente os dela. Ele novamente repuxou as amarras que o continham.

— Minerva Hepplewhite, presumo? Meu nome é Chase Radnor. Peço desculpas pela falta de uma apresentação adequada.

Beth respirou fundo.

— Estranho para um ladrão fazer tanta questão de etiqueta e tudo mais.

Só que ele não era um ladrão, era?

— Você pode me desamarrar — disse Radnor. — Nunca me arrisco com pistolas e, de qualquer forma, não sou um perigo.

— Você é um intruso. Pretendo deixá-lo assim enquanto dou minha palavra contra você — rebateu Minerva.

— Se fizer isso, não dará em nada e apenas atrasará minha missão. Agora, desamarre-me. Tenho algo importante para lhe dizer que explicará por que estou aqui.

Ela odiava como isso provocava sua curiosidade e também sua apreensão. Ele poderia lhe dizer que a investigação da morte de Algernon havia sido retomada. Por outro lado, poderia revelar que finalmente o caçador envolvido no acidente fora encontrado. Ou ele poderia dizer que viera para levá-la ao cadafalso.

Ela se recompôs. Era tolice criar monstros sobre a presença daquele estranho. Não havia nada para indicar que ele sabia sobre sua identidade e vida antigas.

— Explique-se primeiro. — Ela sustentou a pistola firmemente. — Não estou inclinada a confiar em um arrombador de casas.

Ele deu um puxão furioso nos laços atrás das costas e estreitou os olhos.

— Eu vim para informá-la de algo que a beneficia significativamente.

— E o que é?

— Você herdou dinheiro. Uma grande quantia.

Chase não gostou quando os planos cuidadosamente elaborados falharam. Naquele momento, ele fez uma careta enquanto a criada chamada Beth dava batidinhas em seu couro cabeludo para limpar o sangue da ferida.

Uma boa quantidade de sangue. Ele sabia desde o seu tempo no exército que as feridas no couro cabeludo eram notórias por sangrar, por menores que fossem.

Não que a dele parecesse tão pequena. Ainda latejava como um martelo. Ele estava sentado em um banquinho, enquanto a mulher robusta cuidava dele. A um metro e meio de distância, Minerva Hepplewhite esperava pacientemente, observando. Maldição, *relaxando*. A pistola agora estava em uma mesa ao lado de onde ela descansava em um divã.

Ela parecia composta. À vontade. Minerva Hepplewhite tinha um nível de autocontrole que o irritava inexplicavelmente.

— Esclareça — disse ela. — Se tinha informações para me dar, por que não apareceu na minha porta e apresentou seu cartão?

Isso era difícil de explicar sem colocá-la em alerta.

— Queria provar que você era Minerva Hepplewhite. Não queria arriscar falar com a mulher errada.

Ela fez uma careta.

As mãos no couro cabeludo se afastaram, depois retornaram e lhe pressionaram a cabeça. Quase amaldiçoou a mulher, mesmo sabendo que ela só aplicava um cataplasma.

A criada chamada Beth deu um passo para trás, levando consigo o perfume barato de água de rosas.

— Pronto. Não deve sangrar muito agora. Você vai querer que o pajem lave seu cabelo cuidadosamente por um período. Umedecer sua camisa em água salgada deve ajudar a tirar o sangue. — Ela apontou para os casacos dele. — Mas não há muita solução para aquelas manchas.

As duas mulheres trocaram olhares. Beth saiu da biblioteca e fechou a porta atrás de si.

— Como me achou? — indagou Minerva Hepplewhite.

— É minha profissão encontrar pessoas.

— Ah, você é um agente. Não é uma tarefa estranha? Achei que sua profissão era encontrar amantes de pessoas casadas e depois delatar os malfeitos aos cônjuges.

Ele também fazia isso. Era o trabalho menos interessante e uma tarefa que ele não procurava, embora acontecesse com muita frequência, já que tantos cônjuges cometiam tantos malfeitos.

— Não sou um agente. Sou um cavalheiro que, de vez em quando, conduz interrogatórios discretos.

— Se a tênue distinção lhe dá o conforto de não ser um criado, apegue-se a ela.

Ele se levantou. Seu escalpo deu algumas boas marteladas em resposta, mas não tão ruins quanto antes.

— Conte-me sobre essa herança — pediu ela.

Ela usava um vestido de casa, que ostentava uma boa quantidade de renda espumosa em volta do pescoço e na bainha, mas já vira dias melhores. Disforme, mas suave, revelava sua silhueta enquanto ela se sentava ali, ondulando sobre a almofada rosé desbotada do divã.

— Uma fortuna foi deixada para uma mulher chamada Minerva Hepplewhite, atualmente residente em Londres, pelo falecido duque de Hollinburgh.

Ele tirou satisfação da forma como os olhos dela se arregalaram. Então ela riu.

— Que absurdo. Deve ser uma piada. Por que o duque de Hollinburgh me deixou uma fortuna?

Ele encolheu os ombros.

— Acredite em mim, essa é a pergunta que não quer calar para mim também. Você deve ser... uma boa amiga? Uma criada da família? Uma... amante?

O franzido na testa dela se dissolveu, e um sorriso largo tomou seu lugar.

— Uma amante? — Ela gesticulou, com a mão extremamente adorável, ele notou, para o cômodo onde se encontravam. — Parece-lhe que desfrutei dos favores de um duque? Viu algum lacaio na entrada? Uma bela carruagem no pátio?

Assim como aquele vestido de casa, apenas móveis úteis povoavam a biblioteca, e nada disso era novo. Certamente dava sustentação ao que ela estava dizendo, pois aquela casa modesta na Rupert Street dificilmente satisfaria a amante de um duque... pelo menos, era o que parecia.

Ainda sorrindo, ela sustentou o olhar dele com o seu. A mulher tinha talento para cativar atenções com aquele foco persuasivo. Ela parecia convidá-lo a olhar dentro de sua alma, a saber se falava a verdade ou não. A descobrir... tudo. Ele não era imune à sedução. E essa mulher era atraente como uma maldição. Distintiva. Incomum. Sua desconcertante autoconfiança a tornava interessante.

— Sr. Radnor, não só eu não era a amante de curto ou de longo prazo desse duque, como também nunca o conheci.

E, com essas palavras, a tarefa atual de Chase de repente se tornou muito mais difícil.

Uma fortuna. Um duque. Minerva tentou absorver a revelação surpreendente.

— Deve haver algum erro — ela murmurou.

Radnor balançou a cabeça.

— Minerva Hepplewhite não é um nome comum. Encontrei-a colocando um anúncio no *The Times*. Um de seus vizinhos se manifestou e me deu indicações para encontrá-la.

Ela se levantou e andou de um lado para o outro enquanto absorvia o choque. Quase esqueceu que Radnor estava em pé junto à lareira, até que ela se virou para refazer os passos e o viu lá. Alto. Sombrio. Formidável. Uma postura rígida. Talvez ele tenha sido do exército. Suas feições um tanto rústicas ficariam bem de uniforme, proferindo ordens em campo. Seus olhos azuis alternavam entre piscinas profundas e barreiras geladas.

O estranho exalava poder e autoridade; era o tipo de homem que tentava uma mulher a querer depender dele para receber proteção e cuidados. E, talvez, muito mais. Ah, sim, a presença do sr. Radnor continha esse tipo de poder também. Ela sentiu vontade de acreditar em qualquer coisa que ele dissesse, meramente para cair em suas boas graças.

— Qual é o valor dessa herança?

— Existe um legado direto de dez mil libras.

Ela ofegou, os olhos arregalados, depois se afastou enquanto assimilava o choque.

— Há também a sociedade em uma empresa na qual o duque havia investido — disse ele em resposta. — Isso contém a promessa de muito, muito mais.

Pela primeira vez em sua vida, ela se preocupou que pudesse desmaiar. Descobrir uma coisa dessas e de uma maneira tão estranha...

A surpresa a deixou séria. Sua mente clareou e seus pensamentos alinharam os eventos daquela noite. Ela se virou e olhou para ele.

— Quem é o senhor? Por que foi enviado para me encontrar?

Ele dobrou o cotovelo na beira do console da lareira e relaxou em uma pose de indiferença aristocrática.

— O duque era meu tio. O herdeiro dele, meu primo, pediu que eu ajudasse o advogado a encontrar os legatários desconhecidos para que a herança pudesse ser transmitida em tempo razoável e oportuno.

Seu primo era o novo duque. Isso o fazia o neto de um duque anterior. Ela tentou imaginá-lo em um baile da sociedade, mas continuou enxergando-o com o uniforme de um centurião romano. A contar pelas evidências reveladas através de suas calças justas, ele tinha as pernas para ficar bem vestido de romano.

— Como o duque morreu?

Ele não respondeu imediatamente, o que apenas aumentou o interesse dela.

— A mansão no campo tem um parapeito na linha do telhado atrás da qual se pode andar. Ele costumava ir lá à noite para tomar um ar. Infelizmente, uma noite ele... caiu.

A leve hesitação e a sutil mudança de tom lhe provocaram um arrepio na espinha. Ela venceu a surpresa e manteve a compostura.

— Um acidente, então.

— É o mais provável.

— O senhor não tem certeza?

— Provavelmente será investigado. Os duques têm seus privilégios, mesmo na morte.

Ela avançou sobre ele até ficar a apenas um metro e meio de distância e olhou bem nos olhos dele.

— Acho que o senhor acredita que não foi por acidente. O senhor acredita que ele foi empurrado. — Ela parou mais perto. — Talvez acredite que fui eu quem o empurrou.

O gelo com o qual ele encontrou seu olhar derreteu e, por um instante, ela viu o suficiente nos olhos dele para saber que estava certa.

— De forma alguma — ele mentiu. — Agora, para reivindicar essa herança, você precisará se apresentar ao advogado que está atuando como executor do legado. — Ele enfiou a mão no casaco e tirou um cartão. — Aqui está o nome dele e a localização de onde ele está alojado.

Ele fez parecer muito simples. Só que não era. Esse legado complicaria tudo e reabriria uma porta perigosa.

Ela pegou o cartão.

— Vou me apresentar.

Enquanto ele caminhava em direção à porta, ela olhou para o cartão do advogado.

— Oh, há mais uma coisa — disse ele, voltando-se. — O advogado pode perguntar sobre sua história, para garantir que você é a mulher certa. O testamento se refere a você como Minerva Hepplewhite, anteriormente conhecida como Margaret Finley de Dorset, viúva de Algernon Finley.

Então ele se foi, deixando-a totalmente atônita.

Ela juraria que ninguém em Londres sabia sobre sua história, exceto Jeremy, filho de Beth, e a própria Beth. *Ninguém*.

No entanto, aparentemente esse duque — o duque de Hollinburgh — sabia exatamente quem ela era.

Agora que parava para pensar a respeito, tinha certeza de que o sr. Radnor não havia entrado em sua casa para garantir que obtivesse sua identidade correta, como ele alegara. Havia melhores maneiras de fazer isso. Ele tomara essa atitude porque tinha suspeitas sobre ela.

Talvez porque ele já soubesse da acusação de assassinato da qual ela fugira em Dorset.

Na manhã seguinte, Chase saiu de seu apartamento e atravessou a St. James's Square caminhando. Ele se aproximou de uma série de edifícios na margem oeste de Whitehall.

Robert Peel havia escrito, pedindo que ele o encontrasse às nove horas. Ninguém mais estava ali ainda. Chase se perguntou se esse era o plano ou se, como filho de um industrial, o secretário do interior sempre começava o dia àquela hora.

Se o pedido viesse do último secretário, Chase teria recusado. Ele não gostava de Sidmouth, nem aprovava como ele havia usado o poder do ministério. Havia agentes demais mal supervisionados causando problemas demais por toda parte para seu gosto. Peel, no entanto, havia se mostrado hábil em encontrar outras maneiras de conter a agitação e já havia conduzido uma reforma das leis criminais através do Parlamento.

Um homem bom, pelas evidências demonstradas até o momento. Seu pai acumulou uma tremenda riqueza em suas fábricas têxteis e outros empreendimentos, e o filho fora criado e educado para ocupar um lugar no governo e na sociedade. O seguinte Pitt, o Jovem, dizia-se. O secretário do interior, já protegido por Wellington, provavelmente seria o primeiro-ministro e herdaria não apenas essa riqueza, mas também o título de baronete que seu pai havia recebido.

Quando ele entrou no corredor do Tesouro e caminhou sob seus cofres de pedra, viu uma silhueta no final. De altura e tamanho medianos, o homem tinha cabelos cortados ao estilo da moda e um rosto com traços regulares, exceto pelo nariz aquilino proeminente. Peel vinha andando para encontrá-lo no meio do caminho e vestia seu sobretudo. Parecia que eles não falariam no escritório. Chase concluiu que aquele momento cedo no dia tinha o propósito de evitar testemunhas, afinal.

Depois de cumprimentá-lo, Peel olhou o cataplasma em sua cabeça.

— Espero que o outro sujeito tenha se saído pior.

Não, a mulher que fez isso está tão ilesa quanto não arrependida. Ele considerara Minerva Hepplewhite muito tempo durante a noite, em conflito com a maneira como ela, ao mesmo tempo, o incomodava e... o fascinava. Se ele estava certo sobre a morte de seu tio, no entanto, ela continuava sendo a culpada mais provável. Não apenas sua repentina boa sorte dizia isso, mas também a própria autoconfiança que o impressionara. Ela não deveria ser subestimada.

— É uma pequena ferida; parece pior do que é.

— Caminhe comigo — pediu Peel.

Eles sincronizaram o passo e começaram a refazer lentamente o caminho por onde Chase tinha vindo.

— É minha esperança que você possa resolver um enigma para mim — iniciou. — Tem a ver com a morte do seu tio.

Peel esteve entre os muitos que haviam comparecido ao funeral. Assim como o pai de Peel, com quem o falecido duque tinha alguns negócios.

— Se as coisas tivessem progredido como normalmente progridem, se

o herdeiro recebesse tudo, todos diriam que era uma pena que ele tivesse caído, e isso seria tudo — disse Peel. — A situação desse testamento dele está na boca do povo, receio. Tanto dinheiro e tão pouco para a família.

— Isso já é de conhecimento comum, não é?

— Suas tias e alguns primos não se calaram com a decepção que sentiram.

— Era a fortuna pessoal dele, para fazer dela o que quisesse.

— Claro. Claro. E, no entanto, tantos parentes irritados. Circunstâncias ambíguas. Legados misteriosos. Implora uma explicação.

Os legatários misteriosos certamente exigiam. Três nomes. Três mulheres. Ninguém na família tinha ouvido falar de nenhuma delas, e Chase só havia encontrado uma na semana anterior. Na fúria que encontrara a leitura do testamento, uma variedade de caracterizações dessas mulheres havia sido posta à mesa por membros da família, nenhuma delas lisonjeira.

O que eram essas mulheres para o tio Frederick? Minerva alegava que não era amante; talvez as outras também não. Elas podiam nunca ter conhecido o duque, assim como ela afirmara que não. Elas poderiam estar mortas, até onde todos sabiam. Alguns parentes contavam com isso.

Tio Frederick seria tão excêntrico, tão perverso, a ponto de destinar uma porção considerável de sua propriedade pessoal a três mulheres com as quais não tinha nenhuma relação? Chase não rejeitou a ideia de imediato, mas, se isso tinha acontecido, como seu tio escolhera essas mulheres em particular?

— Se diz que tudo isso implora por uma explicação, não vou discordar de você.

— Não sou eu quem falo. Minha inclinação é deixar tudo como está. É o rei, no entanto, que diz isso. O primeiro ministro concorda. Outros ministros e vários duques me visitaram. Meu próprio pai, que o céu nos proteja... tenho recebido muitos sermões a semana toda. "De jeito nenhum ele caiu." Esse tipo de coisa.

Eles continuaram seu lento passeio pela rua.

— Suponho que tenha ido até lá e dado uma olhada na passarela e no parapeito. Qual é a sua visão sobre as coisas?

De jeito nenhum ele caiu.

— Não investiguei o suficiente para ter uma visão. Presumi que, se alguém fosse investigar o assunto, seria o seu ministério.

— Ah, sim. No entanto, fazer isso apenas alimentaria a tempestade. Seria muito público. Todos saberiam que há suspeitas. Seria um escândalo para toda a sua família, não importa o que fosse descoberto. Daí o enigma.

— Certamente você tem alguém que possa ser discreto.

— É certo que viria à tona se lançássemos uma investigação oficial. Os melhores agentes à minha disposição também não são conhecidos por serem delicados. O insulto à sua família será intenso. A destruição da privacidade deles é impensável. — Peel parou de andar e o encarou. — Você tem experiência em tais coisas, acredito. Desde o seu tempo no exército, e agora na sociedade. Você é um homem para ser contatado quando investigações discretas são necessárias, foi o que me disseram.

— Se está sugerindo que eu conduza essa investigação para você, deixe-me salientar que não estou desinteressado.

— Conto com o seu interesse. Ele era como um pai para você. Você era o sobrinho favorito. Tenho certeza de que você quer saber o que aconteceu. Na verdade, suponho que pretendia conduzir uma investigação por conta própria, não importa o que fizéssemos.

Diabos, sim, ele planejava descobrir o que acontecera. Isso era diferente de atuar como um agente do Ministério do Interior, no entanto.

— Minha posição comprometerá qualquer relatório que eu forneça.

— Quer dizer que, se as informações apontarem para alguém próximo a você, ou para uma conclusão que difamaria o bom nome de seu tio, você será tentado a fechar os olhos ou lidar com isso da maneira que os cavalheiros costumam fazer. — Peel sorriu vagamente. — Bem, sim.

Você o matou? Aquele sorriso de quem sabia ou tinha uma opinião forte sobre algo fez a pergunta ecoar silenciosamente em sua cabeça.

— No entanto, sua integridade nunca será questionada — continuou Peel. — Você é conhecido como um homem de caráter, mesmo que seus métodos às vezes não sejam convencionais.

Peel estava conversando com pessoas, isso estava claro. Ele provavelmente recebera mais informações do que Chase queria pensar.

— Não importa o que eu ache, haverá quem pense o pior.

— Não vamos nos preocupar com *essas*. Minha única preocupação é com pessoas muito específicas que querem que isso seja abafado. Você não seria empregado por nós, é claro. Você não seria um dos nossos agentes. Seu relatório seria exclusivamente para mim, e seria particular. Eu, de minha parte, posso responder a essas pessoas específicas, em caráter particular.

— E se uma ação menos particular for necessária? Estamos falando de um possível assassinato. — Usar a palavra assim sem titubear soava gritante em toda aquela conversa educada.

Peel lançou-lhe um exame rápido e profundo com o olhar.

— Se você concluir que a justiça exige uma ação formal e oficial, isso terá que ser feito. — Eles começaram o caminho de volta para o corredor.

— Posso começar o meu dia sabendo que isso foi combinado? — Peel perguntou. — Gostaria de enviar alguns recados indicando que a investigação extraoficial está em andamento.

Chase avaliou a oferta. Peel havia redirecionado o enigma para ele. No entanto, ele pretendia usar suas habilidades para determinar exatamente o que havia acontecido naquele telhado. Se aceitasse essa missão particular, pelo menos não haveria um agente do Ministério do Interior cruzando seu caminho. Por outro lado, mesmo em uma competência extraoficial, sua opção de fechar os olhos seria seriamente comprometida. Encontrar a verdade se tornaria uma questão de dever, não apenas de curiosidade pessoal.

Talvez isso fosse o melhor.

— Pode escrever suas correspondências para o rei e para o primeiro-ministro. Farei a investigação e a levarei até onde ela chegar.

CAPÍTULO DOIS

Duas manhãs depois de atingir Chase Radnor na cabeça, Minerva servia café em três xícaras, sentada à mesa de madeira gasta da cozinha. Beth despejou três conchas de mingau em tigelas e depois colocou na mesa um pedaço de pão junto com manteiga e queijo. Jeremy, sempre educado em suas maneiras à mesa, esperou que as duas se sentassem com ele sob as vigas do teto no espaço cálido. Em seguida, começou a comer com o apetite do jovem que era.

Quando olhava para ele, Minerva ainda enxergava o garoto que Jeremy tinha sido recentemente. Às vezes, tinha que se lembrar de que ele agora tinha vinte e um anos.

Ela partiu um pedaço de pão, colocou a colher no mingau e o viu devorar o queijo. Ele provavelmente ainda estava em fase de crescimento. Ela se lembrava de quando ele era um garoto loiro e magro de quinze anos. Agora, era um homem loiro e magro, cujo corpo estava se preenchendo, mas ainda era esbelto por natureza. Seu cabelo estava comprido porque ele dizia que a mãe sempre o fazia parecer um criado quando o cortava.

Ele finalmente desacelerou o ritmo o suficiente para falar.

— Vocês deveriam ter me chamado, é tudo o que estou dizendo.

Ele retomava uma conversa do dia anterior, quando soubera da aparição incomum do sr. Radnor.

— Se você não tivesse se mudado para a antiga cocheira, ainda estaria aqui — murmurou Beth.

— Isso de novo não, mãe.

— Só estou dizendo que com você lá atrás poderíamos ter sido massacradas durante o sono e você nem saberia.

— Pelo menos ele não seria massacrado também — disse Minerva. — Nós nos saímos bem, Jeremy. Ele não sabia o que o tinha atingido até recobrar a consciência. Pois bem, agora quero falar sobre o legado.

Jeremy sorriu.

— Eu também. É muito dinheiro. Sonhei com uma bela parelha de cavalos e uma carruagem durante a maior parte da noite passada.

— Estou feliz que você estivesse sonhando. Eu não dormi nas últimas duas noites. Fiquei chocada demais — opinou Beth. — Dez mil é uma fortuna. E há mais, você disse. Mesmo cem seria uma riqueza pela qual eu jamais ousaria rezar. Você será mais rica do que algumas damas distintas por aí.

— *Todos nós* seremos ricos — corrigiu Minerva. — Eu ainda estou tão atônita quanto você. É de deixar qualquer um atônito. Principalmente porque eu nunca conheci esse duque. Estou certa disso.

— Você deve tê-lo conhecido em algum momento e simplesmente não se lembra — rebateu Jeremy.

— Eu me lembraria de conhecer um *duque*.

— Talvez ele seja um desses sujeitos peculiares que gostam de fazer coisas estranhas, como dar dinheiro a estranhos — continuou Jeremy. — Você simplesmente teve sorte.

— Eu não tenho explicação, exceto essa. No entanto, ele sabia sobre mim, então não foi inteiramente aleatório.

— Sabia demais, na minha opinião — Beth murmurou.

Minerva escolheu ignorar essa parte.

— Algum dia descobriremos como isso aconteceu, mas pretendo aproveitar o milagre. Enquanto você sonhava com cavalos, Jeremy, eu estava pensando em como poderíamos usar parte desse dinheiro. Tenho alguns planos sobre os quais quero lhes contar.

— Então você pretende visitar esse advogado e reclamar a herança? — perguntou Beth. — Não estou dizendo que não é tentador. Eu também sonhei no último dia. Eu poderia me beneficiar de algumas panelas novas, por um lado, e de algumas toucas. Mas parece perigoso para mim. E se... — Ela enfiou a colher no mingau. — Você está aqui em segurança há cinco anos. Cinco anos sem ninguém saber sobre o seu casamento... ou sobre o resto. Porém, isso pode estar prestes a abrir uma porta que fechamos e trancamos. — Ela lançou um olhar severo para Minerva.

Minerva considerava Beth sua melhor amiga, então levou esse olhar a sério. Beth trabalhara por meio salário como criada na casa de Algernon, a fim de poder ter o filho mais novo consigo. Ela também se tornara uma mãe para a jovem noiva que Algernon trouxera para casa. Muito antes de Minerva encontrar uma maneira de escapar daquela casa, esses dois acabaram se tornando sua verdadeira família.

— Beth, rejeitar o legado não mudará a verdade de que meu passado agora está vinculado ao meu novo nome. Ambos os nomes foram usados nesse testamento.

— Pare de tentar estragar a diversão, mãe. Minerva vai ser rica. — Jeremy levantou os braços e balançou as mãos enquanto ria. — *Rica! RICA!*

— É melhor você contar o resto a ele, Minerva, antes que ele me chame de velha louca por me preocupar tanto.

— O resto? Do que a senhora está falando?

— Jeremy — iniciou Minerva. — Ontem, quando contei sobre a visita de Radnor, deixei de lado alguns pequenos detalhes.

— Pequenos quanto?

— Não são nada pequenos — disse Beth. — Grandes. Imensos.

— Por que não me deixar decidir qual dessas opções? — Jeremy agora ficou sério.

— As circunstâncias da morte do duque foram peculiares o suficiente para encorajar investigações.

— Você disse que ele caiu de um telhado. Que foi um acidente.

— Essa é a maneira mais provável de ter acontecido.

— Está querendo dizer que talvez não tenha sido um acidente? — O rosto dele ficou tenso. — Você deveria ter me contado imediatamente. Isso explica por que Radnor entrou furtivamente e por que estava no seu gabinete. Ele estava procurando algo.

— Não tenho certeza, mas é o que diz minha intuição. Se houvesse uma dúvida sobre como o duque morreu, seria natural pensar em *mim*. Eu sou desconhecida da família e estou me beneficiando com a morte dele. Nessas circunstâncias, seria de se esperar que o sr. Radnor ficasse curioso. Se eu estivesse no lugar dele, também ficaria.

— Como você faz isso parecer razoável... — disse Beth. — É como se estivesse desculpando o patife.

Talvez ela estivesse. Nesse caso, provavelmente tinha a ver com ter sonhado com Chase Radnor na noite anterior. Minerva culpava sua feminilidade ressecada por isso. Sonhos escandalosos a atormentavam havia vários meses, daqueles em que seu falecido marido, Algernon, misericordiosamente não aparecia. Em vez disso, apareciam homens que chamavam sua atenção, mesmo que ela apenas os tivesse visto de relance. Lacaios que passavam. Lojistas bonitos. Cavalheiros que caminhavam pela rua. Eles invadiam sua cabeça até que ela acordasse sentindo calor e frustração.

Ela presumira que, depois de suas experiências com Algernon, nunca mais teria interesse em tais coisas. Porém, ao que parecia, a natureza humana encontrava seu caminho mais cedo ou mais tarde, mesmo com pessoas como ela. Apesar da inquietação daqueles sonhos, ela acolheu com satisfação o indício de que uma parte morta sua poderia estar rejuvenescendo, mesmo que fosse apenas enquanto dormia.

Na noite anterior, com o sr. Radnor, as coisas haviam progredido além do normal. Minerva ainda não tinha purgado as imagens do sonho da cabeça. Em particular, ela continuava vendo-o de pernas desnudas. O sonho o havia abençoado com belíssimas pernas.

— Agora você vê por que estou preocupada? — Beth perguntou a Jeremy.

Minerva podia ver Jeremy ligando os fatos em sua cabeça e imaginando cada passo lógico. Afinal, o próprio pensamento de Minerva também tinha seguido o mesmo caminho.

Se o duque tinha sido empurrado de cima do telhado, alguém o tinha feito. Se Radnor ou um magistrado começasse a procurar o culpado, aqueles que se beneficiassem da morte seriam investigados. Se investigações profundas fossem feitas sobre Minerva Hepplewhite, alguém saberia que, enquanto era Margaret Finley, ela era suspeita de assassinar o marido. Não apenas se tornaria uma suspeita importante na morte do duque, mas a morte de Algernon também poderia receber outro olhar.

— Eu digo que devemos deixar Londres — opinou Jeremy. — Será um inferno desistir da fortuna, mas será mais seguro para você dessa maneira.

Não apenas para ela, Minerva sabia. Para sua família também. Para Beth e Jeremy.

Ela estendeu os dois braços e pegou as mãos de Jeremy e Beth nas suas, segurando-as com força.

— Para onde iremos? Como viveríamos? Conseguimos chegar até aqui porque eu tinha algumas joias para vender, mas elas se foram agora. — Era uma bênção que, nos primeiros dias de seu casamento, Algernon tivesse lhe dado as joias de sua mãe e que os credores não pudessem reivindicá-las após a morte dele.

— Vou procurar trabalho — avisou Jeremy.

— Eu também posso procurar — acrescentou Beth.

— Não — decretou Minerva. — Nós não vamos arrumar nossos baús e desaparecer da noite para o dia. Eu prometo a vocês: se algum dia parecer que algum de nós está em perigo, deixaremos a Inglaterra. Espero que eu já tenha recebido alguns dos recursos dessa herança se isso acontecer, para que não fujamos apenas com a roupa do corpo. — Ela apertou as mãos deles. — Juro que não serei influenciada a ficar por nenhuma fortuna, se acreditar que algum de nós corre risco. Porém, não vou fugir até que tenha boas razões, e pretendo fazer o possível para garantir que nunca tenhamos que dar esse passo.

Beth franziu a testa.

— Garantir como?

Minerva soltou as mãos e se levantou.

— Venham comigo e eu vou mostrar.

Subiram e entraram no pequeno gabinete ao nível da rua, aquele em que Minerva havia atingido Radnor com um aquecedor de cama de cobre. Jeremy e Beth trocavam olhares perplexos.

Minerva foi atrás da escrivaninha, abriu uma gaveta e puxou uma grande folha de papel. No dia anterior, enquanto traçava seus planos, ela já havia redigido o texto e feito a decoração ao redor dele no papel.

Ela o levantou com um floreio cerimonial.

Os olhos de Beth se arregalaram. Jeremy sorriu.

— O Escritório de Investigações Discretas Hepplewhite — disse Jeremy. — É um bom nome. Memorável.

— Você pensa realmente em fazer isso? — perguntou Beth. — Nós conversamos a respeito, mas não a sério. Era apenas um sonho com o qual brincávamos.

— Nunca foi apenas um sonho para mim. Estou planejando isso há mais de um ano. Somos boas em investigações. Muito boas. É meu único talento verdadeiro. Provamos isso com Algernon. Acabamos de fazer aquela boa ação para a sra. Drable e até eu fiquei impressionada com a nossa habilidade em descobrir a identidade do ladrão. Adiamos o início formal desse serviço porque há custos, mas agora terei dinheiro para pagá-los. Essa herança nos permitirá iniciá-lo da maneira adequada, com cartões de visita, trajes e transporte corretos quando necessário.

— Não é provável que você deixe os aposentos desse advogado com dez mil na sua retícula — falou Beth. — Ainda pode demorar um pouco para podermos começar.

— Usaremos crédito nas lojas, com base nas minhas expectativas. Isso é bastante comum.

— É um trabalho fácil, no meu ponto de vista — opinou Jeremy, com um grande sorriso.

Sua mãe franziu a testa para ele.

— Não é um jogo.

— É um jogo, quando se tem talento para isso.

E ele tinha um talento especial para isso. Todos eles tinham. Haviam praticado durante um período em que ter um talento especial significava a diferença entre a vida e a morte. Nessas situações, uma pessoa aprendia rápido.

— Tenho tudo pensado — explicou Minerva. — Levarei isso e mandarei fazer uma placa de bom gosto para colocar em nossa porta. Uma pequena de latão. Então vou encomendar cartões para todos nós. Vou visitar a sra. Drable e pedir que ela nos recomende a outras pessoas que possam precisar dos nossos serviços. Porém, já temos nosso primeiro cliente.

— Quem poderia ser? — perguntou Beth.

— Eu.

— A porta do passado foi aberta, como você disse, Beth. Há algum

risco para mim agora, eu sei. Passei a noite depois que Radnor veio aqui em pânico, lembrando de como era viver com uma corda da forca no pescoço. — Mesmo agora, enquanto falava disso, o frio do pavor queria dominá-la mais uma vez. — No entanto, decidi que não vou me esconder a vida inteira. Vou enfrentar o risco com uma ação, não com uma fuga. Não com medo.

Encontravam-se agora na biblioteca. Beth e Jeremy estavam sentados no divã. Ela ficou em pé perto da lareira.

— Palavras corajosas, pelo que elas significam — disse Beth.

— Elas significam que a melhor maneira de se livrar do risco é provar que não tive nada a ver com a morte do duque. E a melhor maneira de fazer isso é provar que alguém teve. No entanto, eu faria essa pergunta mesmo que a herança não apresentasse nenhum perigo para mim. Esse duque foi um grande benfeitor para mim. Se alguém o empurrou desse telhado, eu quero saber quem foi. Também quero saber por que ele escolheu me dar esse dinheiro. — Ela andava de um lado para o outro enquanto explicava seu pensamento e decisão. — Você também não quer saber de tudo?

— É claro — concordou Beth.

— Então, a partir de hoje, o Escritório de Investigações Discretas Hepplewhite é uma empresa real, e encontrar essas respostas é o nosso primeiro esforço. Quando nos firmarmos no mercado, precisaremos encontrar outras pessoas para nos ajudar. Grátis nesse início, mas espero que em breve recebamos pagamentos regulares para fazer isso. Vamos precisar de uma moça, por exemplo. Mais nova do que eu. Na verdade, uma garota. Elas podem ser muito úteis em investigações.

— Um sujeito que possa parecer um cavalheiro também seria útil — acrescentou Jeremy. — Quando estávamos preparando as coisas para pegar o sr. Finley do jeito que pegamos, a falta de um homem assim causou alguns atrasos.

Minerva assentiu, concordando.

— Você terá que esperar para ter sua carruagem e parelha até eu ter dinheiro em mãos, Jeremy. Até lá, usaremos carros de aluguel. E novas roupas precisarão ser encomendadas em breve. — Ela olhou para os cabelos longos de Jeremy. — Uma visita a um barbeiro para você também. Em breve. Embora não para sua primeira tarefa.

— Você planeja ficar nesta casa, ou alugar uma melhor? — perguntou Beth. — Não que eu esteja reclamando, mas meu quarto tem uma corrente de ar.

— Por enquanto vamos ficar aqui. — Minerva olhou ao redor para os móveis desgastados da biblioteca. — O gabinete é apresentável, pelo menos, e servirá por enquanto. Futuramente, no entanto... — Ela imaginou uma bela casa em uma rua melhor, com espaço para um ou dois criados.

— Antes de gastar cada xelim desses dez mil, talvez devêssemos decidir como vamos descobrir a respeito da morte do duque — disse Beth.

— Já considerei isso também. Tais mortes normalmente são causadas por familiares. É por isso que as autoridades olharam para mim quando Algernon foi baleado.

— É difícil se aproximar da família de um duque. Não é como se você pudesse fazer uma visita entregando um desses novos cartões e anunciar que gostaria de realizar uma investigação.

— Não, mas pode-se obter muitas informações de uma pequena distância. — Ela começou a andar de um lado para o outro novamente, sua mente percorrendo o caminho que já havia traçado. — Jeremy, você tem sua primeira tarefa. Descubra onde esse duque morava e tente rondar os estábulos, andar entre os cavalariços. Descubra o que puder.

— Oferecerei meus serviços para preencher vagas de emprego, se houver. A maioria dos estábulos precisa de funcionários extras, às vezes, e os próximos daqui me darão referências se eu precisar.

E, com isso, o Escritório de Investigações Discretas Hepplewhite lançou sua primeira investigação.

Três dias após o encontro com Peel, Chase apeou diante de Whiteford House enquanto um cavalariço tomava as rédeas do cavalo.

— Você é novo por aqui — disse ele, observando como o jovem manejava o animal.

— Comecei há dois dias, senhor. — Alto e loiro, o sujeito corou por ter sido notado. — Vou escová-lo, se o senhor desejar.

— Não ficarei aqui por tempo suficiente. — A oferta o impressionou. Seu primo Nicholas havia feito uma boa contratação, ao que parecia. Era

provável que houvesse uma legião de novos criados agora que os antigos haviam tomado suas heranças como aposentadoria.

Chase se aproximou da porta de Whiteford House. Uma das casas mais antigas de Park Lane, ficava aninhada em meio a árvores no extremo norte da rua. Construída como um casarão de campo — quando aquela área ainda era predominantemente rural, e a porção oeste de Oxford Street, que ficava próximo, ainda se chamava Tyburn —, ostentava extensos jardins. O último duque havia comprado a propriedade por capricho, principalmente para impedir que um rival a derrubasse e urbanizasse a região.

Chase olhou para a fachada antiga, projetada por Inigo Jones. Exibia o selo do classicismo que o arquiteto trouxera de fora para a Inglaterra e mostrava semelhanças com a Casa de Banquetes em sua decoração externa. O interior não tinha se mantido tão bem. O último duque tivera um forte traço excêntrico que se manifestou assim que Chase entrou no saguão.

Nada da sobriedade neoclássica ali, pelo menos não no mobiliário. A acumulação de uma vida inteira atravancava as paredes e os cantos. Peles e armas exóticas misturadas com metal dourado. Estofamento em tons de pedras preciosas contrastavam com paredes em tons pastel. Ele se perguntava o que Nicholas planejava fazer com tudo aquilo agora que havia herdado a propriedade.

Como Nicholas era agora um duque, Chase teve que sofrer as formalidades de entregar seu cartão de visitas e depois ser acompanhado até os aposentos pessoais do duque. Apenas um mês antes, na última casa de Nicholas, não havia lacaio para fazer as tarefas, nem mesmo muitos aposentos para atravessar. Filho mais velho do irmão mais velho do último duque, até recentemente, a fortuna de Nicholas só existia em expectativas. Por acaso, essas expectativas não haviam sido realizadas exatamente como Nicholas havia antecipado.

Chase encontrou seu primo no quarto de vestir, descansando em uma bela poltrona perto de uma janela com vista para o parque. Um livro contábil estava aberto em seu colo e ele olhava para uma página com a testa franzida. O que quer que estivesse lendo ocupava sua mente o bastante para não ouvir Chase entrar.

Filhos homens compunham a maioria da família Radnor, tanto na última geração quanto na corrente. O resultado foi que o último duque tinha cinco irmãos, e que esses irmãos, por sua vez, tinham seis filhos. De todos os primos, Chase e Nicholas formaram a amizade mais forte, uma amizade desprovida de discussões e das picuinhas que marcavam muitos dos outros relacionamentos.

O único Radnor que não gerara um filho tinha sido o último duque. Tio Frederick nunca fora alguém que se conformasse.

— Más notícias? — Chase perguntou.

Os olhos escuros de Nicholas miraram para cima. Ele sorriu tristemente enquanto fechava o livro e o colocava no chão.

— Notícias terríveis. — Ele olhou ao redor do amplo quarto de vestir, com seus guarda-roupas de mogno, cortinas de seda e tapete chinês. — Uma coisa dos diabos. No final do ano, estarei vendendo móveis para pagar as contas. Os aluguéis mal trazem o suficiente para manter as casas de campo.

— Talvez um bom administrador para as propriedades possa mudar essa situação.

— Não rápido o suficiente. — Nicholas apontou para o livro. — Ele não cercou as propriedades, é claro. O pai também não. Uma decisão benevolente, mas ineficiente. Agora tenho que decidir se vou fazê-lo, e o despejo das famílias... — Ele deu de ombros.

— Os interesses dele não estavam nas terras. — Chase falou o óbvio, mas era a raiz do problema.

— Os outros investimentos estão indo bem. Fabulosamente bem. O dinheiro jorra. É claro que ele não me legou nada disso, não é? — Ele riu. — Ou a você. Ou a qualquer um de nós. Ele sempre foi um pouco estranho, mas seu testamento foi seu ato mais excêntrico até agora. Que piada para todos nós.

Ninguém riu da piada quando o testamento foi lido. Muito pelo contrário. Uma explosão de emoções foi o que recebeu a maior parte do texto. Nicholas recebera as terras vinculadas ao título, é claro, e até uma ou duas propriedades não vinculadas. Mas a verdadeira riqueza do duque estava em todos os investimentos que ele tinha feito. Desenvolvimento e urbanização de terras, canais, navios, fábricas — ele tinha um toque de Midas e aumentara sua riqueza pessoal em vinte vezes antes de morrer.

Nada disso, nem um xelim, fora deixado para um parente.

Chase não esperava nada, então sua decepção foi atenuada, mas outros primos haviam assumido que uma herança gorda estava por vir. E as esposas...

— Você descobriu alguma coisa? — Nicholas perguntou. — Eu sei que só passou pouco mais de uma semana desde o funeral, mas o pouco que restar quando as doações forem desembolsadas será dividido entre nós, e eu não sou o único que está ansioso para saber qual o valor que virá para mim.

— Alguns pequenos progressos foram feitos. — Chase optou por não contar a Nicholas sobre Peel recrutá-lo para fazer uma investigação extraoficial sobre a morte de tio Frederick. Estar em uma situação tão embaraçosa era uma coisa, mas, se a família soubesse, sua posição seria impossível.

— Encontrei uma delas. Uma certa Minerva Hepplewhite. — Se pouco era melhor do que nada, com a informação, ele oferecia menos do que pouco a Nicholas. Havia outros dois legados misteriosos, e ele nem começara a desvendá-los. Esperara fazer um rápido relatório de sucesso em todos os aspectos. Ele previra que Minerva saberia das outras duas beneficiárias e o levaria a essas pessoas. Não acreditava mais que ela pudesse fazer isso.

— Ela era amante dele?

— Não sei. Ela diz que não.

— Ela provavelmente está mentindo — disse Nicholas. — Para evitar fofocas e coisas assim. Ela é bonita?

Chase não achava que Minerva Hepplewhite se preocupasse demais com fofocas.

— Ela é atraente.

— Que palavra inútil. Isso não me diz nada.

Ele a imaginou sentada no divã, aquele vestido doméstico de tecido macio ondulando sobre suas curvas, enquanto ela capturava sua atenção com seu olhar cativante.

— Muito atraente. Soa melhor assim? Uma beleza forte, mais do que delicada. Surpreendentemente. Se ela era amante dele ou não... Isso importa? O legado é dela de qualquer forma. Agora posso passar para o próximo.

Só que não imediatamente. Esse era o diabo da situação toda. Ao concordar em examinar a morte do duque, ele teria pouco tempo para rastrear essas outras legatárias. Precisaria ir até Melton Park, em Sussex, a fim de examinar de perto onde a queda havia acontecido e conversar com os criados de lá. Se concluísse que a queda não tinha sido acidental, precisaria examinar as pessoas com quem o tio havia formado aquelas parcerias comerciais e descobrir se havia algo de errado.

Levaria semanas, talvez meses, para fazer uma investigação completa.

Nicholas levantou-se, caminhou até a janela e olhou para o parque do outro lado da rua. A recente substituição do muro do parque por uma cerca de ferro melhorara a perspectiva.

— Pensei que já teria notícias de alguém sobre como ele morreu. O alto chanceler ou o Ministério do Interior. Você acha que eles estão sendo delicados ou ignorantes? Não posso ser o único que pensa que a queda é suspeita.

— Imagino que, se houver um inquérito, será muito discreto. Pode ser que você nunca saiba que esteja acontecendo.

— Eu não ligo para permanecer no escuro. Se houver uma investigação, quero ser informado. Se não houver nenhuma investigação, quero saber o porquê. Depois que as questões forem resolvidas com o testamento, talvez você vá até Melton Park para ver o que pode descobrir por lá. Se ninguém mais acha que é um assunto sério, eu mesmo o farei. Isto é, com a sua ajuda.

Chase não disse nada para desencorajar o pensamento de seu primo. A decisão de Nicholas de agir seria útil. Não teria que esconder sua investigação de pelo menos um membro da família.

— Eu farei isso. Vou ver o que mais posso descobrir, se você quiser.

Nicholas emergiu de sua distração.

— Que sorte meu primo ser talentoso nessas coisas. Eu nunca confiaria em um homem contratado para assuntos tão delicados. — Ele esticou os braços para cima, como um grande gato alongando a coluna. — Vou a cavalo e fingirei que minha vida ainda não tem preocupações. Quer se juntar a mim?

— Tenho um cliente que está ficando impaciente e devo terminar o dia como o iniciei.

— Espero que esse cliente não vá desviar você do meu problema.

— Você é o cliente.

Eles desceram juntos.

— Tia Agnes está insistindo em uma reunião familiar — revelou Nicholas. — Ela quer que seja realizada aqui. Disse que é porque sou o chefe da família, mas suspeito que seja porque os custos das refeições ficarão por minha conta.

— Espero que ela não espere jantares com dezoito pratos.

— Gostaria de você aqui quando todos eles vierem. Você pode me dar apoio quando eu explicar que provavelmente levará meses até que alguém veja alguma coisa. Não acho que a maioria deles compreenda como provavelmente é pouco o que há para dividir, e como serão pequenas as porções de cada um.

— É uma simples questão de somas e subtrações. Peça para o advogado comparecer e explicar.

Nicholas enviou um recado aos estábulos pedindo para prepararem seu cavalo e trazerem o de Chase, depois eles saíram juntos.

— Você participará?

— Irei ao teatro, se nada mais. — Não permitiria que Nicholas os enfrentasse sozinho, mesmo que pudesse imaginar o momento exato em que Nicholas, bombardeado com queixas e um crescente de acusações, o arrastara para o meio da situação.

Nenhum deles acreditaria que a explicação mais simples fosse a única. O duque havia escrito o testamento daquela maneira porque assim ele queria.

Seu tio era um homem muito incomum. Volátil em suas emoções. Radical em sua política, não que ele tivesse feito muito nessa área. Generoso às vezes e avarento em outras. Muito esperto também. Por capricho, ele havia aprendido várias línguas estrangeiras. Não alemão ou russo. Mas chinês e uma língua indígena do Brasil.

O duque não era louco, mas muito original. Ele poderia muito bem ter concedido fortunas a estranhos; nesse caso, encontrar as outras duas mulheres seria quase impossível.

O cavalo de Chase veio de trás da casa, guiado por aquele cavalariço loiro. Ele deu um xelim ao sujeito antes de montar. Quando olhava por cima das costas do cavalo, algo do outro lado da rua chamou sua atenção. Ele parou, uma bota no estribo, e observou.

Uma mulher passeava margeando a cerca do parque. A aba do chapéu obscurecia o rosto, e as roupas pareciam apresentáveis, mas indistintas. Nada disso chamou sua atenção. Foi o contorno de uma memória que chamou. Ele tinha quase certeza de que ela estava lá quando ele chegou, caminhando na mesma direção.

— Senhor? — o cavalariço chamou sua atenção.

— Mantenha-o aqui. Voltarei em instantes. — Com o cavalariço e Nicholas trocando olhares perplexos, Chase caminhou a passos largos em direção à rua.

Minerva fez questão de não olhar para a Whiteford House quando passou por ela. Embora muitos provavelmente tenham ficado boquiabertos com a fachada, ela não queria chamar atenção para si. Havia um número limitado de vezes que alguém podia passar por uma casa antes de fazer isso, e ela estava chegando a esse limite.

Ao descer a rua, ela viu dois homens do lado de fora. Um deles parecia ser Chase Radnor. Mais uma razão para permanecer discreta. No entanto, ela desejou poder dar uma boa olhada. Talvez o outro homem fosse o novo duque. Jeremy, que conseguira ser contratado como cavalariço ali, disse que o duque permanecia na casa na maioria dos dias, mas que muitas vezes saía por volta das três horas. Eram três e quinze.

Nenhum outro que não o próprio Jeremy trouxe um cavalo pela lateral da casa enquanto ela passava. Pelo canto do olho, ela viu essa ação atrair a atenção dos dois homens. Aproveitou então a oportunidade para virar a cabeça e fazer uma boa análise no homem desconhecido.

Era tão alto quanto Chase, e eles compartilhavam outras qualidades, como os cabelos escuros. Seu rápido olhar observou botas e casacos, que eram de qualidade superior. Os dois tinham muito em comum.

Ela continuou sua caminhada com mais propósito. Depois de três idas e voltas, seu tempo acabara.

Calor ao lado dela. Uma presença pairando. As botas que entraram em um passo síncrono com o seu chegaram inesperadamente. Ela recuou e olhou para cima. Chase Radnor estava olhando para ela.

Minerva não o ouviu se aproximar. Normalmente sabia que alguém a estava seguindo assim que chegavam a sete metros de distância.

— Está dando uma volta? — ele perguntou. — Está longe de sua casa.

Ela parou e o encarou. Isso convenientemente lhe deu uma excelente vista da casa por cima do ombro de Radnor.

— Frequentemente venho ao Hyde Park e hoje decidi admirar as grandes casas dessa rua.

— Eu diria que você decidiu fazer um estudo atento, já que passou pelo menos duas vezes. Quatro vezes, já que eu acabei de vê-la refazer seus passos. Alguns considerariam essa atividade suspeita. É o tipo de coisa que os ladrões fazem antes de entrar sem sobreaviso.

— O senhor saberia sobre entrar em casas furtivamente de maneiras que eu desconheço.

— Tem um interesse particular em Whiteford House, sra. Hepplewhite?

Ela fez questão de levantar o queixo e olhar além dele, para que pudesse parecer irritada por ele a ter atrasado. Também lhe permitia observar o outro homem partir a cavalo.

— Nem um pouco, além de ser impressionante. — Ela voltou o olhar para ele. — E é *srta.* Hepplewhite.

Seus olhos azuis brilhavam com humor, transformando seu rosto severo em outro muito mais atraente. Pequenos tremores de estômago quase a distraíram da casa.

— Escolheu se utilizar de um título de solteira como se nunca tivesse se casado? O que acontece se decidir se casar novamente e precisar explicar a verdade?

A risada de Minerva explodiu, indelicada.

— Minha nossa. — Ela prendeu a respiração. — Acho seguro dizer que nunca vou me casar. Veja bem, um amigo em quem eu confiaria a minha vida certa vez confidenciou que o casamento era pior do que a prisão. — Os detalhes do que essa prisão poderia implicar apagaram rapidamente seu humor e secaram seus olhos bem a tempo de ver o duque sair de sua propriedade.

Ela apertou os olhos, tentando observar detalhes.

Radnor olhou por cima do ombro.

— Ah. Não é a casa que lhe interessa, mas a família.

Ela tentou uma expressão inocente.

— Não sei o que o senhor quer dizer.

— Aquele é meu primo. — Ele se afastou para o lado. — Olhe ao contento do seu coração.

Embora irritada, ela de fato olhou. O cavalo entrou na rua e seguiu na direção deles. Ela conseguiu não ficar encarando, mas ainda assim o observou bem. Um homem bonito, que se parecia com Chase Radnor, mas tinha feições mais regulares. A forte estrutura óssea o fazia parecer marcante, não rude.

O duque passou a três metros deles, e tudo o que ela pôde ver foram suas costas. Ela desistiu do exame e encontrou Radnor a observando atentamente.

— Ele parece um tipo sóbrio — disse ela.

— Ele está preocupado com a morte de nosso tio. Acha que pode ter sido um assassinato. — Radnor se curvou. — Devo me despedir. O cavalariço que está segurando meu cavalo, sem dúvida, tem outros deveres.

— O *senhor* acha que foi? — ela perguntou quando ele se afastou alguns passos. — Assassinato, quero dizer.

Ele olhou para ela.

— Estou quase certo disso.

CAPÍTULO TRÊS

Minerva esperou enquanto a sra. Drable considerava o pedido apresentado a ela.

A sra. Drable mexeu com a mantilha de renda branca que usava no decote do vestido, e seus dedos delgados, vez ou outra, passavam pelo pingente de camafeu pendurado abaixo de sua garganta. Embora tivesse pelo menos cinquenta anos de idade, a sra. Drable parecia mais jovem, devido, em parte, à sua pele macia e ao vívido cabelo ruivo. Era uma vizinha para a qual Minerva fizera um grande favor, mas se encontraram naquele dia por uma razão profissional.

— Há uma moça — disse, por fim, a sra. Drable. — Acho que ela serviria. Atualmente, ela está sem um emprego fixo, e estou desesperada para encontrar algo novo para ela. Ela recebeu educação suficiente para ler e escrever e tem uma caligrafia decente. Ela não tem, no entanto, experiência no que você descreve.

— Onde ela está agora? Vou visitá-la se a senhora preparar o caminho. — A experiência ou educação dessa jovem eram secundárias ao seu espírito. Minerva exigia alguém com um pouco de aventura no sangue. O Escritório de Investigações Discretas Hepplewhite não seria um emprego comum.

— Ela acabou de ser contratada por um período curto. Uma semana, no máximo. O novo duque de Hollinburgh está organizando uma reunião familiar e a governanta pediu à sua agência habitual para fornecer criados extras apenas para isso. Estão com escassez de pessoal na mansão devido aos empregados que se aposentaram com suas pensões.

Isso explicava por que Jeremy havia encontrado trabalho lá com tanta facilidade. Ele só esperava ser contratado para realizar serviços ocasionais, mas lhe haviam oferecido uma posição de período integral e diário depois que viram que ele conhecia a atividade.

A sra. Drable suspirou.

— Bem, não é o tipo de coisa que fazemos, é? Também não existem muitos bons criados disponíveis para um serviço tão breve. Então a notícia foi divulgada para todos nós. Elise estava disponível e eu a enviei. Esse é o nome dela. Elise Turner.

Por "nós", a sra. Drable queria dizer aqueles que prestavam serviços aos melhores lares de Londres. A sra. Drable possuía uma das agências menores e mais discretas dessa natureza. Minerva a conhecera como vizinha e amiga, mas entrara em ação quando a sra. Drable confidenciara que precisava de ajuda para descobrir quem havia lhe roubado dinheiro. A suspeita recaiu imediatamente sobre uma faxineira contratada recentemente, mas Minerva provara que o culpado era o próprio sobrinho da sra. Drable.

As informações não foram bem recebidas, mas a sra. Drable ficou grata por saber a verdade. Ela quase acusara a pessoa errada e, desta forma, tinha uma dívida com Minerva por poupar-lhe o transtorno.

— Ela não tem referências de seu último empregador, preciso lhe dizer. A governanta de Hollinburgh a aceitou apenas por minha recomendação pessoal e porque estão desesperados por lá.

— Por que ela não tem referências?

A expressão da sra. Drable azedou.

— Seu último empregador... o marido se comportou mal. A pobre garota estava repelindo o homem quase todos os dias. Eu tinha colocado uma cozinheira na casa, e ela veio me informar. "Diga a ela para sair", eu falei. "Mande-a para mim." Ela vive aqui desde então, enquanto eu tento encontrar outro emprego. Contudo... — Ela levantou as mãos para o alto em um gesto que indicava que seus esforços tinham sido inúteis.

— Ela vem para cá todas as noites depois de suas tarefas na casa?

— Eles não estão exigindo que esse pequeno exército itinerante de funcionários se hospede lá, embora o permitam, se necessário. Ela prefere voltar para cá. Se você vier às nove horas da noite, ela deve estar de volta.

Minerva se levantou.

— Então eu voltarei. Foi muito gentil da sua parte recebê-la.

— É uma história que se repete com muita frequência. Uma jovem sai de casa, chega à cidade e encontra um emprego em uma boa residência, apenas para descobrir que um dos homens não é um cavalheiro. Não sei dizer quantas vezes tive que retirar alguma garota das garras de um libertino.

Minerva abriu a retícula.

— Tenho certeza de que a senhora tem muito o que fazer e tenho outro compromisso agora. Vou andando. Antes, quero lhe deixar alguns dos meus cartões. — Ela pegou cinco de seus cartões de visita recém-impressos. — Vou oferecer meus serviços a outras pessoas como fiz à senhora, só que em caráter formal e profissional. Se souber de alguém que precisa de mim, confio que a senhora lhe entregará um desses.

A sra. Drable olhou o cartão.

— Normalmente, os homens é que fazem esse tipo de serviço. Uma mulher, no entanto, terá apelo a outras mulheres. Algumas investigações são bastante delicadas. Eu os entregarei se souber de alguém que esteja procurando sua ajuda. Pode usar meu nome como referência, se quiser.

— Agradeço por isso mais do que a senhora pode imaginar.

Minerva começou a sair, mas um pensamento repentino a fez parar. Considerou-o por um breve instante. Seria uma atividade escandalosa para uma mulher de bom nascimento, mas também era uma oportunidade que a dona do Escritório de Investigações Discretas Hepplewhite seria tola demais se perdesse.

Ninguém notava os criados. Sua melhor chance de obter informações sobre aquela família seria entrar na casa do duque como uma criada.

— Tenho outro pedido — acrescentou ela, por impulso. — Gostaria que a senhora recomendasse outro breve contrato à governanta de Hollinburgh.

— Quem poderia ser?

— Eu. Garanto-lhe que sou capaz de realizar tarefas domésticas.

A sra. Drable franziu a fronte para ela, depois olhou para o cartão.

— Espero que, até que essa nova empresa comece a caminhar com as próprias pernas, você possa usar o dinheiro, embora seja um grande rebaixamento para você. Por outro lado, envolver-se em serviço doméstico não é o mesmo que se tornar uma criada para sempre, não é?

— É o que eu penso. Se a senhora fizer isso, ficarei grata. E voltarei para encontrar a srta. Turner hoje à noite.

Minerva voltou para a rua com o entusiasmo cada vez maior. Tinha sido uma boa reunião, em mais aspectos do que ela previra. Não apenas teria novos clientes com a ajuda da sra. Drable, mas também poderia ter uma nova funcionária. Ambas as ideias lhe proporcionaram otimismo sobre seu plano. O que realmente a interessava, no entanto, era a informação de que Hollinburgh estava organizando uma reunião familiar.

Jeremy agora observava a casa, mas ela acabara de encontrar uma maneira de entrar. Isso significava não vigiar mais de longe, mas a alguns metros de distância.

Naquela tarde, Minerva se apresentou no apartamento do sr. Sanders, o advogado. Vestira um de seus melhores vestidos e usava seu chapéu favorito, um azul com forro vermelho. Mesmo assim, sua confiança oscilou quando ela entrou no escritório onde o advogado recebia os clientes.

Ele parecia um homem gentil, de modos discretos e dado a uma fala comedida. Não jovem demais, o que lhe assegurou de que ele poderia saber do que estava falando. Não era muito oficioso, o que, com sorte, significava que ele não teria o objetivo de lhe causar problemas.

Depois de cumprimentá-la, ele começou a questioná-la sobre seu relacionamento com o duque. A falta de tal relacionamento não o preocupou de forma alguma.

— É possível, é claro, que um erro tenha sido cometido. Nesse caso, eu sentiria muitíssimo. — Ele folheou as páginas do testamento. — A senhorita já morou em Dorset e foi casada com um tal Algernon Finley?

— Sim.

— Existe alguém que possa confirmar essa afirmação?

Ela contou sobre Beth e Jeremy.

— Eles moravam na casa do meu marido, então me conheciam naquela época.

— A senhorita ainda tem família em Dorset?

— Meus pais faleceram há muitos anos. Meus parentes, em sua grande maioria, emigraram há quase oito anos. Eles também não moravam em Dorset, mas no condado ao lado.

— Alguém mais a conheceu sob os dois nomes?

— Creio que não. Embora eu tenha visitado Londres com meu marido, não fiz amigos nem participei da sociedade.

— Suponho que mais algumas notas nos jornais aqui confirmarão

que não existem outras Minervas Hepplewhite em Londres que viveram em Dorset sob o nome de Finley. Acho que podemos prosseguir com a presunção de que a senhorita é realmente a mulher em questão. — Ele fez algumas anotações. — Estou curioso. Existe uma razão para a senhorita ter mudado de nome?

Ela havia se preparado para isso.

— Meu marido morreu com dívidas. Mais do que seu patrimônio poderia pagar. Escolhi sair da região e mudar meu nome para que os credores não continuassem a me perseguir.

— Compreensível.

Ele escreveu novamente, depois colocou a caneta no tinteiro.

— Posso imaginar que tenha ficado surpresa ao receber um legado de um homem que a senhorita afirma nunca ter conhecido. Na verdade, é mais comum do que pensa. Com toda a probabilidade, foi seu marido quem conheceu o duque. Sua Graça, ao fazer o testamento, sentiu algum desejo ou obrigação de deixar o dinheiro para ele. Como Algernon Finley estava morto, em vez disso, a herança foi deixada para sua viúva.

Parecia quase plausível. Só que ela achava difícil acreditar que Algernon conhecesse um duque e não lhe tivesse contado repetidas vezes. Ele era o tipo de homem que penduraria uma placa em sua casa anunciando sua conexão com tal título.

— Como o duque sabia que agora vivo em Londres?

O sr. Sanders encolheu os ombros.

— Sem dúvida, ele conduziu uma investigação. Não ele próprio, é claro. Bem, preciso descrever os detalhes dessa herança.

Para a surpresa dela, foi apenas isso. O sr. Sanders não parecia nem um pouco interessado em seu passado, seu presente ou em como os dois se conectavam.

Sanders explicou detalhes da herança. A parte que chamou a atenção de Minerva foi quando ele falou sobre possíveis desafios.

— O testamento foi aceito pelos tribunais como legal e vinculativo. No entanto, alguém ainda pode contestar as disposições que o duque fez para cada beneficiário. Se uma pessoa é mencionada no testamento, mas acredita que não recebeu o que lhe era de direito, pode ser tentado a requerer. Se essa pessoa puder alegar que tinha boas razões para pensar que receberia mais por ser dependente da generosidade do duque, poderá defender sua posição.

— É provável que isso aconteça?

— É possível. No entanto, estou confiante de que nenhum será bem-sucedido. Nenhuma promessa foi feita aos familiares. Nenhum deles se qualifica como verdadeiro dependente. — Ele se inclinou para a frente. — Eu redigi o testamento, veja, e o fiz de maneira a tornar esse requerimento mais improvável.

— Devo esperar para ver se alguém deseja se manifestar?

Ele balançou a cabeça.

— Como executor, meu papel é fazer o que o duque solicitou e estabeleceu em seu testamento. Pois bem, a senhorita recebeu dez mil libras, mais uma sociedade. Os dez mil foram aplicados em um fundo quase um ano antes da morte dele e não podem ser movimentados. A sociedade, no entanto... Seria sensato deixá-la como está por um tempo e pôr de lado quaisquer dividendos ou receitas que ela possa render. Por seis meses, no máximo. — Ele sorriu. — Não é muito tempo a aguardar antes de a senhorita poder usufruir de tudo. O fundo já rendeu uma vez, então algumas centenas de libras em juros já estão à sua disposição ou estarão em um algumas semanas depois que medidas forem tomadas junto ao banco.

— Acho que posso me contentar com isso por enquanto.

Ele riu.

— Pode? Imagino que a maioria das pessoas poderia.

Ele enviou funcionários para redigir os documentos que ela deveria assinar. Após os procedimentos preliminares, Sanders aconselhou Minerva sobre sua nova situação.

— Entrarei em contato com a senhorita assim que o fundo estiver assegurado ao acesso. Quanto à sociedade, os outros sócios pressionarão para se encontrar com a senhorita. Recomendo dissuadi-los por enquanto. Eles podem se oferecer para comprar sua parte e a senhorita pode usar esse tempo para decidir se prefere que eles o façam. Uma sociedade deve ser benéfica para ambos os lados quando se trata de dinheiro. Se é rentável, dá dinheiro. Se a empresa exigir recursos, perde-se dinheiro.

— Eu poderia concordar em vender. O senhor sabe quanto seria um preço justo?

Ele pegou uma pasta, abriu-a e folheou algumas páginas.

— Estou fazendo avaliações de todos os negócios do falecido duque, mas, na última, a participação da senhorita era de pouco mais de trinta mil. Apresentava uma renda anual de aproximadamente mil e quinhentas libras. Era um dos menores investimentos do duque, mas era bom.

Ela parou de respirar. Radnor dissera que o negócio valia muito mais do que o legado direto, mas aquela quantia nunca lhe ocorrera. Até a renda anual a surpreendia.

Sanders separou a pasta.

— Srta. Hepplewhite, eu seria negligente se não mencionasse que, com sua nova boa sorte, haverá aqueles que procurarão sua companhia por razões nada admiráveis. Haverá amizades oferecidas apenas porque a senhorita pode beneficiar o novo amigo. Como mulher solteira, também será presa de caçadores de fortunas.

— O senhor está dizendo que os homens virão me perseguir por causa do meu dinheiro.

— Receio que sim. Se a senhorita já pensou em se casar, peço que consulte um advogado que possa explicar as implicações para a sua pessoa e para sua fortuna e talvez aconselhá-la sobre o caráter do seu pretendente.

— Obrigada pelo conselho. Tenho certeza de que não aceitarei essas atenções. No entanto, se eu aceitar, prometo que será feita uma investigação sobre o homem.

Ela deixou o escritório do advogado atordoada. Contanto que ninguém conseguisse questionar as disposições do testamento, ela era uma mulher rica. Mesmo que recebesse apenas os juros do fundo, nunca mais teria que se preocupar com dinheiro. Rica, como Jeremy dissera. Rica! RICA! Ela queria gritar para os que passavam pela rua.

A única coisa que amortecia sua alegria era a consciência de que Beth estava certa. Uma porta muito fechada e trancada estava agora aberta novamente.

Chase voltou para seu apartamento em Bury Street à tarde. Tinha passado várias horas praticando esgrima com um velho amigo do exército que agora era membro da Guarda Montada. O exercício clareara a mente; era com isso que ele contava. Precisava pensar com clareza antes de sair novamente naquela noite.

Seu criado, Brigsby, tinha providenciado água quente e segurava toalhas grandes depois que Chase se lavou. Então ele se vestiu pela segunda vez naquele dia. Finalmente limpo e revigorado, ele se sentou em uma grande escrivaninha em seu quarto de dormir. Brigsby já havia lhe fornecido uma pilha grossa de papel de qualidade, além de tinta e caneta prontos para o uso.

Chase abriu uma nova pasta e escreveu nela *Morte de Hollinburgh*. Sempre mantinha anotações detalhadas de cada uma de suas investigações. Aprendera a fazer isso no exército, onde essas anotações ajudavam a escrever o relatório final sobre qualquer caso que estivesse sendo investigado. Ele também confiava nas palavras escritas para manter seu pensamento organizado.

Pegou então uma folha de papel e intitulou *Fatos*. Em seguida, pegou outra e escreveu o título *Caminhos a seguir*. Em uma terceira, escreveu *Inconsistências*. Na próxima, *Teorias*. Por fim, pegou uma página limpa e escreveu *Suspeitos*. Nem todas as investigações exigiam essas mesmas páginas. Algumas precisavam de outras diferentes. No entanto, parte do início de uma investigação era considerar a melhor forma de organizar a operação.

Logo, a maioria das páginas seria preenchida com listas de coisas a fazer e evidências acumuladas. Com uma revisão, ele poderia ver se havia esquecido de alguma coisa. Em algumas investigações, a leitura de suas anotações e páginas apresentava respostas que ele ainda não tinha enxergado.

Ele abriu uma carta e a colocou na pasta. Vinha de Sanders e incluía a lista dos negócios do falecido duque e de seus sócios. Encontrou outra lista, na gaveta, dos legados do testamento e a incluiu.

Passou alguns minutos anotando pensamentos na página de *Caminhos a seguir* e fazendo uma pequena lista das ações mais imediatas necessárias.

Por fim, passou para a página *Suspeitos*.

Já poderia preencher esta se listasse todas as pessoas com algum motivo. No entanto, como era seu hábito, em vez disso, ele a reservaria para aqueles que acreditava serem realmente grandes possibilidades.

Ele mergulhou a caneta na tinta. Hesitou. Então escreveu. *Minerva Hepplewhite.*

CAPÍTULO QUATRO

Chase olhou pela janela da biblioteca e observou as carruagens se enfileirando. Todos que desembarcavam usavam suas melhores roupas. Até as crianças tinham sido trajadas de forma apropriada para visitar a casa de um duque. Os criados baixavam baús da parte de trás e do topo das carruagens, todos cheios de ainda mais roupas para impressionar uns aos outros.

— Diga-me que isso não será um inferno. — Nicholas parou ao lado dele e olhou para fora. — Meu Deus, aquela é Dolores. Eu não a vejo há um ano.

Dolores, uma mulher de meia-idade e cabelos negros, de altura impressionante, estava dando ordens aos criados que trabalhavam em sua carruagem. Sua voz não podia ser ouvida, mas sua boca continuava se movendo, o dedo apontando, e os criados não paravam de fazer caretas.

— Ela nunca deixaria Agnes ter toda a diversão — disse Chase. As duas mulheres eram irmãs, as únicas irmãs entre os homens que povoavam sua geração. Chase supôs que ambas houvessem aprendido a ser vigorosas para serem enxergadas ou ouvidas entre seis irmãos.

— Ali vem Kevin — adicionou Nicholas. — Pensei que ele estivesse no exterior.

— Não mais, ao que parece.

Kevin vinha andando a passos largos pelo caminho até a entrada da casa, parecendo muito com um poeta meditativo, com seus traços refinados, olhos profundos e cabelos escuros. Não cumprimentou nenhum dos primos ou tias enquanto passava pelas carruagens, e eles também não o chamaram. Chase supôs que ele havia deixado sua carruagem mais para trás na fila e optara por andar até a entrada em vez de esperar.

— Haverá um inferno para ele — Nicholas murmurou.

Kevin não estava no país quando o tio Frederick morreu. Ele não estava presente quando o testamento foi lido. Seu ressentimento ainda seria novo.

Pior, ele tinha mais motivos do que a maioria para reclamar.

— O testamento foi surpreendente de várias maneiras — disse Nicholas. — No entanto, no que dizia respeito a Kevin, beirou à crueldade.

Chase não podia discordar. Por mais que amasse seu tio, de fato, havia algumas consequências desse testamento que pareciam vingança sem causa.

— Suponho que devo ir cumprimentá-los.

— Não. Em vez disso, vá para os seus aposentos. Deixe-os se instalar. Encontre-os na sala de visitas antes do jantar. Chegue por último e cumprimente-os como o duque, não como o primo Nicky.

Nicholas riu.

— Conselho prudente.

— Não faça nada para perder a vantagem, ou você nunca a recuperará. Teremos um pandemônio se isso acontecer.

— Eu os informarei esta noite de que não haverá discussão sobre o legado até amanhã à tarde. Eu disse ao advogado para estar aqui às três horas.

Nicholas virou-se para empreender sua fuga discreta, mas, naquele momento, Kevin entrou na biblioteca. Para a surpresa de Chase, ele sorriu e avançou, não mais de cara fechada, pois seu semblante agora era sereno.

Quatro anos mais jovem do que Chase, Kevin sempre fora um primo mais novo preferido devido a interesses incomuns e personalidade vívida. Da geração deles, era o que possuía a maior probabilidade de, no seu devido momento, exibir a mesma excentricidade que marcara seu pai e o tio Frederick, principalmente porque ele sempre trilhava seu próprio caminho.

— É bom que você esteja de volta — disse Nicholas. — Você pode ajudar Chase a impedir que eles me matem.

Kevin olhou pela janela.

— Tendo acabado de sair do escritório do advogado, tenho certeza de que eles vão querer matar alguém, e nosso tio não está mais disponível.

Nicholas fez uma pausa sobre a afirmação, mas deixou passar.

— Eu escrevi e avisei a você.

— Não recebi sua carta antes de sair. Cheguei há dois dias e meu pai me informou imediatamente da pior parte. Eu teria visitado Sanders ontem, mas meu pai queria ajuda para consertar um de seus autômatos. — Ele

revirou os olhos com a menção da obsessão contínua de seu pai.

— Um autômato interessante?

— São todos interessantes se você achar interessantes dispositivos mecânicos inúteis para a humanidade.

— Ele virá hoje? — Nicholas perguntou. — Você o deixou lá fora na fila de carruagens?

— Ele me disse que nenhum de seus irmãos viria para a cidade, e não seria oprimido só porque ele está sempre em Londres. Eles não esperavam nada do tio Frederick, então não têm queixas.

Chase direcionou a Kevin uma consideração mais profunda. Por todo o ânimo e bom humor que ele exibia, sombras encobriram seus olhos, normalmente brilhantes, com essa alusão ao testamento.

— Por que você não se acomoda? Conversamos mais tarde.

— Suponho que eu deveria ver em que quarto a governanta me alocou. Eu poderia voltar à casa de meu pai à noite, é claro, mas ele pode ser uma provação e eu quero ficar de olho em todos. — Kevin lançou um olhar pronunciado pela janela.

Nicholas apertou com força o ombro do primo.

— Vamos encontrar a sra. Wiggins, para garantir que ela não o coloque no sótão. É um inferno ser solteiro.

Chase os deixou ir e voltou sua atenção para a atividade do lado de fora da janela.

Minerva se ajoelhou diante da lareira e começou a arrumar um pouco de carvão.

— Não dobre o vestido dessa maneira, garota. Ele se tornará intoleravelmente amarrotado. Pendure-o no guarda-roupa. — A voz da mulher interrompeu a queixa e a ordem. Minerva estava de costas para o quarto, fazendo seu trabalho.

A governanta, a sra. Wiggins, estava desesperada o suficiente para contratá-la por recomendação da sra. Drable para a humilde posição de camareira durante a visita de todos aqueles convidados. Ela fora enviada para preparar a lareira nos aposentos dos convidados, começando pelo das damas. Já havia concluído que Lady Agnes Radnor, alta, majestosa, voluptuosa e morena, via-se como a rainha entre as abelhas zunindo pela casa.

Uma porta se abriu. Passos suaves caminharam até uma pessoa chegar tão perto de Minerva que ela sentiu o calor nas costas. A presença iminente também escondia o corpo de Minerva, no entanto. Ela começou a trabalhar mais devagar.

— Espero que tenham lhe dado uma criada melhor do que a minha — disse uma nova voz feminina, mais baixa do que a de Agnes. Gutural de uma maneira agradável.

— Oh, pelos céus. A sua também é um desastre? Eu esperava roubá-la para mim.

— Os melhores empregados se foram, explicou-me a sra. Wiggins. O barco foi abandonado assim que eles receberam suas pensões. Valores generosos, eles receberam, se você se lembra. Eles nos deixaram à nossa própria sorte com a gentalha temporária enquanto desfrutam do *nosso* dinheiro. Somente a sra. Fowler, a cozinheira e o mordomo ainda estão aqui entre os funcionários seniores, por um senso de dever aos requisitos do título.

— Presumo que, uma vez que encontrem substitutos para si, eles também irão cultivar legumes no interior.

— Mais uma vez, com o *nosso* dinheiro. — A voz ficou áspera. — Ele fez isso para me irritar. Você sabe que ele fez. Depois do que aconteceu, ele me devia coisa melhor...

— Chega disso, irmã. Você está falando como uma louca. Isso aconteceu há muito tempo e Hollinburgh provavelmente nem mesmo se lembrava.

O silêncio se estendeu, grosso e cheio de uma discussão não pronunciada. Minerva desejou que continuassem expressando-o em voz alta.

— Acho que estamos perdendo nosso tempo. Deveríamos questionar os legados do testamento.

— Dolores, você sabe o que vai acontecer se fizer isso. A demanda ficará nos tribunais por anos enquanto nos tornarmos mais pobres pagando advogados e, no final, nada mudará. Permita-me tomar a frente dessa questão. Todos nos reuniremos antes que o advogado chegue amanhã, a fim

de elaborar um plano que evite os tribunais.

A pessoa atrás dela se afastou.

— Menina, você ainda não terminou com isso? — A voz de Lady Agnes ecoou pelo quarto. — A umidade aqui penetrará nos meus ossos antes que você termine.

Minerva virou a cabeça de lado, para demonstrar que tinha ouvido a queixa.

— Perdoe-me, milady. Parte do carvão estava úmida e não acendia. Tive que reorganizar.

— Seja rápida. Vamos viver como bárbaros aqui, Dolores. Até as camareiras são incompetentes.

Minerva terminou rapidamente, levantou-se e, com a face para baixo, em respeito, fez uma rápida reverência. Em seguida, saiu para encontrar a próxima lareira. Ao fazê-lo, ela chamou a atenção da moça que estava servindo como criada pessoal, e elas trocaram um sorriso secreto.

Chase foi até um quarto no canto noroeste da casa. A porta estava aberta e, quando Chase entrou, ele viu o porquê. Uma camareira estava ajoelhada acendendo a lareira, enquanto Kevin andava de um lado para o outro pelo espaço pequeno, com as sobrancelhas franzidas.

Chase o cumprimentou. Em seguida, examinou o quarto. Embora confortável o suficiente, faltava boa iluminação, e as dimensões não eram muito maiores do que as usadas pelos criados.

— Nicholas estava certo. Não fica no sótão, pelo menos, mas, como solteiros, sempre terminamos com o quarto menor e o mais escuro.

Kevin olhou em volta, como se não tivesse notado.

— Vai servir. Já vivi em condições piores. — A cara fechada, então, tinha sido por outros motivos. Chase podia imaginar quais eram.

— Você poderia ficar no seu clube. Ou, se preferir, fique comigo.

— Nunca deixaria as megeras fora da minha vista. Há meia chance de Agnes me deixar sem um tostão. Você sabe como ela me cumprimentou? "Oh, você está aqui, Kevin. Pensei que seu ofício o manteria ocupado demais para você se juntar a nós." — Ele imitou muito bem o tom estridente e imperial de Agnes.

— Ela é antiquada em seu pensamento. Nada de novo nesse caso. Ela também é ignorante quanto a suas conquistas.

— Todos são, exceto você e Nicholas.

— E tio Frederick, é claro.

Isso fez Kevin parar de repente. Ele encarou Chase com uma expressão furiosa e ventilou a emoção que havia escondido quando entrara na biblioteca uma hora antes.

— Você tem alguma ideia de por que ele fez isso? Foi uma traição que eu não posso... — Ele balançou a cabeça de um lado para o outro como uma renovação de sua descrença. — Ter investido o capital enquanto eu aperfeiçoava a invenção, ter se tornado um sócio na empresa, e então isso. Confesso que me sinto como um homem que foi atingido com muita força durante uma luta por prêmios.

Chase desejou poder explicar a decisão de seu tio de deixar sua parte na empresa de Kevin para uma estranha. Não para a srta. Hepplewhite. Uma daquelas outras mulheres ainda não encontradas.

— Pode ser que ela tenha algo a oferecer, informações que desconhecemos. Outra empresa que potencializaria seu progresso.

— Ou ela pode ser apenas uma prostituta que ele pegou para sustentar e de quem gostava mais do que das outras. Não me olhe assim. Acho que tenho o direito de declarar a verdade provável nessas circunstâncias. Quando você for procurá-las, tente os bordéis primeiro. Vou lhe dar uma lista dos favoritos dele.

Sem dúvida, Kevin poderia fazer isso, já que provavelmente já estivera em todos eles. Fazia muito tempo que Chase aceitara que esse primo mais novo, cuja intensa curiosidade levava a investigações *muito* completas quando seu interesse era despertado, tinha uma vasta experiência em questões sexuais.

— O que faz você pensar que vou procurá-las?

— Em quem mais Nicholas poderia confiar? Ou qualquer um de nós, diga-se de passagem. Se ele ainda não colocou você na tarefa, eu o colocarei em lugar dele. Por pior que seja esse testamento, ficar no limbo é ainda pior.

Chase não confessou que tinha sido designado para a tarefa quase imediatamente.

Kevin colocou sua valise na cama.

— Posso muito bem desfazer minhas próprias malas. Deveria haver algum homem servindo como meu pajem, mas quem sabe quando ele aparecerá?

A menção de criados fez Chase olhar para aquela que acendia o fogo. Só podia ver a parte de trás da touca branca e o marrom enfadonho do vestido. A mão que segurava a pederneira, no entanto, chamou-lhe a atenção por ser bela. Quase elegante.

— Todos eles são inexperientes. A maioria não é da época de nosso tio.

Seu tom fez Kevin direcionar o olhar. Chase apontou para a lareira e a mulher que ali estava. Kevin assentiu.

Como se soubesse que a atenção estava voltada para ela, a mulher levantou-se, ergueu a cesta e, com a cabeça baixa, saiu às pressas.

— Há quanto tempo ela está aqui? — Chase perguntou.

Kevin deu de ombros.

— Não a vi chegar.

— Eu tomaria cuidado com o que é dito na frente de qualquer um deles. Não são funcionários da casa e não são da família. Não podemos esperar a discrição normal por parte deles.

Kevin foi até a porta e a fechou. Em seguida, virou-se para Chase.

— Você tem alguma ideia do que ele estava pensando? Ele favorecia você. De todos nós, pode ser que você fosse o que o conhecia melhor.

— Não posso lhe dizer o que você quer saber. Tenho algumas ideias, porém nada mais. — Suas ideias dificilmente aplacariam a família, já que, em sua maioria, tinham a ver principalmente com um homem cansado de entender parentes dependentes demais de sua generosidade.

— Pensei que ele tivesse deixado algo pelo menos para você.

— Eu, no entanto, não pensei. Ele me contou que não tinha deixado. Posso ser o único que não está decepcionado com o resultado da divulgação do testamento.

— Pelo menos você e eu temos nossos *negócios* para colocar comida na mesa. Não consigo imaginar o que será de alguns deles.

— Espero que vivam dentro de suas possibilidades financeiras, para variar.

Kevin riu baixinho disso.

— Agnes e Dolores comprarão apenas dois guarda-roupas por ano, em vez de quatro, é o que você quer dizer. Que tragédia será essa.

Chase se dirigiu para a porta.

— Não se desespere até ter motivos para isso. Ele não era um homem estúpido. Talvez tivesse um plano que ainda desconhecemos.

Minerva terminou os quartos no final da tarde. No momento em que estava carregando sua cesta pelas escadas dos fundos, alguns membros da família começaram sua própria descida pelas escadas da frente, todos paramentados para o jantar que logo desfrutariam.

Ela entrou no pequeno depósito no porão que continha carvão e juncos. Enquanto reabastecia sua cesta para a manhã seguinte, a porta do depósito se fechou.

Assustada, ela olhou para cima. Parado ali, de costas para a porta e os braços cruzados sobre o peito, estava Chase Radnor. Ele não parecia satisfeito.

— Nos encontramos novamente, srta. Hepplewhite.

Ela voltou sua atenção para a cesta.

— O que me denunciou?

— Suas mãos. Elas são bastante distintas.

Ela olhou para as mãos, agora sujas por manusear o carvão. Não via nada de notável em suas mãos.

— O que diabos você está fazendo aqui? — ele indagou.

— O dinheiro viria bem a calhar e eles estão contratando qualquer pessoa capaz e disponível.

— Imprudência da governanta.

— Talvez ela devesse ter dito que vocês todos deveriam se virar sozinhos. — Ela sorriu ao imaginar a reação de Lady Agnes a *isso*.

Ele percorreu o pouco espaço que os separava. Em seguida, tirou a cesta das mãos dela e a colocou de lado. Então tirou um lenço, pegou uma das mãos de Minerva e limpou a fuligem da palma.

— Não é apropriado que você faça isso. Se escolheu fazê-lo, tenho que me perguntar o que está planejando.

Não é apropriado que eu faça a maioria das coisas que fiz desde o dia em que me casei. Ela quase disse em voz alta, mas a maneira como ele limpava sua palma a distraiu, assim como a sensação dos dedos dele pressionando as costas de sua mão. Ele não era gentil ou cuidadoso. Mas dominante e eficiente. Ela ainda achava o toque e sua tolerância a ele fascinantes.

Chase largou a mão dela e depois levantou a outra.

— Você não está aqui para ganhar algum dinheiro; está vigiando a família e espera encontrar uma maneira de culpar um deles.

Outra resposta maliciosa cruzou sua mente, mas o que ele estava fazendo com sua mão dominava mais a sua atenção. Ele a segurava com firmeza, mas ela não se sentia ameaçada. O tempo que ele despendia para remover a fuligem inadequada a encantava, apesar de ela não gostar dele.

Mesmo com a fuligem desaparecida e o lenço arruinado, ele não a soltou imediatamente. Ela olhou para cima e o encontrou observando-lhe a palma da mão e os dedos.

Ela afastou a mão.

— Você ainda me considera um provável objeto de acusação, se presume que estou procurando colocar a culpa em outro lugar.

— Se for determinado que ele não caiu por acidente, todos são um possível objeto de acusação. Você não é uma culpada mais provável do que qualquer um dos outros. Não precisa inventar uma maneira de acusar outra pessoa.

Seria muito mais provável encontrar dedos apontando para ela. Felizmente, ele não sabia disso. Ainda.

— Não procuro uma forma de acusar ninguém. No entanto, meu destino para o bem ou para o mal agora está vinculado ao da família. Minha curiosidade é natural, como eu disse.

— Sim. Como você disse.

Ele havia se tornado irritante novamente. Ela se afastou, para poder passar por ele.

— Preciso sair. Devo ajudar na cozinha depois do jantar.

Ela estendeu a mão para a porta. A mão dele subiu mais alto, segurando a porta fechada.

— Se, em seus deveres, você ficar sabendo de algo que possa ser de interesse, deve me informar.

— Eles são seus parentes. Se eu achar algo de interesse, você provavelmente enterrará a informação.

Ele a deixou ir, então. Ela parou assim que se afastou do depósito e pressionou as costas contra a parede dura. Olhou para as mãos. Ainda havia fuligem nas unhas. Minerva sentiu novamente as passadas suaves do lenço em sua palma e a mão forte segurando a sua.

CAPÍTULO CINCO

Chase entrou nos aposentos de Nicholas. Encontrou o novo duque em seu quarto de vestir, preparando-se para o jantar.

— Pensa em comparecer vestido assim? — Nicholas ergueu o queixo enquanto o pajem lhe amarrava a gravata. — Johnson, dê ao meu primo um lenço limpo para o pescoço.

Johnson, um homem pequeno de meia-idade, com cabelos claros, terminou o nó e pegou outro lenço sobre uma pilha bem-passada. Ele se aproximou de Chase, colocou o lenço de lado e estendeu as mãos para desamarrar o que Chase estava usando.

Chase permitiu. Johnson ficaria horrorizado se a execução da ordem de seu mestre fosse frustrada.

— Dê um lustre rápido nas botas dele também — pediu Nicholas.

Se Johnson achava ruim desempenhar essas funções para uma pessoa adicional, nada em sua expressão o denunciava.

Finalmente considerado apresentável o suficiente para Nicholas, portanto, presumivelmente para o resto, Chase estava sentado em uma das poltronas estofadas de damasco azul dispostas em círculo. Nicholas já havia se acomodado em outra.

— Quem mais entre os antigos criados permanece? — Chase perguntou.

— O mordomo e a governanta, por enquanto. Duvido que fiquem mais de um mês. Eles esperam encontrar o restante da equipe permanente e seus próprios substitutos nesse período.

— Nenhum outro criado?

— Parece-me que a cozinheira não mudou, nem algumas copeiras lá embaixo. Reconheço dois dos cavalariços, que trabalhavam para tio Frederick quando o visitei. — Ele encolheu os ombros. — Isso importa?

— Há estranhos em demasia para o meu gosto. — Se Minerva Hepplewhite havia encontrado emprego ali, para que pudesse espionar, outros também poderiam. Chase se arrependeu de não ter pensado em trazer alguns pares de olhos extras também.

Ele a imaginava acendendo aquelas lareiras, invisível aos ocupantes do quarto. Ouvindo.

— Poderia ter sido mais sensato recusar-se a sediar a reunião da família aqui, se isso significaria tantos estranhos na casa.

— Tarde demais para esse conselho. — O tom desdenhoso de Nicholas dispensou o assunto. — Kevin me procurou. Ele está amargo.

— Todos estão amargos. Ele só tem mais motivos para isso do que os outros.

— É um inferno para um homem ter dedicado sua vida a alguma coisa, para ver seu benfeitor abolir o apoio ao morrer. Era prerrogativa de nosso tio agir como lhe bem entendesse, mas alguns de seus atos foram de uma injustiça amaldiçoada.

Chase se perguntava se Nicholas se incluía na parte dos injustiçados. Quando um homem herdava um título, esperava que o patrimônio atrelado a ele fornecesse a renda necessária para sustentá-lo. Nicholas provavelmente conseguiria, mas estaria fazendo grandes esforços por causa das finanças ao longo dos anos vindouros.

— Você, por exemplo — disse Nicholas. — Ele gostava mais de você do que da maioria de nós. Você se submetia aos caprichos e peculiaridades dele. Você passava tempo com ele, quer fosse em seus passatempos caros ou cavalgando com ele. E deixá-lo de fora sem mais do que um tostão... Ele o defendeu quando você saiu do exército e os outros estavam dizendo que... — Nicholas parou, como um homem que acabara de falar demais.

— Ele me disse que não haveria nada.

— Foi o que você falou. Ainda assim...

Ainda assim. Ele tinha achado mesmo que, no final, tio Frederick largaria uma frase a mais em seu testamento e surpreenderia seu sobrinho favorito? Esperava mesmo isso? Qualquer homem esperaria. No entanto, ele sabia em seu coração que isso não aconteceria. O duque tinha muitas ideias estranhas, e algumas sensatas, e os dois tipos desempenhavam um papel naquele testamento.

Você terá que construir o seu próprio caminho agora. Foi o que ele dissera quando Chase voltou para a Inglaterra e deixara o exército. *Não é algo tão ruim assim. Os homens ficam preguiçosos quando a vida é fácil demais. Boas mentes ficam preguiçosas e bons corpos engordam. Nove em cada dez homens* da cidade não conseguiram nada além de sair em busca de prazer. O mundo não aguentará isso por muito mais tempo. Foi o que a França nos mostrou.

Ele duvidava que Nicholas ou Kevin pudessem entender como o tio Frederick pensava que dificultar a vida de seus sobrinhos seria um legado valioso.

Nicholas pegou o relógio de bolso.

— Imagino que todos devam estar reunidos na sala de visitas agora. — Ele se levantou. — Conto com você para me dar cobertura.

— Eu me juntarei a você em breve para fazer exatamente isso. Primeiro, preciso falar com alguém. Chase foi na frente até a porta. — E, no futuro, não fale livremente na frente de nenhum dos criados.

O homem a estava seguindo. Minerva notou o jovem cavalheiro andarilhando pela casa, seguindo o mesmo caminho que ela. Embora seus deveres com as lareiras tivessem terminado, ela ainda carregava sua cesta enquanto fazia o longuíssimo caminho de volta para a cozinha.

A presença dele interferia em seu plano de aprender a disposição de todos os espaços da casa e de descobrir quem usava qual quarto. Ela até entrara em alguns aposentos vagos e acendera a lareira para ver se ele a acompanharia, mas, cada vez que ela dava um passo, lá estava ele.

Ela desceu até a biblioteca. Ninguém lhe disse para acender a lareira ali e, ao entrar, ela viu o porquê. A grande lareira já ardia, o suficiente para que o aposento tivesse ficado quente demais. Ela largou a cesta e abaixou a veneziana superior de duas janelas para que o calor pudesse escapar. Ficaria sabendo quem tinha sido tão descuidado na preparação daquele espaço.

Voltou à lareira, pegou sua cesta novamente e virou-se para sair. E lá estava ele de repente, bloqueando o caminho dela para a porta.

Ele a observou da cabeça aos pés. Não podia ser muito mais velho do que Jeremy, mas ela esperava que Jeremy nunca examinasse uma mulher com um brilho tão lupino nos olhos. Seu sorriso lento fez soar um aviso na cabeça de Minerva. Ele era um membro da família, ela presumiu; podia ver uma semelhança com Chase Radnor nele, enterrada na suavidade juvenil que ainda marcava seu rosto.

— Você gosta de perambular. — O tom dele era mais uma observação do que uma acusação. Ela não precisava de nenhuma das duas coisas.

— Sou nova aqui. Recebi incumbências, mas não um mapa da casa.

Ele pareceu surpreso.

— Você tem um jeito de falar que não é típico dos empregados.

— Eu normalmente não sou uma empregada. Sou uma viúva que poderia fazer um bom uso de um pouco de dinheiro extra. — Ela olhou para a cesta. — Fazer isso por um curto período de tempo não exige que eu engula demais meu orgulho.

A expressão dele clareou. Uma nova expressão tomou seu lugar. Uma que ela conhecia muito bem e desejava não testemunhar naquele momento. Ele a olhou de cima a baixo novamente.

— Existem várias formas de ganhar um dinheiro extra sem abrir mão de muito orgulho.

— Algumas. No entanto, esta tarefa me agrada. Não me importo com o trabalho pesado. — Ela deu um passo para a direita e se aproximou dos utensílios da lareira. — Eu deveria encontrar meu caminho de volta agora. Devo ajudar na cozinha.

Ele acompanhou seu passo e continuou bloqueando seu caminho.

— Não há necessidade de correr lá para baixo. Há tantos de vocês aqui que é improvável que a cozinheira saiba quem deveria estar trabalhando e quem não deveria. — Ele inclinou a cabeça para poder olhar para o rosto dela. — Você é uma mulher bonita. — Ele olhou para onde ela segurava a cesta. — Tem mãos bonitas. É triste que devam ser arruinadas por um trabalho como esse.

— Como eu disse, não me importo. — Um calafrio percorreu suas costas. As intenções dele se tornavam mais aparentes na maneira como ele a encurralava.

— Ah, mas eu me importo. É uma pena que mãos tão elegantes façam esse tipo de trabalho. Existem maneiras muito melhores de empregar essa suavidade.

O sangue dela congelou. Todo o seu corpo congelou. Ela lutava contra sua imobilidade ao encontrar um lugar muito duro em sua mente, um que havia aprendido a sobreviver quando se sentia impotente.

Minerva lançou para ele seu olhar mais frio e impassível.

— O senhor deve me dar passagem agora.

— Eu devo? — Ele riu, mas uma dureza cruzou seu olhar. Ele sabia que ela o olhava com desdém. — Eu não respondo a ninguém aqui, nem mesmo ao duque. Muito menos a você.

Posso fazer o que eu quiser nesta casa e ninguém vai acreditar se você reclamar.

Ela sentiu o corpo inteiro ficar tenso como uma corda de arco puxada. Então, passou a cesta na frente do corpo e posicionou a outra mão atrás das costas.

Ele arrancou a cesta das mãos dela e depois se aproximou ainda mais. A mão dele se fechou na dela no exato instante em que Minerva segurou o atiçador da lareira no suporte atrás dela.

O sujeito lhe segurou com uma das mãos e a acariciou com a outra. O gesto era um eco do que Chase havia feito antes, mas esse toque não a distraiu; esse a repugnou. O aperto dos dedos dele lhe machucava o pulso. Algernon a segurara dessa maneira.

Ele subiu os olhos para o rosto dela.

— Lábios igualmente macios, eu poderia jurar. E o resto de você também.

Minerva lutou para manter a repulsa sob controle, para não provocá-lo. Se ele fizesse alguma tentativa de avanço... Ela agarrou o atiçador com força, pronta para brandi-lo.

— Phillip.

A voz masculina assustou Minerva e o jovem também. Ele largou a mão dela e deu um passo para trás.

Minerva olhou por cima do ombro e viu Chase Radnor logo na porta. O olhar de Chase perfurava as costas do outro homem.

— A família está se reunindo. — O tom descontraído de Chase não combinava com a expressão furiosa que Minerva podia ver. — Você deveria se juntar a eles.

Phillip virou-se para Chase.

— Eu me perguntava mesmo onde todos estariam. Pensei que nos encontraríamos aqui.

— Não. Na sala de visitas.

— Irei para lá imediatamente. — Ele marchou para longe, como um homem ocupado com muito o que fazer.

Chase esperou a porta se fechar. Em seguida, caminhou até Minerva e passou o braço ao redor do corpo dela.

— Peço desculpas pelo meu jovem e imprudente primo. — Ele gentilmente livrou o atiçador dos dedos dela. — Ele não tinha ideia de quem estava importunando. Se você tivesse usado isso, poderia tê-lo matado.

Seu corpo a traiu, membro por membro, pouco a pouco, até que seu núcleo estremeceu. Ondas de repulsa e medo a inundaram.

Ela tentou pegar a cesta, mas vacilou. Duas mãos firmes a estabilizaram em posição vertical, segurando seus ombros. Olhos azuis profundos examinaram seu rosto. Ela tentou parecer normal e calma, mas seu corpo ainda queria tremer de um frio interior.

O olhar dele se fixou no dela. Curiosidade e preocupação a encaravam.

— Sente-se aqui. — Ele a virou, as mãos ainda nos ombros dela, e a dirigiu para um divã.

— Eu deveria voltar para...

— Sente-se. — Ele apertou seus ombros até ela obedecer.

Ele ajoelhou-se na frente dela, observando-a com atenção.

— Ocorreu algo mais antes de eu chegar?

Ela balançou a cabeça.

— Você deve me achar muito frágil por estar desconcertada com um avanço tão pequeno. — Ela olhou para a mão que Phillip segurara. A agradável lembrança da suave pressão de Chase havia sido arruinada.

— Creio que você antecipou um perigo maior do que o que teve de enfrentar, felizmente. Tenho certeza de que ele não teria... Ainda assim, você é vulnerável demais aqui. Não deve voltar amanhã. — Ele falou como uma ordem. Ela havia se acalmado o suficiente para não gostar daquilo, mas não o suficiente para discutir.

— Se não eu, alguma das outras. Ele é esse tipo de homem — ela murmurou. — Confie em mim quando digo isso.

— Então deixe que seja uma das outras — ele retrucou. E inspirou profundamente. — Vou dizer à governanta para alertar todas as mulheres. Você, no entanto...

— Eu nunca estarei longe de um atiçador ou de outra arma.

— Essa é uma resposta dos infernos. Fique em casa. Você não descobrirá nada aqui.

Os modos dele provocaram sua curiosidade e seus humores.

— Garanto que já descobri o bastante. Agradeço por ter contido seu primo, mas não pense em dar ordens a *mim*.

Ele passou os dedos pelos cabelos, exasperado, e se levantou.

— Devo me juntar aos outros. As lareiras já foram todas acesas, então seu trabalho está concluído. — Ele estendeu a mão para ajudá-la.

Ela aceitou, usando a mão violada por Phillip. A textura da pele quente de Chase salvou o insulto mais do que ela esperava.

— Vá para a cozinha agora. — Ele a conduziu até a porta e a deixou perto da escada para o porão.

Ela não desceu aqueles degraus. Em vez disso, subiu um lance na escada dos criados, até a passagem de serviço que corria ao lado da grande sala de visitas. Ela encontrou uma porta e a deixou entreaberta, para que pudesse observar.

— A escolha é simples — Nicholas disse em voz alta, sua voz se sobressaindo às discussões que preenchiam a sala de visitas. As outras conversas minguaram diante de seu aborrecimento até que o próprio silêncio o encarasse.

Chase esperava que Nicholas não se apressasse em continuar, porque o intervalo de paz era delicioso. Ele examinou a grande sala enquanto a última das vozes sumia. Em uma parede, um painel que escondia um acesso ao corredor dos empregados estava entreaberto. Ele foi até lá e o fechou.

— Opção um. Os legados são questionados por alguém. Qualquer um. E nada é desembolsado até que a corte de equidade julgue. Isso significa que ninguém recebe nada até esse momento chegar. Exceto eu, porque o patrimônio do título é uma escritura separada, e os funcionários, cujas pensões estão em fundos financiados pelo patrimônio ducal.

— Pelo menos poderemos obter uma quantia respeitável no devido momento — retrucou Dolores, antes de uma fungada desdenhosa.

— Opção dois. Ouvimos o que o advogado dirá amanhã à tarde sobre a

contabilidade feita até agora. Existe a possibilidade de que pelo menos algo possa ser pago em breve, mesmo que os números finais ainda não estejam definidos. Pedi que ele considerasse a possibilidade de metade dos recursos restantes estimados poderem ser dividida entre nós.

— Será meia ninharia, então — murmurou Phillip. — É tentador buscar obter mais.

— Fácil para você dizer, Phillip — rebateu Agnes. — Você é tão filhote que ainda pode estar vivo quando tudo estiver terminado. No entanto, duvido que seus credores gostem de esperar tanto tempo.

Phillip corou até as orelhas ficarem vermelhas. Aos vinte e dois anos, e o primo mais novo por uma diferença de cinco anos, ele não gostava de ser chamado de filhote. Também não gostaria que sua tia mencionasse a natureza precária de suas dívidas. Ele não demonstrara piedade aos comerciantes de Londres ao abusar de seu crédito, tudo sob expectativas infundadas. Uma vez divulgadas as provisões desse testamento, Phillip provavelmente se esquivaria dos oficiais de justiça.

No momento, Chase esperava que Phillip acabasse na prisão dos devedores. O primo mais novo tinha pouco contando a seu favor, e havia uma dúzia de razões pelas quais ele se tornara um homem sem bom caráter, mas nem mesmo cem razões justificariam seu comportamento com Minerva naquele dia.

— No entanto, se aceitarmos metade de uma ninharia, estaríamos aceitando a divisão da herança conforme ela está disposta — disse Kevin. — Quem aceitar o dinheiro terá desistido da primeira opção. Que bondade do tio incluir uma chantagem em seu testamento... Para a maioria de vocês, deve ser uma herança apelativa, já que ele não lhes deve nada.

— Ele também não lhe devia nada — retrucou Nicholas, gentilmente.

A expressão tensa de Kevin revelou sua reação ao comentário.

— Digo que devemos pegar o que pudermos conseguir enquanto ainda somos jovens o suficiente para aproveitar. — Claudine, esposa do primo Douglas, falava com ênfase emocional. — Temos despesas agora, e acho que não será uma ninharia de forma alguma. Portanto, nem metade de uma ninharia. Ele era rico como Creso, pelo que dizem. Afirmo que devemos ouvir o que o advogado determinou sobre o valor potencial que nos resta quando tudo estiver concluído, e o convenceremos a liberar o máximo possível.

Douglas assentiu, obediente. Douglas nunca falava muito. Mesmo quando menino, ele fora um observador do mundo, não um verdadeiro participante. Como se casara com uma mulher que falava muito, as expectativas colocadas sobre ele para uma boa conversa haviam diminuído da noite para o dia. Chase supunha que Claudine era quem tomava a frente em outros assuntos também, mas Douglas não parecia se importar.

Em um canto, o primo mais velho, o irmão mais velho de Douglas, Walter, ganhava tempo enquanto se servia de um pouco de *brandy* de um decantador posto à mesa encostada em outro daqueles painéis, um que também estava entreaberto. Chase refletiu sobre como todos eles conseguiam permanecer previsíveis naquela situação nada previsível. Walter sempre pensara que sua posição como o mais velho lhe concedia mais autoridade do que Nicholas, embora Nicholas fosse filho do segundo tio mais velho e, portanto, herdeiro do título. Mesmo quando eram todos meninos, Walter tentava emitir ordens e tomar decisões, às quais ninguém prestava atenção.

Agora, com o copo na mão, ele estava em pé ao lado de sua linda esposa loira, Felicity. Ela olhava para ele com adoração, como uma ninfa olhava para um deus. Formavam um belo casal, com a beleza etérea de Felicity e o rosto sombrio e bonito de Walter. Ele aguardou que os outros falassem primeiro.

— Vamos esperar o advogado explicar o que ele puder amanhã — determinou Nicholas. — Simplesmente apresento as escolhas agora para que todos entendam que, se um de vocês questionar o testamento, todos serão afetados.

Walter deu um passo à frente.

— Vamos esperar para ouvir o que o advogado tem a dizer antes de qualquer um de nós tomar qualquer decisão.

Kevin sorriu.

— Foi o que Nicholas acabou de dizer, Walter.

— Agora sou eu que estou dizendo.

— Que útil — ironizou Agnes.

— Obrigado por concordar comigo — disse Nicholas.

— Concluí que é a coisa certa a fazer — interpôs Walter.

— Eu quero o maldito dinheiro — reagiu Phillip.

— Por quê? Não é provável que você pague nem metade de suas

dívidas — desdenhou Dolores. — Você irá desperdiçar a herança antes que um único chapeleiro receba o que lhe é devido.

— Pelo menos eu tenho o estilo de desperdiçar bem, ao contrário de vocês.

— Tal pai, tal filho — disse Agnes. — Só estilo, nenhuma substância. Seu pai *ficaria* em Nápoles durante esta crise, gastando dinheiro que não possui. Ele provavelmente nem sabe que o irmão morreu.

— Ele sabe, tia Agnes — afirmou Nicholas. — Mesmo em Nápoles, a notícia se espalha quando um duque inglês falece.

— Então ele deveria estar aqui, cumprindo seu dever para com a família. Todos os meus irmãos deveriam estar.

— Eles sabiam que não haveria nada para eles no testamento — explicou Nicholas. — Eles podem estar com raiva em nome de seus filhos, mas não por si mesmos. Esta não é a batalha deles.

— Está querendo dizer que eles deveriam estar aqui reclamando como o resto? — Kevin perguntou a Agnes.

— Não vejo a senhora aceitando o testamento do jeito que está — falou Phillip.

— Eu tenho um motivo para ficar com raiva. Minhas expectativas não foram construídas do ar e da ganância.

— Insisto que todos deixem esse assunto de lado até amanhã — ordenou Nicholas em voz alta. — Vamos descer para o jantar e não mencionar isso lá. Falem sobre teatro, moda ou fofoquem sobre seus vizinhos, mas nenhuma palavra na mesa sobre o testamento.

— Essas discussões nos darão indigestão — advertiu Walter, como se Nicholas não tivesse falado. — Nada disso lá embaixo. Você me ouviu, Phillip? Kevin?

Eles se enfileiraram em um desfile de hierarquia insignificante. Chase esperou até que todos estivessem em seus lugares, depois se aproximou de Phillip. Ele segurou o braço do primo com força e inclinou a cabeça até a orelha dele.

— Se eu descobrir que você importunou de novo qualquer mulher nesta casa, de qualquer forma, eu o espancarei até sobrar apenas um fio de vida em você.

Phillip corou, mas se recuperou e sorriu para ele. Chase saiu e tomou seu lugar, com Douglas logo atrás. Ele viu tia Agnes se aproximando do ouvido de Nicholas quando começaram a marcha.

— Então, você sabe quem fez isso? — Walter se dirigiu a ele, apesar de estar na frente.

— Neste momento, não sei nem se *isso* foi feito.

— Pensei que você era bom. Se um homem se propõe a uma tarefa, deve se esforçar para ser o melhor nela.

— Não estou conduzindo uma investigação formal, Walter. Você quer que eu o faça? Posso discutir meu preço com você depois do jantar.

— Bem, alguém deveria fazer uma dessas investigações. Se algum deles o fez... — Walter apontou para a fila à sua frente e atrás — ... será um a menos de nós, não é?

Sua esposa olhou com espanto, como se ele tivesse acabado de dizer palavras que deveriam ser memorizadas para sempre.

Chase rangeu os dentes.

— Walter, acho Phillip infantil em suas exigências, e Douglas impressionante em sua passividade, mas você é intolerável. Você calculou que, se um de seus parentes for enforcado por assassinato, você obterá uma parcela maior do patrimônio. Você também não parecia consternado com a ideia. — Ele inclinou a cabeça para perto da nuca de Walter. — Se a sua avareza for tão profunda, acho que aconselharei o magistrado de Sussex a examinar de perto suas relações com tio Frederick.

Walter parou de repente. Ele virou a cabeça e olhou para Chase. A expressão de sua esposa esmoreceu.

— Continue em frente — disse Chase. — Os outros estão fazendo você comer poeira.

CAPÍTULO SEIS

— A governanta deu uma palavra particular conosco, uma a uma. — Elise compartilhou as informações enquanto ela e Minerva voltavam para Rupert Street. — Ela foi até lá em cima para nos procurar. Alertou-nos sobre os cavalheiros e empregados homens. Foi um cuidado da parte dela, não que eu precise de avisos sobre essas coisas.

— Recebi o sermão na cozinha — revelou Minerva. — Foi um anúncio geral lá, já que estávamos ocupadas demais para qualquer outra coisa. — Seus pés doíam e suas costas se rebelavam em resposta ao trabalho do dia. Suas mãos coçavam por terem ficado em contato com sabão por tempo demasiado. Ela ansiava por chegar em casa, onde poderia descansar e encontrar tempo para pensar nos eventos do dia. Como tinha que voltar para Whiteford House às sete da manhã, tal reflexão teria que esperar.

No dia seguinte, ela pegaria um carro de aluguel para ela e para Elise irem e voltarem da casa. Afinal, era uma investigação. Logo haveria dinheiro suficiente para repor o orçamento doméstico que agora estava sendo usado para os carros de aluguel, então não era realmente um luxo.

Elas caminhavam juntas, duas mulheres sozinhas, passando de uma mancha de claridade lançada por um poste de luz para outra, como se experimentassem repetidos alvoreceres e crepúsculos, dias e noites. Ela podia ver o semblante suave de Elise claramente por um momento e admirar seu rosto delicado e seus olhos azul-claros, apenas para ter um fantasma ao seu lado alguns metros adiante.

Minerva tinha gostado de Elise de imediato. Alegre, animada, mas também sensata, Elise havia se conduzido bem quando Minerva a conheceu na casa da sra. Drable. A ideia de trabalhar para o Escritório de Investigações Discretas Hepplewhite a enchia de entusiasmo. Seria ocasional no começo, mas um dia Minerva esperava poder pagar salários regulares a Elise.

Sua primeira tarefa tinha sido fácil de planejar. Minerva apenas pediu que ela mantivesse os ouvidos e os olhos abertos enquanto servia Lady Agnes Radnor.

— É o cavalheiro mais jovem, em particular, que você deve observar — disse ela, pensando na jovem e bonita Elise sozinha no quarto onde servia como criada pessoal. — Ele é do tipo que importuna as mulheres, principalmente se achar que elas não têm nenhum recurso contra ele. O nome dele é Phillip.

— Eu não acho que ele ousaria entrar no quarto de Lady Agnes sem ser convidado.

— Se ele entrar, você deve sair imediatamente. — Ela falou isso como uma ordem, o que fez Elise olhar para ela com curiosidade, assim que outro amanhecer irrompeu.

— Talvez você não devesse voltar — opinou Elise.

— Sou capaz de lidar com pessoas como ele. Você, no entanto... Preste atenção nele, ouviu?

— Sim, senhora. — Elise sorriu. — Dolores visitou Agnes depois do jantar enquanto eu a preparava para dormir. Dolores pretende fazer questionamentos incisivos ao advogado amanhã. Ela também compartilhava da opinião de que, de todos eles, se alguém fez mal ao antigo duque, provavelmente tenha sido Kevin ou Chase Radnor, já que os dois são de caráter questionável.

— Ela disse por que acreditava nisso?

— Em relação a Kevin, tinha a ver com seus interesses em comum com os do duque. Toda aquela experimentação mecânica. Nem mesmo era ciência real, ela disse. Ele poderia muito bem ser dono de uma fábrica, ela disse.

Não era de Kevin que Minerva queria ouvir. Ela diminuiu os passos um pouco, para garantir que Elise tivesse tempo suficiente para explicar o resto. Quando fez isso, ouviu um som atrás delas. Olhou por cima do ombro. Nada.

— Quanto ao outro sr. Radnor, ela disse que todos sabiam que o exército o expulsara. Eles deixaram que ele vendesse sua comissão, mas toda a situação era altamente suspeita, e jurava pelo dinheiro dela que ele provavelmente fora poupado de um escândalo público apenas devido à interferência do duque em seu nome.

— Sem dúvida, ela também tinha uma opinião sobre o motivo disso.

— Ela começou a dizer algo sobre isso, quando Agnes interrompeu com muita firmeza: "Não falamos sobre isso, para não dar asas ao escândalo".

Fiquei surpresa que Dolores realmente tivesse parado de falar e partido logo em seguida.

Minerva se perguntava sobre as especificidades que não haviam sido ditas. Se poderiam causar um escândalo público e se a família nem se referia a elas, algo sério havia acontecido.

Chegaram à última lâmpada da rua antes da casa da sra. Drable. A porta apareceu na luz fraca do outro lado. Elise subiu os degraus quando chegaram.

— Espere e eu pedirei que o lacaio a acompanhe até em casa.

— Não há ninguém por aqui e são apenas mais seis residências na rua.

Elise olhou de um lado para o outro na rua antes de tocar a trava da porta.

— Amanhã de manhã, então.

Depois que a porta se fechou atrás de Elise, Minerva continuou seu caminho. Mais uma vez, ela pensou ter ouvido um som atrás dela. Um passo leve. Não olhou para trás desta vez. Em vez disso, mexeu na fita de sua retícula e extraiu de dentro dois longos alfinetes de chapéu que ela havia entrelaçado na lateral da bolsa. Agarrando-os como os punhais que poderiam ser, ela subiu os degraus em direção à sua porta.

Ao fazê-lo, um vulto saiu das sombras. Uma pessoa estava a três metros de distância, mas não avançou. Ela olhou para a silhueta, depois se voltou para ela.

— Você.

— Sim, eu.

— Você faz barulho demais. É espantoso que consiga seguir alguém em segredo.

— Eu não me importava se você soubesse que eu estava ali. A outra mulher, no entanto...

— Ela não suspeitou.

— Então eu consegui.

Ela enfiou os alfinetes de volta na trama da bolsa.

— Por que você está nos seguindo?

— Eu queria garantir que ninguém a interceptasse.

— Você se preocupa com Phillip abordando mulheres na rua? Espero

que ele não seja tão estúpido assim. Prometo que não o matarei se ele me importunar de novo, mas garantiria que ele se arrependesse.

Houve uma risada baixa.

— Tenho certeza de que você o faria. — Ele se aproximou alguns passos. — Eu também estava curioso. O que achou da família?

— Não tive o prazer de conhecer todos os seus parentes, por isso não formei opiniões.

— Você não conheceu todos eles, mas observou todos eles.

Ele sabia que ela os observara na sala de visitas, ao que parecia. Isso a surpreendeu apenas porque ele não a impediu de fazê-lo. Se ele havia fechado o primeiro painel, optara por não fechar o segundo por algum motivo.

— Entre. Não podemos discutir isso na rua. — Ela colocou a chave na fechadura.

Não houve nenhum som atrás dela. Ela olhou e o encontrou ainda parado no mesmo lugar.

— Eu não deveria...

— Está preocupado com a minha reputação?

— Você não está?

— Quando uma mulher decide não se casar, fofocas ociosas sobre ela representam muito menos ameaças. Bem, já é quase meia-noite, as casas estão todas escuras e garanto-lhe que não serei a primeira mulher nesta rua a receber uma visita tardia por motivos inexplicáveis. Meus pés estão doendo, então, entre, ou devo lhe dar boa-noite.

Depois do que pareceu ser um encolher de ombros, ele subiu as escadas e a seguiu para dentro.

Longe de ele se preocupar mais com o bom nome dela do que ela mesma. Chase a seguiu até o pequeno hall de entrada mal iluminado. As implicações normais da visita o deixaram alerta para o calor da presença dela em sua frente e para o perfume sutil que exalava enquanto ela desamarrava o laço do chapéu. Lavanda.

Ele sabia que ela havia se encontrado com o advogado. Chase se perguntava quanto tempo ela permaneceria naquela casa modesta. Logo ela poderia pagar uma habitação muito melhor.

— Enfim de volta, não é? — A mulher mais velha chamada Beth espiou através de uma de porta, uma touca branca caindo em ondas soltas ao redor de seu rosto. Ela o viu e suas sobrancelhas se juntaram sob os franzidos.

— Sim, estou. Eu lhe falei para não me esperar acordada até tão tarde.

— Eu estava meio adormecida no divã. Vou subir agora. — A expressão fechada foi direcionada a ele. — A menos que você queira que eu fique.

— Não há necessidade. O sr. Radnor quer comparar ideias, não me interrogar.

— Se você diz... — Beth não parecia convencida.

— Vou sair em breve, prometo. — Ele tentou abrir um sorriso inocente.

— Jeremy já voltou? — Minerva perguntou.

Beth assentiu.

— Chegou pelo menos uma hora atrás. Talvez mais. Eu estava cochilando, como eu disse.

— Então falo com ele amanhã. Boa noite, Beth.

Beth levou a vela noturna para as escadas e começou a subir.

— Podemos conversar aqui. — Minerva foi na frente até a biblioteca de que Beth acabara de sair. — Há xerez nessa garrafa, se você quiser um pouco. — Ela apontou para uma mesa antes de largar o corpo no divã.

Ela não usava um vestido de ficar em casa como da última vez, mas sua pose relaxada o lembrou da noite em que o golpeara na cabeça. Ele viu o atiçador de brasas perto da lareira, muito parecido com o que ela quase usara contra Phillip. Ela provavelmente não precisava de ninguém seguindo-a até em casa para ter certeza de que estava segura. Fora um impulso sem sentido da parte dele, resultado da raiva do comportamento de Phillip que nunca se acalmara completamente dentro dele durante a noite toda. O resultado fora uma pressão constante em sua mente representada pela vulnerabilidade de Minerva indo e vindo daquela casa.

A expressão no rosto dela durante aquele confronto também não saíra de sua mente. Terror. Ele já tinha visto aquele olhar antes, no campo de batalha. Os homens que o apresentavam quase nunca sobreviviam ao dia. Não era uma reação que se esperaria de uma mulher que atingia intrusos na cabeça com aquecedores de cama.

— Obrigada por alertar a governanta sobre seu primo — disse ela. — Foram emitidos avisos a todas as mulheres da equipe de funcionários.

— Eu não o indiquei pessoalmente, mas lembrei a ela que havia muitos homens na casa. Alguns de origem desconhecida, outros que achavam ter direitos demais. A governanta ficou chocada ao saber que eu tinha visto uma criada ser importunada por alguém. Pela reação, alguém pensaria que ela nunca tivera experiências com isso. Talvez, enquanto o último duque era vivo, nada disso tenha acontecido.

— Sou amiga de uma mulher que coloca criadas em casas de família e é uma história comum, segundo ela me diz. As criadas não reclamam porque pensam que não acreditarão nelas. — Minerva se acomodou encostada na lateral do divã para poder dobrar os joelhos e levantar os pés sobre a almofada. — Perdoe-me, mas fiquei em pé ou andando o dia todo.

Seus sapatos despontavam da bainha do vestido. Ele se perguntava se seus pés eram tão adoráveis quanto as mãos. Provavelmente, sim. Delicados, bonitos e macios — imaginou um pé assim deslizando pela pele de sua perna.

Chase matou a fantasia quando a suave carícia atingiu seu joelho. A pouca luz e a hora tardia estavam enviando sua mente para onde ela não deveria ir. A intimidade daquela biblioteca agora cantava como uma canção de sereia para sua masculinidade. Ela estava adorável naquele divã. Quase doméstica em sua tranquilidade e informalidade.

— Se quiser ir trocar o uniforme para uma roupa mais confortável, não me importo de esperar.

Houve um leve espanto, depois uma risada.

— Quando eu disse que não estava preocupada com minha reputação, não quis dizer que era tão descuidada a ponto de receber você aqui usando um vestido de ficar em casa.

— E ainda assim você já o fez uma vez.

— Não havia escolha naquele momento. Você invadiu minha casa no meio da noite.

— Um precedente, no entanto.

— Devo recusar sua oferta gentil e um tanto maliciosa.

Ele se sentou em uma das cadeiras, resistindo à tentação de pegar uma bem perto dela.

— Repetindo minha pergunta da rua, o que achou deles?

— Está perguntando porque valoriza minhas percepções, ou para flertar comigo através da bajulação?

Ora, isso foi direto.

— Digamos que eu esteja realmente curioso.

O pequeno sorriso dizia que ela não perdera de vista que ele não havia negado a bajulação. Ela encobriu um bocejo atrás da mão.

— Como preciso dormir, não vou perder tempo sendo tímida. Acho que, se um deles o matou, foi Walter ou Dolores. Eu acrescentaria Kevin, mas ouvi dizer que ele estava fora do país. E Phillip pode ser um canalha, mas acho que ele não teria coragem de fazê-lo. — Ela encolheu os ombros. — Ou, claro, poderia ter sido você.

— Eu?

— Posso pensar em muitas razões pelas quais poderia ter sido você. Também não lhe falta coragem. Acho que você perde a paciência de vez em quando e isso soa como um ato de impulso no calor do momento, não como um crime calculado. Mais uma questão do chamado da oportunidade.

— Eu não tinha motivos. Sabia que ele havia me removido do testamento, então não tinha nada a ganhar.

— Talvez você soubesse porque ele lhe disse naquela noite e você reagiu com raiva.

— Ele me disse semanas antes.

— Se é o que diz... — Outro pequeno encolher de ombros deixou a pergunta em aberto, não importava o que ele alegasse.

— Você não pode acreditar que tenha sido eu.

— Eu disse que é uma possibilidade. Assim como você acredita que é possível que tenha sido eu. Pois bem, não quer saber por que apontei um dedo para Walter? Não é apenas porque ele é pomposo e claramente se considera merecedor de tudo, ou por ele se ressentir por Nicholas ter se tornado o duque quando ele se considera muito mais qualificado. — Ela se inclinou um pouco. — É por causa da esposa.

— Felicity?

— Ela o idolatra. Ele ama a admiração inadequada dela mais do que provavelmente *a* ama. Se ele permitiu que ela tivesse expectativas em relação

a uma suposta fortuna, e descobriu que terá que decepcioná-la... Além disso, ele é o tipo de homem que provavelmente pode racionalizar qualquer coisa. Se o fez, sem dúvida tem uma longa explicação que acaba por culpar o tio por sua própria morte.

Soava como algo que Walter faria. Ele sempre achava alguém para culpar. Sempre agira assim, mesmo quando eram todos meninos.

Ela havia concluído tudo isso em uma hora de escuta. Qualquer outra pessoa teria aceitado a atitude insossa e enfadonha de Walter e sua retidão previsível pelo que elas aparentavam no exterior.

— E Dolores?

— Ah, a irmã zangada. Zangada demais. A questão não é só o testamento. Ela guarda amarguras em relação ao irmão.

Ele sempre assumira que Dolores apenas possuía uma disposição desagradável. Nunca considerara que pudesse haver uma razão para isso, muito menos alguém que tivesse algo a ver com o tio Frederick.

Ela abriu um sorriso astuto.

— Eu disse que já havia descoberto muito. A irmã dela sabe. Se quiser descobrir, pressione Agnes. Houve uma alusão mínima a isso enquanto elas conversavam hoje e eu estava acendendo a lareira. É algo de um passado distante.

— Eu não vou pressioná-la, mas posso convencê-la a confiar em mim.

Ela riu baixinho, criando uma bonita melodia no silêncio da biblioteca.

— Ela não parece ser uma mulher que possa ser convencida facilmente. Ou que ceda a charmes.

— Você subestima meus poderes em ambos os casos.

Ela o encarou de igual para igual.

— De modo algum. — Ela o observou atentamente, como se tentasse ler a alma dele. Chase se recusou a desviar o olhar e empreendeu seu melhor esforço. Isso aumentou a intimidade acolhedora que pairava entre eles no aposento mal iluminado.

— Quando ele lhe contou sobre o testamento? Antes ou depois que o alterou? — ela perguntou.

— Foi cerca de um mês antes de ele morrer. Não tenho certeza, mas as palavras dele para mim sugeriram que aconteceria em breve.

— Ele informou cada um deles?

— Não.

— Apenas você?

— Apenas eu. — *Não é por causa dessa situação com o exército. Quero que saiba. Vou remover todos vocês dos principais legados. Ainda haverá algo para dividirem, mas não uma fortuna para cada um de vocês.*

— Acho que ele queria ter certeza de que eu não entendesse mal por que ele estava fazendo o que estava fazendo. — Ele não precisava explicar e se amaldiçoou assim que o fez. Diabos, o clima naquele cômodo o estava colocando em desvantagem; não *ela*.

— Talvez alguns dos outros tenham descoberto mesmo assim. Alguém pode ter nutrido esperanças de que ele falecesse antes da assinatura de um novo testamento e encorajado a ocorrência dessa eventualidade.

Esse era o seu pensamento, quando ele se permitia considerar um parente, se é que se permitia. Quanto mais se fosse uma dessas mulheres a receber uma gorda herança. Como aquela mulher ali.

A ideia não o atraía nem de perto tanto quanto no momento em que ele invadira a casa de Minerva Hepplewhite em busca de evidências dessa hipótese. A noite e o clima provavelmente tinham muito a ver com isso. Pela manhã, ele voltaria a enxergar claramente e perceberia que ela ainda era sua melhor suspeita.

— Você contou a algum deles? — ela perguntou. — Porque, se o fez, essa pessoa poderá ter contado a outra, e assim por diante.

— Não, eu não contei. — Sim, maldição. Ele havia alertado Nicholas.

— Discrição louvável. Infelizmente, isso coloca você no topo da lista.

— Quase tão no topo quanto você?

— Oh, nem tanto assim. Alto o suficiente para ser uma pessoa de interesse em qualquer investigação, no entanto.

Ou seja, ela, Chase presumia. Se fosse de tarde e ele estivesse falando com ela dentro de um escritório e a luz não fosse tão baixa e lisonjeira ao rosto dela, e a noite não enfatizasse que eles estavam sozinhos, ele poderia ter virado a mesa para ela e apresentado suas próprias questões. Poderia ter lhe lembrado que poucos tinham tantos motivos para querer que o duque morresse quanto ela, porque poucos haviam se beneficiado tanto.

A questão era que o clima, no momento, não exigia isso, nem necessitava. Não era suspeita que fervilhava nele, causando um agradável aumento da consciência da figura sensual de Minerva em seu estado relaxado. Ela não fizera nenhum avanço nem tomara alguma atitude indecorosa, mas ele estava no caminho de ser seduzido. Não sabia dizer se era essa a intenção dela, ou se ela sabia o que estava acontecendo.

O que aconteceria se ele fosse ao divã e fizesse menção de tocá-la? Seus olhares conectados, a conversa tranquila e o silêncio da noite imploravam por algo além daquela conversa sobre possíveis assassinos.

Os lábios dela se separaram de leve. Seu olhar se aqueceu como se outra lâmpada tivesse sido acesa no fundo de seus olhos. O exame que fazia dele tornou-se cauteloso e curioso ao mesmo tempo.

Ela sentou-se ereta e voltou a colocar os pés no chão.

— Acho que o senhor já tem o que veio procurar.

— Nem de perto.

Sua alusão foi sutil, mas ela ouviu as implicações. A expressão de Minerva se firmou apenas o suficiente para desencorajar essa linha de pensamento. Ele não tinha muita esperança. Seria um envolvimento bizarro naquelas circunstâncias.

Ela ficou em pé, e ele também.

— Preciso descansar um pouco antes de assumir meus deveres de criada novamente. O senhor deve ir agora.

Ele não queria ir embora. Queria conversar a noite toda, ou, melhor ainda, não falar nada, mas investigá-la de várias maneiras. Claro que era impossível, por muitas razões, e a não menos importante era que ela nunca aceitaria.

Ele a seguiu até a porta da biblioteca e saiu para o pequeno hall de entrada. O pequeno espaço lhes causou uma maior proximidade. Ela abriu a porta para que ele saísse.

— Não vá para Whiteford House a pé sozinha nem volte de lá assim no futuro — disse ele ao se despedir.

— Mais alguma instrução indesejada, sr. Radnor?

Ele cruzou o limiar.

— Apenas uma. Não receba visitantes homens no meio da noite. Eles terão ideias. É inevitável.

O menor sorriso se formou ao luar enquanto a porta se fechava.

Minerva sentiu o sorriso nos lábios e ficou com as costas apoiadas na porta enquanto reconsiderava os últimos cinco minutos.

Não demorou muito para reconhecer o interesse masculino vindo daquele homem. Ela não procurava mais essas coisas, mas o poder que se estendia entre eles era inegável. O clima ganhara uma familiaridade que só poderia ser chamada de íntima, e Chase Radnor estava claramente pensando em explorar o que aquilo poderia significar.

O que a fez juntar os fragmentos de suas memórias foi a maneira como ela reagiu, não ele.

Sensações vívidas a haviam despertado. A atenção dele era lisonjeira. Minerva queria mais daquela sensação e mais da intimidade. Reviveu tudo enquanto estava parada junto à porta, fascinada. Em retrospectiva, parecia que havia ficado pelo menos levemente... tudo bem, ela chamaria pela nome que provavelmente tinha... havia ficado levemente *excitada*.

Imaginara que Algernon havia arruinado essas sensações para ela. Destruído sua capacidade de confiar em um homem o suficiente para ter tais sentimentos outra vez. E Radnor? Se havia homem em que não deveria confiar, esse homem era Radnor.

E ainda assim... Ela olhou para as mãos. Suas mãos *adoráveis*. O toque dele não a repugnava ou assustava. Sua reação à atitude de Phillip dizia que a aversão também não desaparecera. Por alguma razão, no entanto, Chase Radnor não estava provocando suas reações habituais.

Ela não se importaria de conhecer as sensações femininas novamente. Esperava não envelhecer ainda suspeitando de todos os homens, mas imaginava que era o que aconteceria. Apesar disso, seria bom ser tocada às vezes ou até mesmo ser abraçada com carinho, se pudesse encontrar um. Seria estranho considerar os braços de Radnor como apropriados. E ainda assim...

Por alguns momentos na biblioteca, quando aquele calor especial nos olhos dele chamou sua atenção, uma brisa fresca a permeou, trazendo a promessa da primavera.

CAPÍTULO SETE

Os parentes acordaram tarde, então Minerva também cumpriu suas tarefas tarde. Ela percorreu os aposentos enquanto a família se vestia e se preparava para o dia.

Kevin visitou Lady Dolores enquanto a criada arrumava seu cabelo e Minerva acendia o fogo.

— Sente-se — Dolores ordenou quando ele entrou. — Eu lhe chamei porque suponho que podemos ser aliados. Agnes vai pressionar todos a aceitar as disposições do testamento como está. Meio pão agora, ela diz. Nem metade, é o que eu digo. Certamente você não está satisfeito com o que meu irmão fez.

— É meio pão, mas é inútil, com a outra metade da empresa sendo destinada a alguém ignorante. Estaremos à beira da falência dentro de dois anos, é o meu palpite. Se ele a tivesse deixado para meu pai, ou um dos primos...

— Estou falando do dinheiro, não dessa empresa. — Houve um suspiro profundo. — Esse é o problema quando os homens se envolvem nos negócios. Não conseguem pensar em outra coisa. Se questionarmos o testamento e vencermos, você terá o suficiente para abrir dez empresas, se quiser. Mantenha os olhos no prêmio principal, Kevin.

O silêncio gelou as costas de Minerva. Ela fez questão de ter dificuldade em acender o combustível.

— Tia Dolores, a senhora pode pensar nisso como meros negócios. Eu penso como ciência, aplicada em benefício do progresso.

— Sim, sim. Tudo bem, tudo muito bem. Você ainda precisa de um legado à moda antiga, como todos nós. Onde está seu pai, a propósito? Os irmãos deveriam estar aqui. Eu sei que eles foram informados.

— Meu pai me disse que tio Frederick informou há muito tempo a seus irmãos que a porção que eles receberam de sua mãe e as quantias concedidas ao longo dos anos haviam compensado suficientemente a geração deles.

— Ele disse mesmo isso? Que absurdo. Confio que ele não incluiu Agnes e eu nessa avaliação. É diferente com irmãs solteiras.

— Talvez a senhora deva perguntar diretamente ao meu pai a opinião do tio Frederick.

— Eu perguntaria, mas ele não está aqui.

— Ele está na cidade. A senhora poderia visitá-lo e voltar a tempo da chegada do advogado.

— Estou perguntando a você, Kevin. Pare de se fazer de difícil.

— O duque incluiu a senhora e tia Agnes. Ele acreditava que as duas poderiam ter se casado, mas não o fizeram porque recebiam mesadas tão generosas que consideravam o casamento uma regressão em sua condição de vida. Na opinião dele, a senhora também... como meu pai disse que o duque expressou? A senhora mamou por tempo suficiente.

— Eu mam... como eles ousam! Ele e Frederick sempre foram espertinhos demais, e convencidos também. Farinha de um mesmo saco muito estranho.

— A senhora está falando com outra farinha do mesmo saco estranho. Agora, devo lhe desejar um bom-dia. Hoje não estarei em nenhuma reunião de família, a não ser com o advogado. Procure seus aliados em outro lugar. Primo Walter, por exemplo. Ou o jovem Phillip. Este último está tão embrenhado em território sombrio que ele provavelmente aceitará qualquer suborno que a senhora oferecer.

Assim que a porta se fechou, Dolores começou a murmurar e a reclamar.

— Garoto rude. Sempre foi. Muito orgulhoso pelo pouco que ele é e tem. Outro degenerado, como Chase. A humilhação disso não deve ser suportada. Menina! Corrija esta onda! Eu lhe disse como fazê-la duas vezes. Nicholas nos faz viver como bárbaros aqui, com arremedos tão ruins de criados e...

Minerva se levantou, pegou sua cesta e se afastou enquanto a mulher reclamava.

Na esperança de aprender mais sobre Walter, ela pretendia seguir para o quarto dele em seguida. Infelizmente, ele e sua esposa não estavam lá. Minerva olhou para o guarda-roupa e para a penteadeira. Seria muito arriscado bisbilhotar em qualquer um dos dois. Também não achava que haveria algo para encontrar ali. Engoliu sua curiosidade, cuidou da lareira e depois seguiu em frente.

Meia hora depois, desceu ao porão e colocou a cesta no lugar. Visitou a cozinha em seguida.

— Há roupa para lavar — falou a cozinheira, apontando o polegar para os fundos da casa. — Disseram para enviar alguém que não estivesse ocupada e parece que é você.

Minerva estava com os cotovelos na água com sabão quando a porta da lavanderia se abriu. Chase entrou.

— Como você me achou? — ela indagou, enquanto usava a tábua para esfregar um lençol de linho.

— Você disse que ajuda na cozinha depois das tarefas da manhã. Perguntei à sra. Fowler, a cozinheira, onde você estava.

A chegada elevou o humor dela, que havia caído consideravelmente ao entrar naquela área de serviço.

— Quer alguma coisa?

Um sorriso lento se formou.

— Absolutamente nada, apenas a garantia de que meu jovem primo não a persiga mais.

Sua feminilidade ansiava por ouvir outras palavras. *Sim, sua companhia, seu beijo, seu desejo.*

O que havia de errado com ela?

— Hoje ele permaneceu invisível até agora. Você o avisou para ficar longe?

— Prometi espancá-lo se ele tentasse fazer avanços de novo com alguém aqui. Mas eu contava em ter uma desculpa para cumprir a promessa. Algumas brigas fariam bem a ele.

— Talvez eu deva reconsiderar o lugar dele na minha lista de possíveis bons objetos de investigação.

— Estou inclinado a concordar que ele não tem coragem, mesmo que tenha boas razões para ficar preocupado e zangado se soubesse que não haveria legado. Ele viveu de suas expectativas por vários anos, com impressionante autoindulgência.

— Ele não é como você, então.

— Não é como a maioria de nós.

Ela virou o lençol. Suas mãos, vermelhas e ensaboadas, chamaram a atenção dele. Ela fez uma pausa para verificar as unhas. Pareciam as de uma lavadeira. Não era de surpreender, já era o que ela se tornara.

Ela começou a esfregar novamente, mas percebeu que a atenção de Chase também estava em suas mãos.

— Só mais um dia — disse ela. — Elas vão se curar.

— Você não poderia ter encontrado alguém para espionar em seu lugar?

Uma pergunta embaraçosa. Ela esfregou com determinação.

— Ah, você *encontrou*. — Ele chegou mais perto. — Você tem amigos aqui, ajudando você. Eu pensei que você poderia ter.

— Não preciso de mais ninguém para fazer isso. Tenho olhos e ouvidos.

— Mas mais olhos e mais ouvidos seriam úteis.

— Você colocou alguns amigos ou funcionários entre os criados? Você acha que eu o fiz porque você o fez? Que inteligente da sua parte. Será que consigo adivinhar quais? — Ela fingiu refletir. — O lacaio Andrew? Ele é amável o suficiente para atrair todos os tipos de segredos das pessoas.

— Se eu o tivesse colocado aqui, teria feito dele um pajem. Há muito mais a se descobrir nos quartos, atrás de portas fechadas.

De fato, havia. Elise havia fornecido todo tipo de informações ao servir Lady Agnes.

Ele bloqueou a pilha de lençóis que ela precisava lavar. Depois de jogar o lençol em uma bacia de enxaguar, ela fez um gesto para ele se mexer. Ele se virou, levantou uma toalha e entregou a ela.

A água havia esfriado demais. Ela enxugou as mãos na toalha antes de jogá-la no tanque, depois caminhou até a lareira, onde a água esquentava.

Outras mãos encontraram as dela na alça da grande chaleira. Mãos fortes.

— Eu faço isso — ofereceu ele.

Ele levantou a chaleira, levou-a para a bacia e despejou-a. Ele mergulhou a pontinha dos dedos para testar a temperatura.

— Muito quente. Espere um instante.

Ela praticamente o empurrou de lado. Ela mergulhou as mãos e encontrou a toalha.

— Interessante você mencionar Andrew. Vi você e ele juntos esta manhã, no jardim — ele disse. — Presumi que você estava averiguando o

que ele tinha descoberto. Ou apenas flertando.

Ela estava avaliando Andrew para ver se ele poderia ser um bom complemento para o empreendimento assim que seu curto contrato de trabalho ali chegasse ao fim. Amável e não muito jovem, o lacaio tinha um jeito especial de deixar as pessoas à vontade.

— Andrew não é um dos meus amigos, então você estava errado.

— Sobre ele ajudar a ser seus olhos e ouvidos? Ou sobre o flerte?

Ela parou de esfregar e olhou para ele. Nenhum sorriso provocante. Nenhuma faísca travessa em seus olhos. Era uma pergunta séria. Uma noção ridícula passou pela mente dela. *Ele está com ciúmes.* Ela quase riu de si mesma por pensar assim. No entanto, a maneira como ele ficou ali, observando-a, esperando alguma resposta...

— Como um cavalheiro bem-nascido, você não entenderia como os empregados são informais uns com os outros. Os melhores cuidam um do outro também. Ele insistiu que a cozinheira me desse algum tempo para eu descansar das minhas tarefas e me convidou para fugir um pouco lá para fora com ele.

Por que ela estava explicando? Ele não tinha motivos para saber ou se importar. Se ela estivesse beijando Andrew, não seria da conta dele.

— Então me resta adivinhar quem são os outros. — Ele sorriu ironicamente. — Apenas você considerou o quanto os ouvidos adicionais seriam úteis. Uma coisa boa, não é? Um investigador profissional está diante de você, e você foi mais esperta do que ele.

Ela não confirmou que tinha alguém ali. Se ele pensava em convencê-la a fazê-lo, ficaria desapontado. No entanto, ela se aqueceu por dentro ao receber os elogios. Como pretendia fazer disso sua profissão também, era bom que outro investigador a chamasse de esperta.

— Se eu fosse verdadeiramente esperta, teria subornado o advogado da família para espionar para mim. Não consigo pensar em outra forma de ouvir a reunião de hoje à tarde se não for assim. — Ela jogou a toalha na bacia de enxaguar.

Ele jogou outra peça na água.

— Eu estarei lá.

— Claro.

— Quero dizer que posso lhe contar o que acontecer. Não como um espião. Apenas passar adiante alguns detalhes.

Ela ocultou a surpresa torcendo o lençol.

— Por que você faria isso?

— Por que não? — Ele viu o último lençol voar até a bacia de enxágue. — Você precisa lidar com isso agora?

— Tenho que verificar as lareiras no andar de cima. Outra pessoa terá que enxaguar e pendurar.

Ele tirou o lenço do bolso e o abriu, pegou a mão dela e a secou, e então fez a mesma coisa com a outra mão.

— No exército, quando o trabalho deixava as mãos em carne viva e a pele rachava e sangrava, os homens usavam gordura de cozinhar para acalmá-la. Vá até a cozinha e passe gordura. Mesmo se você limpá-la de uma só vez, mesmo que tente lavá-la, sua pele estará protegida e se recuperará mais depressa.

— Você realmente vai me dizer o que acontecer na reunião?

— Se você quiser. Não será segredo, pois muitos estarão lá. Farei uma visita hoje à noite depois que você voltar para sua casa e darei os detalhes.

Ele a avisara para não receber visitas tarde da noite, não avisara? Tinha dito que os homens teriam ideias se tivessem permissão para cruzar sua porta tão tarde. No entanto, ali estava ele se convidando para fazer exatamente isso.

Não era hora de usar delicadeza. Chase claramente estava conduzindo uma investigação sobre a morte do duque. Se ele convencesse as autoridades de que não havia sido um acidente, ela inteiramente esperava investigações adicionais contra si. Minerva poderia não ter muito tempo para encontrar o verdadeiro culpado por trás da morte prematura do duque.

— Vou sair daqui às nove horas — revelou ela. — Se você passar lá às dez, poderemos conversar.

— Existe apenas uma condição. Se eu compartilhar com você, você deve compartilhar novamente comigo.

Ela assentiu e o deixou com a roupa para lavar. Encontraria algumas migalhas para ele. Ela foi até a cozinha. Gordura de cozinhar, ele dissera. Ela pegou um pouco enquanto a cozinheira estava distraída.

CAPÍTULO OITO

— Eles saíram dali como se suas nádegas estivessem pegando fogo. — Jeremy entretinha sua mãe e Minerva na cozinha da casa, enquanto cada um bebia um dedo de vinho do porto. Era uma celebração do fim de suas funções em Whiteford House. O pagamento de Jeremy estava na mesa diante dele. A pilha de moedas seria compartilhada com Beth para um pouco de gastos pessoais, mas o pagamento de Minerva iria para as despesas domésticas.

Era o acordo que haviam feito quando uniram seus destinos, cinco anos antes. Ela não pagava a nenhum deles, mas mantinha a casa. Durante vários anos, as joias que ela vendera cuidaram disso. No ano anterior, a vida se tornou mais precária.

Seu salário nos últimos dias não era muito, mas ajudaria até que pudesse obter parte da renda do fundo. Além disso, quando chegaram em casa, Minerva encontrara uma carta da sra. Drable contendo o nome de uma mulher que poderia fazer uma visita em busca dos serviços do Escritório de Investigações Discretas Hepplewhite. Ela esperava que sim, e não apenas porque significaria ganhar algum dinheiro; ela queria provar que era um empreendimento em que poderia ser bem-sucedida.

— Nenhum deles parecia feliz — acrescentou Jeremy. — Ficamos ocupados por mais de duas horas e recebemos muitas reclamações sobre a espera. Bem, havia apenas três de nós preparando os cavalos e as carruagens, então tudo não poderia ser feito de uma só vez, poderia?

— Quem parecia menos feliz? — Minerva perguntou.

— Aquele jovem que gosta de coletes elegantes. Ele não estava tão zangado como alguns outros, como aquela mulher de cabelos escuros com voz profunda, mas parecia infeliz.

— Esse seria Phillip. Ele precisa de dinheiro. É esbanjador e acumula dívidas em todos os lugares. Ele pode acabar na prisão dos devedores.

— Se ele for do tipo que toma empréstimos, pode acabar pior do que isso.

Minerva não havia considerado que as preocupações de Phillip fossem por sua segurança física. Pensar que seu tio mudaria o testamento poderia torná-lo muito impetuoso. Depois da maneira como ele a ameaçara na biblioteca, ela estava inclinada a encontrar razões para fazê-lo subir na lista de suspeitos.

Ela começou a tomar o resto do vinho, depois pensou melhor. Já estava sentindo o calor provocado pela bebida e não queria se colocar em desvantagem. Chase poderia flertar um pouco e encantá-la com seus sorrisos, mas ele não era amigo e ela precisava estar em poder de seu juízo perfeito.

— Você conheceu o lacaio Andrew? — ela perguntou a Jeremy.

— Nós trocávamos algumas palavras quando eu levava cavalos para a frente. Tipo amigável. Aquele sujeito Thompson que o mandou. Acho que ambos esperavam que ele continuasse, mas não achei que ele fosse. Ele costumava ser um criado, mas por vários anos foi agente de um fabricante.

— Então ele não era criado havia anos e provavelmente não tem referências recentes. Thompson o colocou lá, você diz?

— Acho que ele mencionou isso. Quando eu insisti. Perguntei se a sra. Drable o havia enviado. Achei que valeria a pena saber de onde tinham vindo aqueles criados e se algum deles era como nós.

Ou seja, se algum deles tinha sido colocado lá por Chase ou por algum membro da família em busca de informações. Minerva tinha grande apreço pela iniciativa de Jeremy. Ele possuía uma astúcia que poderia ser muito útil.

— Gostaria de saber se poderíamos contratá-lo quando precisarmos de um homem amável que faça amizades com facilidade — disse ela.

— Meu palpite é que ele aceitará qualquer emprego dentro da legalidade. — Jeremy apontou para as moedas antes de passar a mão e pegá-las. — Se isso foi o que pagaram a ele, não vai durar muito.

Jeremy baixou o cálice de porto e saiu. Minerva levantou-se para sair também.

— Haverá um visitante em quinze minutos — ela informou a Beth.

Beth recolheu os copos e os colocou na bacia para lavar.

— Quem poderia ser?

— O sr. Radnor.

Minerva recebeu um olhar incisivo e uma testa franzida.

— Você está se engraçando com ele?

— Não seja ridícula. Você sabe que eu não... — Ela deixou assim, porque, dentre todas as pessoas, Beth sabia o quanto era ridículo. *Você sabe que não sou mais capaz de me sentir assim em relação a um homem. Não seria bom dizer a Beth que, com o sr. Radnor, ela começara a se sentir muito capaz.*

— Já faz muito tempo agora. Ele é bonito e pode ser charmoso quando lhe convém.

— Não preciso de um sermão, Beth.

— Não precisa? Ele invadiu esta casa porque está tentando culpar alguém pela morte daquele duque. Ele ainda está, sem dúvida. Esse homem é perigoso.

— Não esqueci de nada. No momento, no entanto, temos um objetivo comum.

— O problema é que *ele* pensa em fazer de *você* os meios para alcançar o objetivo *dele*. Não confio nele e você também não deveria confiar.

— Não sou tão estúpida a ponto de esquecer quem e o que ele é, ou a verdade de suas intenções. No entanto, pelo que descobri com Jeremy e Elise, e vi e ouvi com meus próprios esforços, ele é um deles e sabe muito mais. Agora você vai para a cama. Vou garantir que a porta da frente esteja trancada antes de eu ir dormir também.

Chase entregou seu cavalo a um cavalariço em um estábulo público a duas ruas da casa de Minerva. Não seria bom ter sua montaria do lado de fora da casa dela àquela hora da noite. Ela poderia achar que fofocas não prejudicariam sua reputação, mas ele sabia bem como a maioria das pessoas gostava de falar.

Esse pensamento evocou lembranças da reunião com o advogado e, depois, de tia Dolores, ao ver sua batalha perdida, dizendo o indizível sobre um de seus sobrinhos. Ele.

Acho estranho que você esteja favorecendo o conselho dele, Nicholas. Eles provavelmente teriam atirado nele se não fosse pela intercessão de meu irmão. Foi o mais próximo que alguém chegara de expressar a crença de que ele estava sob suspeita de covardia no exército. Chase não tinha certeza se esse era melhor ou pior do que o verdadeiro motivo de sua partida.

Você o matou? Quantas vezes ele ouvira essa pergunta em sua cabeça? Na voz do coronel. Na voz de tio Frederick. Na sua própria.

Ele se tornara especialista em fechar a porta mental dessa questão e da história que a provocara; fazia isso agora com uma pancada. Ele caminhou o resto da distância até a casa de Minerva, organizando o que diria a ela e o que guardaria para si.

Entre estes últimos detalhes, estaria sua breve conversa com Sanders após a reunião. Embora o advogado tivesse certeza de que a Minerva Hepplewhite correta fora encontrada, a falta de uma conexão documentada com a mulher conhecida como Margaret Finley o incomodava.

— As únicas duas pessoas que a conhecem sob os dois nomes estão na casa dela — explicou Sanders. — Como seu tio a conhecia sob ambos os nomes permanece um mistério. Estou satisfeito, mas, com o humor da família, talvez seja melhor encontrar outra pessoa que esteja desinteressada. O senhor ainda está anunciando em busca das outras duas mulheres. Por que não adiciona um anúncio sobre esse nome de casada?

Ela mesma abriu a porta quando ele chegou, iluminada pela lâmpada do hall de entrada. Imediatamente, a intimidade do encontro da noite anterior estendeu-se entre eles. Como se também sentisse, ela se afastou da porta e o deixou entrar e fechá-la sozinho.

Levou-o à biblioteca novamente, mas não se sentou. Em vez disso, ela parecia insegura de si. Era incomum e, ao mesmo tempo, fascinante.

— Suponho que poderíamos ter feito isso no parque — disse ela.

— Teria sido escuro demais lá.

— Eu quis dizer de manhã.

— Então teria sido claro demais. Seria melhor se Londres não se perguntasse por que estou passeando no parque com uma das criadas temporárias de um dos meus primos.

— Claro. Sim. — Ela sentou-se no divã, em seu lugar de sempre, mas não levantou os pés sobre as almofadas. Ela não relaxou; manteve-se ereta. Rígida.

Desta vez, ele se valeu de uma cadeira perto do divã. Ela não reagiu a isso.

— A reunião. Você disse que me daria os detalhes.

— Começou bem calma, e terminou com um motim. Acho que Sanders, o advogado, temia por sua vida.

— O que mudou o tom?

— A realidade. Sanders explicou que, se alguém contestasse o testamento, atrasaria o desembolso dos valores para todos os envolvidos. Eles sabiam disso, mas, quando um advogado dizia, tornava a situação mais real. Ele destacou as várias razões pelas quais um testamento poderia ser contestado com sucesso e apontou que nenhuma delas se aplicava ao testamento do falecido duque. Bem, eles também sabiam disso, portanto não tinham feito nada. Ele explicou as raras circunstâncias em que um testamento legal poderia ser contestado em relação ao desembolso de ativos. Apenas uma poderia funcionar para todos eles.

— Ele explicou isso para mim também. Eles teriam que afirmar que eram dependentes do duque e tinham motivos para acreditar que continuariam a receber um apoio que já vinham recebendo. E isso também não se aplicava a nenhum deles.

— Essa é a opinião profissional de Sanders. Não seria difícil encontrar um advogado que construísse uma peça diferente. Esse é o perigo. Ele piorou as coisas ao descrever a contabilidade até agora e como havia pouco para dividir, se todos os legados fossem transmitidos. Ele mencionou a possibilidade de que uma das duas mulheres misteriosas ainda não encontradas estivesse morta.

— Que gentil da parte dele.

— Vários de meus primos se animaram com essa informação. Ouvi alguém murmurar que quem fizera aquilo com tio Frederick tinha alguns outros trabalhos para concluir.

— Nesse momento tudo ainda estava calmo?

— A tempestade começou nesse momento. As facções se declararam, com Agnes e Dolores liderando cada uma. Velhos ressentimentos voaram junto com acusações e insultos. Minha família pode ser tão contenciosa quanto qualquer outra, mas essa foi uma exibição rara. Infelizmente,

Nicholas pensou que poderia apaziguar tudo e acabar com a disputa, mas só piorou as coisas.

— O que ele fez?

— Ele assumiu sua postura mais ducal e anunciou que, se alguém contestasse a execução do testamento como estava escrito, essa pessoa seria eliminada sem um centavo em *seu* testamento.

— Oh, céus.

— Foi ataque após ataque. Não há esperança de salvação. Pobreza para a vida inteira era a visão que a maioria deles tinha. Foi quando o pandemônio irrompeu.

— Decerto, em uma família como essa, eles têm outros recursos além de heranças.

— E de fato têm. Cada um dos irmãos de meu tio recebeu uma parte da mãe e uma parte da riqueza pessoal do pai. Era respeitável o suficiente, se administrada com cuidado, para manter cavalheiros de suas posições sociais em grande estilo. Infelizmente, eles nunca poderiam, como filhos mais novos, casar-se tão bem quanto, de modo que seus próprios filhos fossem ter porções muito menores, além de dividir o que sobrevivesse ao legado de seus respectivos pais. Você pode ver o problema. Em várias gerações, após várias divisões, pouco restaria para cada pessoa. Meus tios não estavam presentes porque entenderam que nada lhes seria deixado pelo duque, mas minha geração vê o futuro com excessiva clareza.

— Ou seja, uma renda cada vez mais escassa.

— Ou, que os céus não permitam, ter que arrumar um emprego.

Ela o considerou atentamente, como se seu tom amável tivesse revelado demais.

— Você se ressente disso? Suas próprias expectativas foram frustradas mais do que você admite?

— Ainda está tentando argumentar que eu matei meu tio? — A evidência de que ela, sim, estava o decepcionou, embora sua reação não pudesse ser justificada. Ainda assim, ele desejava... ele não tinha certeza do que desejava, apesar de que, agora, beijá-la era o que não parava de provocar sua mente. A noite implorava por isso. Ele não tinha sido o único que experimentara aquele magnetismo especial que homens e mulheres sentiam quando a excitação alterava os sentidos e o delírio espreitava a um beijo de distância. A maneira como ela o recebera, já de guarda, servia para anunciar que ela sentia o mesmo.

— Claro, ainda estou considerando você um provável culpado. Melhor você do que eu. Minha pergunta, no entanto, foi mais generosa do que isso. Estou realmente curiosa para saber como um homem como você, sobrinho de um duque, conforma-se em dar um passo como esse. Cavalheiros não buscam emprego.

Ele normalmente evitava a reflexão que uma resposta honesta exigiria. Naquele momento, no entanto, lisonjeado por aquele interesse mais profundo que ela demonstrava e assolado por um desejo que fez seu sangue faiscar, Chase se viu olhando para dentro de si. Um membro rígido pode fazer um homem tomar muitas atitudes tolas.

— Tenho duas respostas — ele admitiu. — O cavalheiro diz a si mesmo que seu ofício não é diferente daquele de um médico ou de um advogado, ambos empreendimentos aceitáveis. Ainda mais aceitável, já que posso alegar que minhas investigações são favores para amigos ou um hobby.

— E a outra resposta?

— Um soldado é grato por ter algo a fazer além de jogar e beber. Suponho que poderia ocupar meu tempo investigando alguma ruína obscura e escrevendo sua história, como alguns fazem para preencher seus dias, mas prefiro buscas mais interessantes.

— Acho que sua segunda resposta é a que mais importa. Você realmente não precisa desse emprego, afinal. Pode parar quando quiser.

— Você parece certa disso, quando possivelmente apenas minha próxima investigação me impediria de estar nas ruas.

— Bobagem. Você falou de porções da sua avó. Seu pai recebeu uma quantia como os outros tios. E você não precisa dividir o que resta com um irmão ou irmã, já que é filho único.

— Como você sabe disso?

Ela riu de leve.

— Pouco da sua árvore genealógica é desconhecida dos criados que trabalharam naquela casa nos últimos dias. Um pouco aqui, um pouco ali, e uma imagem total se forma. Ouso dizer que, se estivesse disposta a visitar os outros que partiram hoje como eu, poderia ter descoberto a maior parte do que aconteceu naquela reunião sem a sua visita para me contar.

Ele observou como o fogo baixo projetava padrões dourados pela silhueta dela.

— No entanto, você quis que eu viesse mesmo assim.

Isso a pegou de surpresa com um sorriso meio formado. Ele aproveitou a pausa como uma oportunidade de ir até o divã e se sentar ao lado dela, virado para ela, de modo que pudesse observar esses padrões mais de perto.

Ela se afastou alguns centímetros.

— Permiti que você visitasse, porque receber informações suas sobre a reunião seria mais eficiente.

— Então é isso? Eficiência? Não é uma palavra que eu usaria para descrever o clima nesta sala hoje à noite. Ou da última vez.

Confusa agora. Charmosamente confusa, principalmente porque ela nunca mostrava nada além de autodomínio.

— Não posso confiar em você — ela murmurou, mais para si mesma do que ele.

— Não precisa confiar em mim ainda. Você só tem que me beijar.

— Você veio à minha casa procurando provas de que eu matei o duque. Eu nunca poderia querer beijá-lo.

— E ainda assim acho que você quer.

— Você nem nega suas suspeitas perigosas.

— Vou explicar tudo isso em um momento. — Ele se inclinou, notando como eram profundamente escuros os olhos dela na luz fraca. — Mais tarde. — Ele tocou os lábios nos dela, ignorando o alerta de sua voz interior sobre complicações impossíveis.

Ela não recuou, mas permitiu. Passou pela cabeça de Chase que ela estava atordoada demais para resistir, mas a suavidade de seus lábios e o calor de sua proximidade lhe desviou a atenção dessa ideia. Ele se demorou no beijo, e, quando ela continuou sem se opor, ele a trouxe para si em um abraço.

Ela esperou pelas emoções tristes e enfadonhas que a governavam sempre que considerava seriamente a intimidade com um homem. Não

vieram. Em vez disso, o beijo encheu-a de vivacidade. Ela não ousou se mexer para não arruinar tudo. Queria rir e chorar com a ironia de que aquele homem pudesse provocar excitação com um abraço, em vez de repugná-la.

Não duraria, é claro. Não poderia durar. Por um momento, no entanto, ela se permitiu fingir que confiava nele. Ignorou todos os alertas que sua mente tentou gritar e permitiu que seu corpo reagisse, se pudesse.

Uma confusão mental silenciosa que ela conhecera havia muito tempo brilhava em seu sangue, muito melhor do que o que ela experimentara naqueles sonhos recentes. A mocidade que ela havia perdido de todas as maneiras possíveis levantou a mão acima das águas frias que a submergiam. Seu espírito agarrou essa mão e a segurou firme, para que não desaparecesse novamente.

Isso significava deixar o beijo continuar. Ela notou cada segundo. Todo calor, todo toque. Como mudou para algo mais profundo e a maneira como as mãos dele descansavam nas costas e nas laterais do corpo dela. Minerva renunciou à confusão e apenas flutuou nas sensações, maravilhada.

Ele pegou o rosto dela e a olhou nos olhos. Não franzindo a testa, mas com uma intensidade que fez a beleza parar.

— Você não me beijou — disse ele. — Você não quer? Se não quer, se entendi errado...

Ela encostou os lábios nos dele para silenciá-lo. Ela deve ter feito certo, pois ele retomou de onde havia parado e não houve mais palavras.

Não poderia continuar assim. Em breve, seria arruinado. Um canto de sua mente esperava o momento que aconteceria, enquanto o resto dela saboreava o breve rejuvenescimento enquanto podia.

O verdadeiro desejo foi crescendo dentro dela, transformando-a, iniciando uma fome estranha que apenas parecia crescer. Ela perdeu o controle de seus pensamentos, de seu juízo... de si mesma. As mãos dele se moveram em uma carícia que falava de seu próprio desejo e paixão crescentes.

Esse ímpeto possessivo deveria assustá-la, mas não o fez. Uma parte dela, no entanto, despertou para o que estava acontecendo. Para a hora e para o local, para quem ele era. Aquela presença dominante provocou sua vulnerabilidade. Seu desejo, na verdade, gostou. Uma voz interior primitiva incentivava Chase a continuar. A racionalidade, porém, falou mais alto — como eles se conheceram e o que ele poderia buscar além do prazer pressionaram-se na consciência dela.

Mesmo lamentando, ela afastou a cabeça para interromper o beijo. Lutando contra a preferência de envolvê-lo e abraçá-lo, ela colocou as mãos no peito dele e o deteve.

— Você deveria ir.

Ele não insistiu ou revelou decepção. O que quer que estivesse esperando ter naquela noite, ele pareceu aceitar que aquilo era tudo o que aconteceria.

Mais um beijo, um beijo doce, e ele a soltou.

— Claro. Você deveria dormir. Você foi uma criada por tempo demais e deveria permanecer na cama amanhã até o meio-dia.

— Sim, eu deveria me recolher. — Sozinha. Ela não precisava dizer isso. Ela soltou a mão a que se agarrava acima da superfície e a deixou afundar novamente.

Depois que Chase se despediu, Minerva sentou-se no divã, com os olhos embaçados, encontrando-se em meio às reações caóticas que aqueles beijos haviam causado. Tinha sido estúpido permitir-se provar o que ela não ousava desfrutar por completo. Estava bem avançada em suas repreensões contra si mesma quando se deu conta de que a explicação que viria "mais tarde" nunca viera.

Feliz por ter algo para fazer e não chorar de decepção, desceu as escadas e correu pelo jardim até a pequena casa de carruagens nos fundos. Ela bateu na porta.

— Você está dormindo?

Jeremy abriu a porta.

— Você estava chorando?

Ele ainda estava vestido. Ela ficou de lado.

— Rápido. Radnor acabou de sair e quero que você o siga. Seu cavalo não estava do lado de fora, então deve estar no estábulo ao virar da esquina. Você pode atravessar o jardim e os caminhos entre os estábulos e estar lá quando ele chegar, se for rápido.

Ele já havia calçado as botas.

— Segui-lo para onde?

— Quero saber onde ele mora. Pegue uma moeda e alugue um cavalo no estábulo, se necessário.

— Não vou precisar. A menos que ele galope, posso acompanhar a pé. Será mais óbvio se eu seguir a cavalo. Ele me ouviria com certeza, e não haveria sombras para me esconder. — Ainda assim, ele pegou as moedas de seu salário sobre a mesa antes de correr noite adentro.

CAPÍTULO NOVE

Chase terminou sua refeição no momento em que seu criado Brigsby trouxe a correspondência e o jornal. Brigsby insistia em fazer assim. Um café da manhã tranquilo era um ritual de cavalheiro, e ele se recusava a fornecer o material de leitura enquanto Chase comia.

Chase folheou a correspondência e se distraiu com o jornal. Sua mente não registrava realmente as palavras que lia. Durante toda a noite, seus pensamentos se concentraram nos abraços trocados na casa de Minerva. Ele ainda tentava entender o que havia acontecido.

Não era nenhum conquistador, mas também não era inexperiente. Gostava de acreditar que entendia o clima entre eles e seu potencial. Nunca importunara uma mulher, mas também nunca fora recusado, porque seus instintos haviam se mostrado excelentes.

Exceto na noite anterior. Possivelmente. Ou não. Esse era o diabo do problema. Chase tinha beijado uma mulher que queria ser beijada, ele tinha certeza. Ela também havia permitido o calor daqueles abraços. Ele sentiu a paixão crescente dela e tinha boas razões para esperar mais, mesmo que não esperasse tudo.

E então nada. Ela se dera por satisfeita. Colocara um ponto final. Encerrara totalmente. Ele poderia ter sido testado e considerado um fracasso, de tão abrupta e completa que fora a retirada.

Chase achava que ela parecia triste ou talvez envergonhada quando se despediu, mas talvez fosse a pouca luz pregando peças. Ou quem sabe fosse sua mente encontrando desculpas.

Ele deixou o jornal de lado, lembrando que tinha assuntos a tratar no *The Times* naquele dia para colocar outro conjunto de anúncios. Pegou o portfólio que trouxera do andar de cima e o abriu. Em seguida, revisou as anotações que havia acrescentado na noite anterior, quando não conseguiu dormir.

Brigsby entrou na sala de jantar e lhe chamou a atenção pigarreando.

— Senhor.

Chase virou uma página.

— Sim?

— Um visitante, senhor.

Chase ergueu os olhos. Ali, ao lado de um perturbado Brigsby, estava Minerva Hepplewhite. Ela exibia um vago sorriso artificial, um vestido marrom e uma peliça laranja por cima. Mais marrom e laranja decoravam um chapéu que emoldurava bem o rosto, mostrando cabelos escuros e olhos ainda mais escuros.

Chase se levantou e gesticulou para Brigsby sair. O olhar de Minerva penetrava nele. Ela não parecia triste ou envergonhada essa manhã; parecia determinada.

— Bom dia — disse ele. — Como você sabia onde me encontrar?

— Mandei seguirem você.

— Ora, pois sim? Quem?

Ela fingiu não ouvir.

— Posso me sentar?

— Claro. — Ele deu a volta na mesa e puxou uma cadeira para ela. — É cedo. Gostaria de tomar café da manhã?

— Um pouco de café seria bom.

Ele caminhou até a porta e encontrou Brigsby bem perto do outro lado. Ele o mandou buscar mais café e outra xícara; logo voltou para a mesa e fechou o portfólio.

— Você não deveria estar aqui.

— Se eu o permito entrar em minha casa tarde da noite, não vou me preocupar em vir à sua em plena luz do dia. Se as fofocas começarem, contaremos a todos que vim contratá-lo para uma investigação discreta.

— O que você não veio fazer. Outro motivo a fez cruzar a cidade às nove horas da manhã. Eu ainda poderia estar dormindo. Mayfair não acorda antes do meio-dia.

— Presumi que você não era do tipo que ficava deitado a manhã toda. Minha preocupação era chegar e descobrir que você já tinha saído. — Ela olhou ao redor do cômodo que ele usava como sala de jantar, avaliando suas medidas, demorando-se no tapete turco e na mesa indiana de madeira escura encostada na janela. Quando seu olhar retornou para ele, recaiu primeiro, por um momento, no portfólio.

— Parece uma casa confortável — disse ela. — É claro que deveria ser, estando localizada em Bury Street.

— É adequada a mim. — A casa inteira não era dele, mas ele supôs que ela soubesse disso, já que subira as escadas até sua porta da frente. O apartamento que ele ocupava dentro da casa ficava no terceiro andar, o que lhe dava um bom ar e boas perspectivas da rua e da vizinha St. James's Square.

O café chegou. Ele esperou enquanto Brigsby a servia. O criado não disse nada, mas um franzido preocupado em sua fronte expressou o quanto considerava aquela situação irregular. Em algumas ocasiões, ele servira café da manhã para mulheres, mas elas haviam passado a noite. Aparentemente, Brigsby achava mais aceitável do que uma mulher que chegava antes do horário normal de visitas.

Chase esperou até a porta se fechar novamente.

— Por que você está aqui? — *Para beijá-lo novamente. Para pedir desculpas por tê-lo jogado porta afora. Para arrancar esse vestido marrom e implorar para você me possuir.* Ele podia fantasiar, mas sabia que não deveria ter esperanças.

— Você saiu antes de explicar.

— Você quer uma explicação? Bem. Você é uma mulher adorável. Eu sou um homem. Eu queria beijá-la. Você parecia agradável. Então fiz o que fiz, e você permitiu. Até que você não permitiu mais. Não há outra explicação além dessa.

Ela apenas olhou para ele. Ele olhou também. O silêncio se estendeu.

— Não uma explicação sobre *isso* — rebateu ela, exasperada.

— Que pena. Eu não me importaria de falar sobre isso. Tenho algumas perguntas que eu mesmo gostaria de fazer.

— Antes de você... isto é, bem quando você estava prestes a... eu mencionei que você pensava que eu tinha matado o duque, e você disse que explicaria tudo mais tarde. Só que não o fez.

— Orgulho-me de saber quando é hora de deixar uma festa.

— Compreendo. De verdade. Você mal podia... mas quero ouvir a explicação, por isso eu vim aqui.

Ela deveria querer ouvir desesperadamente se o tinha localizado e chegado às nove horas. Tolo que ele era, esse fato o lisonjeava. Só que agora ele tinha que oferecer uma explicação que a apaziguasse, ou pelo menos que satisfizesse sua curiosidade. Já que ela parecia tão sincera e atenta, ele se viu querendo lhe dar uma explicação que o colocasse sob uma luz muito boa.

— Você é apenas uma pessoa de uma longa lista de pessoas com excelentes motivos para agir assim com ele.

— Uma lista que inclui você — ela lembrou.

— Eu sei que não fui eu, então, para os meus propósitos, isso não tem significado.

— Você concluiu que não fui eu, se é que, de fato, aconteceu alguma coisa?

Por mais tentador que fosse mentir, não faria isso com ela.

— Não concluí nada disso. Eu apenas considerei improvável. Estou contando com as evidências...

— Oh, Deus. Evidências. — Ela pressionou o corpo contra a mesa. — Você acha que eu fiz aquilo? Você acha? O que sua intuição lhe diz?

— Não confio em nenhum outro sentido além da minha razão nesses assuntos.

— Você é tão objetivo assim?

— Eu devo ser. A intuição, como você diz, é influenciada por... emoções e... outras coisas. — Intenção, olhares diretos. Luz que refletia inteligência nos olhos de uma mulher. Desejo de possuir.

Ele aprendera da maneira mais difícil a julgar assuntos importantes sem paixão ou preconceito. Muito antes de conhecer Minerva e de descobrir seu desejo por ela, a intuição e o instinto o traíram perigosamente. Usar esse tipo de sentimento interior fora um erro terrível certa vez.

Ela se levantou.

— Suponho que não posso culpá-lo demais, com sua recusa em simplesmente *conhecer* a verdade, em vez de exigir provas concretas. Infelizmente, é difícil provar que alguém não fez algo. Não tenho escolha a não ser continuar enxergando-o como perigoso para mim.

Em outras palavras, não haveria mais beijos.

— Agora posso fazer minhas perguntas? Sobre a noite passada?

— Não. — Ela começou a fazer movimentos de partida, mas parou. — O que é isso? — Ela apontou para o portfólio. — Não pude deixar de ver meu nome na primeira página quando cheguei.

— Ele contém minhas anotações sobre este inquérito.

Ela inclinou a cabeça de lado.

— Você faz anotações para si mesmo?

— Eu faço. Principalmente listas de assuntos a tratar, assuntos a serem consultados e informações adquiridas. Faço isso em todas as minhas investigações.

— Listas? — Ela riu. — Falamos sobre uma lista de suspeitos e quem está nela. Você está dizendo que *realmente* existe uma lista?

— Existe.

Ela parecia achar isso peculiar.

— Então é aí que você lista todas as provas e evidências necessárias para saber qualquer coisa. Você tem uma memória ruim?

— Tenho uma memória excelente. Isso me incentiva a progredir com eficiência em uma investigação.

— Hummm. Eu pensaria que uma coisa levaria a outra de maneira natural. É assim que tem funcionado para mim. Não consigo me imaginar elaborando listas.

— Isso é porque não é sua profissão.

— Ah, sim. — Ela se levantou. — Vou me despedir. Tenha um bom dia. — Ela girou nos calcanhares.

— Como você pode simplesmente *conhecer* a verdade, de formas que me são negadas, o que sua intuição diz sobre mim? — ele perguntou.

Ela olhou por cima do ombro.

— Diz que você não fez mal ao seu tio, mas acha que descobrir quem fez lhe trará dor.

Brigsby chegou para acompanhá-la até a saída. Chase ouviu as últimas palavras ecoarem em sua cabeça. Ela era boa. Muito boa.

— Foi muito gentil da sua parte se oferecer para me fazer uma visita, mas é melhor eu vê-la aqui. — A sra. Oliver possuía uma voz profunda e discreta. Ela estava sentada no pequeno escritório de Minerva, em uma cadeira colocada bem onde Chase Radnor estava antes de o aquecedor cair sobre sua cabeça. Avançada em sua meia-idade, a sra. Oliver era uma mulher loira, orgulhosa e com uma postura de pessoa exigente. Ela se impunha no pequeno aposento, seu corpo inclinado para a frente apenas o suficiente para se impor sobre Minerva também.

A sra. Oliver havia sido encaminhada ao Escritório de Investigações Discretas Hepplewhite pela sra. Drable. Era a primeira cliente *pagante*.

— Diga-me como podemos ajudá-la.

A sra. Oliver lambeu os lábios.

— É complicado.

Minerva esperava que fosse uma questão simples que pudesse ser resolvida rapidamente, como provar que um marido tinha uma amante. Ela precisava dedicar tempo à sua própria investigação. Naquela tarde, pretendia fazer exatamente isso antes que a carta da sra. Oliver chegasse pelo correio da manhã. Sua esperança era que manter-se ocupada com esse assunto ao menos a distraísse de pensar continuamente no que havia acontecido na biblioteca com Chase.

— Envolve os negócios do meu marido. Ele importa mercadorias da França e depois vende para lojas e armazéns em Londres e outras cidades no sul. Ele tem sido muito bem sucedido e contratou um novo agente há cinco meses. Acredito, no entanto, que ele está roubando.

— Isso não se tornaria óbvio para seu marido? A contabilidade...

— Não digo roubar da maneira normal. Acho que ele está levando informações sobre onde James, isto é, meu marido, compra sua mercadoria e para quem a vende. Acho que ele está usando os contatos do meu marido para negociar em benefício próprio. Suspeito de que ele tenha buscado sua posição atual especificamente para adquirir as informações necessárias para esse fim.

— O que seu marido pensa?

A sra. Oliver baixou o olhar.

— Não mencionei isso a ele. Realmente não é da minha conta. Não é minha empresa. Ele não gostaria que eu me intrometesse.

Era isso que havia de errado com o casamento, pensou Minerva. Uma das muitas coisas erradas com o casamento. Ali estava uma mulher perceptiva que tinha suspeitas de atividades que prejudicariam o marido, mas sua união era tal que o homem não queria ouvi-la.

— Diga-me, por que a senhora suspeita disso?

— Eu visito minha irmã em Brighton com frequência e fui lá duas semanas atrás. Fomos a lojas e, como sempre, fiz questão de passar pelo comércio que compra os produtos de James. Veja, essa é uma das cidades onde esse novo agente atua. Espero que entenda que não estou controlando o comércio do meu marido, é apenas curiosidade.

Ela estava era de olho nos negócios, isso sim. O sr. Oliver faria bem em tornar sua esposa uma sócia.

— Eu não me intrometo — enfatizou a sra. Oliver. — Só presto atenção, porque, se algo acontecesse com James, eu teria que fazer tudo sozinha, não teria? Há algum dinheiro guardado, mas não o suficiente, e eu precisaria ter um sustento para viver.

— A senhora estava me falando sobre Brighton, não é?

— Então, eu estava lá e passei pela loja do cliente dele e tudo parecia normal. Continuei conversando com minha irmã, quando, dez lojas mais para a frente na rua, havia um estabelecimento que não compra de James. Nesta loja, havia exatamente os mesmos colarinhos e punhos de renda que ele vende. Idênticos. Apenas uma família no Vale do Loire os fabrica daquela forma, e ele nunca revela seu nome. Bem, entrei fingindo querer comprar e descobri que essa outra loja tinha um preço muito abaixo daquele praticado pela loja para a qual James fornece. Eu soube então que algo estava errado.

— As lojas podem vender a qualquer preço que escolherem. Tem certeza de que seu marido não vendeu os colarinhos para essa outra loja?

— Perguntei, não perguntei? Não diretamente. Quando voltei para casa, mencionei como a renda estava bem exposta naquela loja para a qual ele vende e indaguei se ele tinha outras lojas por lá. Que pergunta estúpida, ele respondeu. Essas mercadorias tornam-se baratas se forem vendidas em muitos lugares. A renda do Loire é exclusiva a uma loja por cidade, disse ele, para que a loja possa vender a um bom preço e, por sua vez, pagar um bom preço ao fornecedor. Eu sabia disso, mas fingi desconhecer a informação. Quero que descubra se estou certa sobre esse agente. Quero evidências claras se for ele. Provas inquestionáveis. E então vou levá-las a James.

Evidências claras. Provas. A sra. Oliver lembrou Minerva de sua conversa com Radnor na manhã do dia anterior. A sra. Oliver *já sabia* a verdade, mas precisava de provas antes de confrontar o marido.

A conversa ficara em sua mente desde que ela quase fugira do apartamento dele. Ele queria falar sobre os beijos e provavelmente também sobre os que não chegaram a acontecer. Que conversa teria sido! Não que ela alguma vez fosse explicar nada daquilo. Seria muito humilhante. O que ela poderia dizer? *Não é só que não posso confiar em você. Acontece que esses sentimentos são tão novos para mim, tão inesperados, que também não posso confiar em mim.*

— Não acho que isso demore muito — disse ela, forçando sua mente a retornar ao problema da sra. Oliver e fazendo planos para as ações que tomaria. — Vou precisar de algumas informações suas, se a senhora puder obtê-las. Quero os nomes das duas lojas de Brighton e também o nome do agente e de outras lojas que o agente atende.

— Escreverei para a senhorita esta noite.

— Então começaremos pela manhã. Bem, neste momento, devo ser indelicada e explicar nossas tarifas.

Cinco minutos depois, ela acompanhou a sra. Oliver até a porta, onde a carruagem a esperava.

— Deixe tudo conosco. Apresentarei um relatório em cinco dias para informá-la se tivemos sucesso ou se precisaremos de mais tempo.

CAPÍTULO DEZ

Chase entrou nos aposentos pessoais de Nicholas e o encontrou lendo na cama.

— Adotando os hábitos de sua nova posição, hein?

Nicholas ergueu os olhos do jornal e, em seguida, o colocou de lado na bandeja do café da manhã.

— Tudo o que me espera se eu me levantar são as queixas contidas ali. — Ele apontou para uma pequena pilha de cartas bem arrumadas ao lado da cama, todas fechadas.

— Nenhuma carta de cobrança, espero.

— Eu deveria ter toda essa sorte. Se você olhar de perto, reconhecerá as caligrafias. Uma delas é de Phillip, que quer pedir dinheiro emprestado e me escreve diariamente. Ele até disse fazer questão de me encontrar qualquer dia desses no meu clube.

— Diga a ele para ir ao inferno.

— Uma é de Dolores, que ainda tenta me convencer a ser menos rigoroso quanto a questionar o testamento. E uma, a menos que eu esteja enganado, pois já faz tanto tempo que recebi uma carta dele que já não tenho certeza, é do primo Walter.

— O que ele quer?

— Não faço ideia.

Chase levantou a carta.

— Vamos descobrir. Posso?

— Divirta-se.

Chase partiu o selo da carta. Walter possuía a treinada caligrafia expansiva que seria de se esperar de um homem com uma opinião muito elevada de si mesmo. Muitos floreios e tinta desnecessária decoravam as letras maiúsculas. Chase leu a carta de uma página.

— Hummm.

— Não me importo com esse *hummm* — disse Nicholas.

— Também não se importará com esta carta. — Chase acenou-a na frente do nariz de Nicholas. — Ele sente a necessidade de aconselhá-lo sobre seus deveres, o que ele passa a fazer de uma maneira muito típica dele mesmo. Em particular, ele repreende sua falta de esposa e herdeiro.

— Estranho, já que, se eu morrer hoje, ele se torna o duque.

— Um pensamento assustador. Confio que você se esforce para *não* morrer hoje ou em um futuro próximo.

— Se eu morrer, presuma que ele foi o responsável.

— Enfim, ele o repreende. Ele lembra você desse dever. E você ficará muito feliz em saber que ele até o ajudou ao lhe encontrar uma noiva em potencial.

— Que vá para o inferno. — Nicholas jogou as cobertas para longe e caminhou a passos largos para seu quarto de vestir.

Chase se posicionou do lado de fora da porta.

— Ela é uma moça adorável, ele escreve. Doce e recatada e, é claro, virtuosa ao extremo. Bem-nascida e bem-criada.

— Claro que é — disse a voz de Nicholas. — Ela parece enfadonha.

— Walter consideraria isso uma virtude. Deixe-me ver o que mais ele admira nela. Ah, aqui há mais. Aparentemente, ela é parente da esposa dele. Sobrinha. Filha do irmão dela, o visconde Beaufort.

O rosto de Nicholas apareceu pela beira da porta.

— Já vi essa moça, se ela é tal parente. Nós nos conhecemos. Ela teve a ousadia de perguntar quando eu achava que meu tio morreria e eu me tornaria o duque. Não com essas palavras, mas essa era a pergunta subentendida. Quando eu disse que o tio era tão saudável que provavelmente viveria até os noventa, ela de repente perdeu o interesse.

— Bem, ela não gostaria de esperar muito, não é? Claramente você voltou a se tornar interessante.

A resposta de Nicholas veio distorcida. Chase entrou no quarto de vestir para encontrá-lo sendo barbeado pelo pajem.

— Eu me pergunto o que Beaufort prometeu a Walter se esse casamento ocorrer.

Nicholas afastou a navalha do pajem e inclinou a cabeça para cima, olhando para Chase.

— Conhecendo Walter, eu imaginaria que o suficiente para obter um fundo que renda pelo menos mil libras por ano.

— Pelo menos.

Nicholas voltou ao pajem.

— Alguma notícia sobre o inquérito?

— Continuei com os anúncios no *The Times* e acrescentei alguns documentos do condado, procurando as outras mulheres misteriosas. Se alguma das que tiverem esses dois nomes os vir, devo ter notícias ao longo da semana.

— Nem todo mundo lê os jornais.

— A maioria das pessoas pelo menos conhece alguém que lê. Tenho boas esperanças. Enquanto isso, busco outros caminhos.

Com o rosto limpo e as roupas prontas, Nicholas se levantou.

— Vou para Melton Park amanhã. Talvez você deva vir comigo.

— Posso fazer isso. — Chase caminhou tranquilamente até a janela. Uma pequena fileira de homens estava lá embaixo, esperando para entrar pela porta lateral. O mordomo devia estar inspecionando possíveis empregados naquele dia.

Enquanto ele observava, outra pessoa chegou e passou por todos eles, depois seguiu ao longo da casa. Não era um empregado.

Chase já se encaminhava para a entrada dos aposentos ducais.

— Falaremos novamente em breve. Venha ao meu apartamento hoje à noite e iremos juntos ao clube.

Minerva passou por todos os homens esperançosos que aguardavam inspeção, depois continuou até a porta da cozinha de Whiteford House. Como ela ficaria fora da cidade por um dia ou mais, precisava cuidar daquilo naquele momento.

Ela entrou. A sra. Fowler estava de costas para a porta, descascando cebolas.

Ao ouvir seus passos, a sra. Fowler olhou por cima do ombro.

— O que está fazendo aqui? Não em busca de trabalho novamente, espero. Você não serve. Metida demais.

— Não estou procurando trabalho. Eu estava por perto e pensei em lhe fazer uma visita.

— Ora, me fazer uma visita? Eu tenho comida para preparar. Não tenho tempo para visitas. — Ela voltou para as cebolas. — Mas, veja só, vir me fazer uma visita.

Minerva se aproximou e parou ao lado dela no momento em que a mulher enxugava os olhos com o avental.

— Vou cortá-las se a senhora me der uma faca e uma tábua. Então nós duas choraremos, mas o trabalho terminará depressa.

A sra. Fowler deu de ombros, mas colocou uma tábua e uma faca na frente de Minerva.

— Estranha é o que você é.

— Eu sei. — Minerva começou a cortar as cebolas. A sra. Fowler as inspecionou, assentiu e voltou a descascar as suas.

— A senhora não tem ninguém aqui para ajudá-la. — A cozinha estremeceu em silêncio.

— Elas estão hoje lá em cima, cuidando dos quartos. Amanhã mais empregados começarão, então eu as terei de volta, além de outra. A sra. Wiggins está contratando novos empregados rapidamente.

— Ela encontrou uma substituta para si?

— Temo que sim. Não gosto daquela mulher. Veio aqui bisbilhotando, fazendo perguntas demais, me ensinando o meu trabalho. Na próxima semana, ela começa.

— Foi difícil, eu suponho, ter tantos funcionários indo embora. É claro que, com essas pensões, seria de esperar.

— Você não me viu partir, viu? Eu também tenho uma. Um bom fundo com um bom rendimento. O que eu faria sozinha? Não faz sentido cozinhar um grande ensopado para uma pessoa.

— A senhora ainda vê alguns deles às vezes?

Mais duas cebolas aguardavam o corte agora. Minerva piscou a película de lágrimas que cobria seus olhos e manteve a faca se mexendo para que a sra. Fowler continuasse falando.

— A maioria foi embora da cidade. Tenho algumas cartas, mas isso será interrompido assim que eles se firmarem em algum lugar. É como família

aqui, mas não é realmente uma família, agora é? — Ela fez uma pausa e pensou. — Apenas um me surpreende. Nunca escreveu e nós servimos aqui juntos por muito tempo. É claro que ele era quase um cavalheiro, além de ser pajem do último duque. Suponho que esteja morando naquele local na beira da água que encontrou e esteja feliz por ter terminado com tudo isso.

— Eu amo o mar. Sempre quis morar em uma cidade costeira. Um lugar com praias; não com falésias, como Dover.

— Ele não foi para Dover, nem para o mar. Ele falou muito de Sussex, onde o duque tem sua grande mansão. O sr. Edkins gosta de pescar e disse que existem bons lugares para isso perto de lá. A sra. Wiggins disse que ele comprou um chalé em um pequeno lago perto de Stevening, lá no sul. Não posso dizer que consigo vê-lo pescando, com seus casacos, gravatas e tal.

— Talvez agora ele não se vista tão formalmente.

— Não consigo imaginar, porque ele sempre se vestiu assim. É bom que ele não tenha que trabalhar como criado, pois ainda era jovem. Jovem demais para se aposentar com uma pensão. Muita gentileza de Sua Graça deixá-lo com o suficiente, embora eu ache que a família considerou que foi demais. — Ela lançou a Minerva um olhar crítico de soslaio, que indicava seus sentimentos sobre a família.

— A senhora vai ficar junto com essa nova governanta de quem não gosta? E do novo duque, a senhora gosta?

— Se gosto? Que pergunta. — Ela colocou a última cebola na frente de Minerva e mergulhou a ponta do avental em um balde de água. — Ele não é problema, mas agora vai se casar. Essa esposa será pior do que a nova governanta, com opiniões sobre comida e coisas assim. — Ela enxugou os olhos. — Bem, veremos. Posso sair quando quiser, não posso? Eu gosto disso.

Minerva terminou de fatiar. A sra. Fowler mergulhou o outro canto da bainha na água e ofereceu. Minerva usou o pano úmido, mas sabia que sair da cozinha ajudaria mais.

— Foi uma boa visita, sra. Fowler. Espero que a nova governanta aprecie a boa cozinheira que ela tem na senhora e não interfira muito.

— Passe sempre que quiser trabalhar de graça. Economizou-me dez minutos de choro, não foi? — Ela colocou todas as cebolas no avental, caminhou até a grande lareira e as jogou em um grande caldeirão.

Minerva saiu e subiu os cinco degraus até o jardim. Tinha sido melhor do que ela esperava. Agora sabia o nome do pajem e a região onde ele estava vivendo.

Sua satisfação presunçosa desapareceu assim que começou a caminhar em direção ao portão do jardim. Bem em seu caminho, apoiando tranquilamente as costas nas pedras do edifício, estava Chase Radnor.

— Você está sempre aqui? — ela perguntou.

— Você está?

Que homem exasperante.

— Eu visitei uma amiga.

— Eu visitei meu primo. E como a sra. Fowler se tornou amiga sua? Não foi ela quem fez você lavar toda aquela roupa suja?

— Ela é uma alma gentil.

— Ela também é uma mulher tagarela. O que você queria dela?

— Você é muito desconfiado. Precisava encontrar uma diversão para ocupar sua mente de vez em quando.

A mão dele parou o progresso dela ao longo do caminho ao lado da casa. Ela olhou para a mão em seu braço e depois para ele. Chase não parecia desconfiado, mas irritado.

— Eu ia fazer uma visita, mas é melhor deixarmos isso de fora agora — disse ele.

Ela tentou parecer interessada em vez de perplexa, mas aquilo não fazia sentido.

— Estou falando da sra. Oliver.

— Quem é ela?

— Não se faça de dissimulada comigo. Você sabe muito bem quem ela é.

— A questão é realmente como você sabe quem ela é?

Ele cruzou os braços e olhou para ela.

— Ela me abordou sobre a realização de uma investigação.

Oh, céus.

— Deveríamos nos encontrar esta manhã. Só que recebi uma carta na qual ela explicou que havia contratado outra pessoa para fazer a investigação.

Novamente, Minerva tentou parecer interessada. E inocente.

— Imagine minha surpresa quando ela escreveu que decidiu entregar seu problema ao Escritório de Investigações Discretas Hepplewhite.

— Para uma mulher que deseja discrição, ela não é muito discreta.

— Então é você.

— Claro que é. Quantos Hepplewhite estão qualificados a fazer investigações?

— *Nenhum*.

Era uma injustiça.

— Eu sou eminentemente qualificada. Para os propósitos dela, talvez mais do que você.

— *Mais* qualificada? Eu conduzi investigações para o exército. Fui treinado por especialistas. Descobri espiões na França, e em Londres conduzi investigações para cinco lordes e meia dúzia de membros do Parlamento. Além da sra. Oliver, para quem você trabalhou?

— Para outra mulher. E para mim mesma. Você só está aborrecido porque não quer concorrência.

— Você não é concorrência.

— Então por que está tão irritado? Se não sou concorrência, você não tem com o que se preocupar.

— Estou preocupado com a sra. Oliver. Ela necessita de um profissional.

— Ela necessita de alguém que possa entrar em lojas que atendem *senhoras* e descubra informações que exijam a *sensibilidade feminina* e o conhecimento de moda. Não parece que você se enquadre. Assim que você chegar, o dono da loja saberá que algo está acontecendo. Diga-me, o que sabe sobre punhos de renda?

Ele franziu a testa ainda mais.

— Como eu suspeitava. Você não sabe nada sobre eles. Sou claramente a melhor escolha para a sra. Oliver, já que o caminho da investigação passa por uma pilha de punhos de renda. Ela também pensava assim, ao que parece. Agora, devo pedir que você se afaste. Estou muito ocupada e não posso perder tempo aqui conversando com você.

Ele se moveu, mas, quando ela seguiu em frente, ele mais uma vez acompanhou o passo dela.

— É sua intenção tentar fazer disso uma profissão?

— Não pretendo *tentar* nada. Agora já é a minha profissão. Tenho até cartões de visita.

Ele olhou para o céu, exasperado.

— Além de algumas mulheres desorientadas, ninguém vai empregar seus serviços.

Ela andou com mais força e virou-se para Park Lane.

— Acho que muitos vão, especialmente mulheres. Se você fosse uma esposa contratando alguém para investigar seu marido, gostaria de discutir assuntos tão indelicados com *você*? Claro que não. Se você fosse uma mulher que escreveu cartas indiscretas e precisasse de ajuda para recuperá-las, contrataria...

— Se eu fosse uma mulher inteligente, contrataria, em ambos os casos.

— Então eu vou ganhar a vida servindo às estúpidas. Com o tempo, talvez os homens estúpidos também me encontrem. Ouso dizer que, mesmo que eu me limite a clientes estúpidos, estarei muito ocupada.

Mais uma vez, a mão a deteve.

— Minerva...

Ela o encarou. Ele soltou-lhe o braço. Ela o olhou bem de frente.

— Não me insulte, implicando que sou incapaz de investigações tão simples, quando já fiz muito bem outras mais difíceis no passado.

Um lampejo de curiosidade perpassou os olhos de Chase.

— Quais?

Ela fora descuidada, então fingiu ainda mais irritação.

— Não importa. Apenas acredite em mim.

Chase suavizou a expressão.

— Como mulher, há lugares aos quais você não pode ir. Companhias que você não pode ter por perto. Pessoas que não ouvirão suas perguntas. Há quem notará se uma mulher os seguir.

Ela jogou a mão na testa e fingiu choque.

— De verdade? Oh, céus. Como tenho sido idiota ao não pensar nessas coisas. O que vou fazer? — ela ironizou, espantada com a pequena opinião que ele tinha dela. — Descobri onde você mora, não descobri? Você não tinha ideia de que estava sendo seguido.

Suas malditas botas se equiparavam ao passo dela. O humor que

exalava dele mudou para um pensamento.

— Você não faz isso sozinha — disse ele, depois de vinte passos. — Você tem a ajuda de outros, incluindo homens. Você tinha outros criados na casa e agora eles a ajudarão nas suas futuras investigações.

Ela apenas o deixou refletir a respeito.

— Há quanto tempo existe um Escritório de Investigações Discretas?

— Não muito. — Ela nunca admitiria quanto *não muito* significava. Ele que ficasse se perguntando.

— Confio que você não fará nada perigoso. Houve momentos em que mal saí de situações ruins com vida. Eu não gostaria de pensar em você... as pessoas podem se tornar cruéis se acreditarem que estão encurraladas, Minerva. As investigações domésticas podem ser as mais voláteis. Se você persistir nisso, deve tomar cuidado.

A voz dele, honestamente perturbada, tocou-a e esgotou sua indignação beligerante. A preocupação de Chase parecia verdadeira.

— Terei cuidado — respondeu ela. — Duvido que alguma vez enfrentarei o que você enfrentou. Quem precisar de um soldado procurará um soldado, não o Escritório Hepplewhite.

Ele parou de andar. Seu sorriso lento ofereceu uma trégua.

— Vamos passear no parque. Nicholas nos emprestará uma carruagem para usarmos agora.

Ela olhou para o céu azul e o sol brilhante. Um passeio seria delicioso, só que ela se perguntou se ele pretendia tentar beijá-la novamente. Ele tinha jeito de quem poderia fazê-lo. Gostaria de poder manter exatamente assim: alguns beijos e algum calor sensual que terminasse tão logo começasse. Nenhum dos dois era inocente, no entanto, e ela duvidava de que ele a tratasse como se fosse. Por outro lado, ela não podia se dar ao luxo de uma hora no parque.

Apesar disso, ele parecia tão atraente na luz clara... Bonito e distinto, seu rosto severo suavizando-se com aquele sorriso que aparecia de canto, formando uma covinha adorável e inesperada na bochecha. Ela não se importaria de olhá-lo por uma hora ou mais durante o passeio que ele propunha.

— Parece adorável, mas devo seguir meu caminho — disse ela. —

Tenho muito o que fazer e o dia está passando.

Ele aceitou, mas o olhar que lançou a Minerva fez uma brasa incandescer no fundo do estômago dela.

— Outra hora, então.

Ela desceu pela alameda, sentindo-o muito tempo depois de terem se separado. Sentiu o olhar dele em seu corpo e seu espírito estendendo-se em sua direção.

— A primeira coisa que você deve fazer é vender essas urnas — Kevin expressou essa opinião enquanto bebia vinho do porto na sala de estar de Chase.

Ele falava com Nicholas, que havia parado para buscar Chase e trouxera Kevin junto, para distraí-lo de seu mau humor. Brigsby os havia alimentado, e eles agora lubrificavam seus sentidos em preparação para algumas horas de jogatina.

— São muito valiosas — falou Nicholas. — E muito numerosas. Levará algum tempo para vendê-las, se eu decidir.

— Então, pelo menos, mova-as daí. A maneira como ele as posicionou naquele patamar, em filas próximas, quase me fez derrubar uma hoje, quando estava chegando aos seus aposentos. Quem apresentaria itens preciosos de maneira tão precária? Nem se pode apreciar sua beleza, de tão amontoadas que estão.

Chase riu. Essas urnas formavam uma floresta no primeiro patamar, interferindo no fácil acesso à sala de visitas.

— Tenho que passar entre elas de lado, para garantir que um dos meus ombros não as jogue no chão.

— Se eu movê-las dali, perderei a piada de ver você deslizando assim, Chase. Ou de homens de maior circunferência avançando centímetro a centímetro. — Ele sorriu. — Ou de tia Agnes sendo perturbada por sua fragilidade.

— É um tipo estranho de piada — disse Kevin. — Espero que você não assuma os hábitos excêntricos junto com o título dele.

— Esse perigo provavelmente quem corre é você, meu jovem.

— Tio Frederick nunca teve que deslizar, é claro — falou Chase. — Ele as posicionou perfeitamente para que seus ombros pudessem passar com dois centímetros de sobra. Ele poderia atravessar entre elas, depois esperar e ver os outros tentarem segui-lo tortuosamente. Ele nunca sorria ou dava risada, mas gostava do espetáculo.

— Estão lá há muito tempo — explicou Nicholas. — Você se lembra de como desafiávamos o destino quando éramos meninos e brincávamos de pega-pega entre elas? Eu quebrei uma vez. Ele me fez pagar limpando os estábulos quando estive novamente em Melton Park.

— As urnas vieram junto com a vila chinesa — Chase lembrou. — Kevin provavelmente era jovem demais para se lembrar disso agora.

— Não inteiramente. Tenho vagas lembranças de muitas pessoas visitando o tio em determinado momento, nenhuma das quais falava nossa língua. Usavam vestes coloridas.

— Ele decidiu aprender chinês — recordou Nicholas. — E concluiu que o caminho mais rápido era visitar a China ou fazer com que a China o visitasse, para que ele ouvisse o idioma o tempo todo. Ele providenciou para que uma vila inteira ficasse hospedada em Whiteford House por quase um ano. — Ele balançou a cabeça, sorrindo com a lembrança. — Ele enviou um homem que negociou com o povo do imperador por seis meses para obter permissão. Mulheres, bebês, crianças: toda a maldita vila foi recolhida e se mudou. Os aposentos do andar de cima ficaram cheios. Meu pai parou de visitar, então eu não vi muito. Nossa única refeição aqui naquela época era um caldo com macarrão comprido. Acho que é por isso que papai escolheu evitar mais visitas.

— Ele comia como eles. Ele se vestia como eles — disse Chase. — Ele fez com que os criados aprendessem chinês o suficiente para que seus visitantes pudessem fazer entender suas necessidades. Um jovem que veio, por sua vez, aprendeu inglês, como parte do acordo com o imperador. De qualquer forma, essas urnas vieram com a vila, compradas em nome dele pelo agente que ele enviou para organizar tudo isso.

— Ele aprendeu o idioma no fim das contas? — perguntou Kevin.

— Suponho que sim — respondeu Chase. — Ele o falava com frequência nos anos seguintes. Ou pelo menos parecia que falava.

— Quem saberia? — reagiu Nicholas. — Ele poderia estar falando bobagens.

— Improvável — retrucou Kevin.

Sim, improvável.

— Lamento dizer que esta é a primeira vez, desde que ele faleceu, que comentei lembranças dele com alguém — falou Chase. — As conversas sempre foram sobre outros assuntos.

Os dois assentiram. Ninguém teve que especificar essas outras coisas. A maneira da morte. O testamento.

— Correndo o risco de aludir a isso novamente, lembrei-me de que tenho um pedido de meu pai — disse Kevin a Nicholas. — Ele quer saber se você encontrou o homem mecânico. Ele o quer, se você estiver disposto a abrir mão dele.

O homem mecânico era um autômato. Tio Frederick o havia comprado e, inclusive, usado, porque ele podia andar sobre rodas, carregando uma bandeja em uma das mãos, como um mordomo. O tio gostava de colocar copos de bebida na bandeja e pôr o autômato para levá-los aos convidados.

— Não o vejo há anos — respondeu Nicholas. — Chase?

Chase balançou a cabeça.

— Esteja à vontade para vir à casa e procurar por ele. Quando parou de divertir o tio, ele provavelmente o colocou no sótão.

— Eu posso fazer isso, já que começou o fascínio de meu próprio pai por essas malditas coisas — ofereceu Kevin. — Papai me pediu para acoplar um pequeno motor a vapor, para que ele se movesse mais rápido. Eu desaconselhei, mas... — Ele encolheu os ombros como um filho que nunca era ouvido por um pai.

— Ele se movia muito devagar — disse Chase.

Kevin lançou-lhe um olhar de autocontrole.

— O que significava que parava se atingisse uma cadeira ou uma pessoa. Imagine isso com um motor a vapor. Um autômato para de funcionar se o mecanismo de corda se desenrola, o que acontece rapidamente. Um motor a vapor funciona de maneira bem diferente.

Nicholas começou a rir.

— Acho que você deve encontrá-lo e fazer o que seu pai deseja. Por favor, convide-me para a demonstração. Estou vendo aquele pequeno mordomo colidindo por toda a biblioteca como um saqueador exaltado.

— Acho que um local melhor seria entre aquelas urnas, não uma biblioteca. — Kevin pôs a taça na mesa. — Vamos. Vocês dois podem me distrair ainda mais da minha melancolia, ao perder muito dinheiro para mim nas cartas.

Nicholas olhou para Chase com falso espanto.

— Seu plano era distraí-lo da melancolia pensativa? Que coisa estranha para ele sugerir.

— Eu não. Você? Ele também não é dado a essas coisas. — Ele abriu a porta. — Você anda muito suspeito, Kevin.

Kevin cruzou a soleira, balançando a cabeça e suspirando.

Devido às suas tarefas matinais no dia seguinte, Minerva não leu o jornal até o período da tarde. O dia havia se tornado bonito, então ela o levara para o pequeno jardim e havia se sentado em um banco de pedra. Sua rápida verificação dos anúncios parou abruptamente quando ela viu seu próprio nome.

Desejam-se informações sobre Margaret Finley, viúva de Algernon, do condado de Dorset. Para relatar ou perguntar, escreva para John Smith, aos cuidados da Papelaria Montgomery, Montagu Street.

Chase Radnor devia ter inserido o anúncio no jornal. O canalha estava investigando seu passado e sua história. Ela achava que o advogado estava satisfeito, mas lembrou-se de Sanders se referindo a talvez confirmar os detalhes. Ela não tinha pensado que ele falava sobre Margaret Finley!

Depois de engolir sua consternação, ela notou que mais dois anúncios, com outros dois nomes, seguiam o que dizia respeito a ela.

Sua mente de imediato elencou quem, se é que alguém, responderia ao anúncio. Beth e Jeremy, é claro. Ninguém mais, pois ela nunca fora Minerva Hepplewhite enquanto morava em Dorset. Havia se tornado Minerva Hepplewhite enquanto viajavam para Londres. A única conexão possível entre os dois nomes poderia ser o cocheiro contratado que os levara de sua casa em Dorset e depois os trouxera para a estalagem onde tinham encontrado transporte. Se ele tivesse bisbilhotado na estalagem, poderia ter ouvido o novo nome dela. No entanto, esse episódio já tinha cinco anos e ela duvidava de que alguém se lembrasse de algo pouquíssimo digno de nota, para começar.

A porta da cozinha se abriu e Beth foi até ela.

— Elise Turner está aqui.

— Traga-a até mim.

— Acho que sou eu quem deveria ir com você.

Beth renovava uma conversa contenciosa da noite anterior.

— Preciso de você aqui, caso a sra. Drable envie outra pessoa para nós. Não posso pedir a Elise que faça isso. — Minerva não queria magoar ou insultar Beth com o verdadeiro motivo de preferir Elise. Sua jovem amiga seria simplesmente mais plausível entrando nas lojas e examinando os punhos de renda.

— Jeremy poderia ficar aqui.

— Se as mulheres vêm à procura de um negócio dirigido por mulheres, não funcionaria que a primeira reunião fosse feita com um homem.

Beth apertou os lábios.

— Espero que você não espere que eu apenas abra portas e coisas assim neste Escritório de Investigações, ou me sente naquela mesa ouvindo possíveis clientes. Também quero me divertir um pouco.

— Haverá muitas ocasiões em que somente você se divertirá, Beth. Momentos em que só posso depender de alguém em quem confio a minha vida.

Lisonjeada e um pouco decepcionada, Beth voltou para a porta e a abriu para permitir que Elise entrasse no jardim.

Minerva pediu a Elise que usasse seu melhor vestido, para que pudesse ver o que seria o "melhor" para ela. Examinando a musselina azul que agora se aproximava, ela adicionou mentalmente sua própria peliça castanha por cima e um chapéu azul-escuro com laço amarrado sob o queixo.

Ela pediu que Elise se sentasse com ela.

— Você atualmente está empregada em alguma atividade?

— A sra. Drable tenta, mas até agora nada, nem mesmo outro contrato de curto prazo.

— Tenho algo que deve durar alguns dias. Vou levar à sra. Drable se, depois de ouvir, você estiver interessada. Primeiro preciso ver se você tem o temperamento necessário.

— Sou considerada muito calma, se é isso que a senhorita quer dizer.

— Não inteiramente. Nesta tarefa, você terá que atuar. Você deve ser alguém que não é. Quero ver se você é capaz, então vou pedir que mostre um humor ou emoção, e você tenta fazê-lo.

Elise assentiu, mas sua sobrancelha franzida indicava que ela achava aquilo muito estranho.

— Bom. Primeiro, quero que você mostre tristeza.

Elise pensou e então fechou os olhos. Quando os abriu, jogou a cabeça para trás e começou a chorar. Alto. Seus gemidos e gritos ecoaram pelo jardim.

Minerva se afastou repentinamente, assustada. Beth abriu a porta da cozinha. Uma cabeça apareceu pela janela superior da casa vizinha. Jeremy veio correndo pelo jardim. Elise continuou chorando tão alto que a rua inteira deve ter ouvido. Minerva meio que esperava que a garota arrancasse os cabelos e rasgasse as roupas.

Minerva agarrou o ombro de Elise.

— *Não desse jeito.*

Elise se acalmou.

— A senhorita disse triste.

— Sim, mas não esse sofrimento todo. Triste como uma decepção. — Ela acenou para Jeremy voltar à casa de carruagem. Beth fechou a porta da cozinha. — Vamos tentar outra coisa. Finja que você é uma dama bem-nascida e eu sou dona de uma loja. Pergunte-me se tenho a melhor musselina que você já viu na vida.

— Eu sou rica?

— Consideravelmente.

— Sou arrogante?

— Não. Você é gentil.

Elise pensou e sorriu vagamente. Um sorriso gentil, mas um pouco condescendente. Não era o sorriso que se dava a um igual. Seus olhos brilhavam com bom humor, mas também com expectativas de deferência.

— Essas musselinas são até que boas, mas você teria algo melhor? Com raminhos de prímula, talvez?

Minerva ficou impressionada ao ver como ela se transformara bem. Elise Turner tinha um talento natural para ser atriz. Ela serviria perfeitamente bem para a tarefa.

— Vou falar com a sra. Drable.

CAPÍTULO ONZE

Chase apeou em frente à estalagem. Ao lado dele, Nicholas fez o mesmo. Um cavalariço levou os dois cavalos para descansarem, beberem água e serem alimentados.

— Estou feliz por termos vindo a cavalo — disse Nicholas enquanto entravam na estalagem. — Foi mais rápido e mais tranquilo, já que fazemos essas paradas. Eu penso que nesta aqui podemos comer.

Chase também estava com fome e acompanhou Nicholas ao grande salão público. Uma multidão agitada enchia a estalagem, com as mesas ocupadas pelas pessoas que viajavam na diligência com seus cavalos que estavam sendo trocados no pátio.

Nicholas foi na frente até um balcão onde o dono do estabelecimento servia a cerveja.

— Eles devem sair em breve.

— Não me importo de ficar um pouco em pé. — Algumas horas em um cavalo e seu corpo implorava por algum alongamento.

Eles compraram copos de cerveja e se apoiaram no balcão enquanto observavam os movimentos rápidos e a alimentação ainda mais rápida dos clientes.

— Fui ao Ministério do Interior — disse Nicholas. — Perguntei a Peel quais teorias estavam sendo consideradas sobre a queda do tio. Recebi muita atenção e deferência, mas nenhuma informação. Talvez eles não estejam investigando nada.

— Enquanto estivermos em Melton Park, examinarei melhor aquele parapeito. Meu exame após o funeral foi necessariamente rápido e superficial, mas talvez eu possa descobrir mais informações.

— Faça isso, mas... Ele subia lá regularmente. É provável que ele conhecesse todas as pedras e ladrilhos de ardósia. Mesmo que tropeçasse, atravessar aquele muro tomaria algum esforço.

Esses também eram os pensamentos de Chase. Era um pequeno passo depois disso para debater quem o havia feito. Para evitar essa conversa, ele mudou a postura, afastando-se um pouco de Nicholas, e observou o grupo da diligência se recompor para sair.

Uma passageira chamou sua atenção. Uma bela moça com cabelo castanho muito claro, que usava um vestido de musselina azul e um chapéu azul mais escuro. Algo nela parecia familiar, mas ele não conseguia identificar exatamente o quê. Sua companheira toda vestida de cinza estava de costas para ele. Enquanto Chase observava, a companheira estendeu a mão para deslizar a retícula em seu braço e a mão apareceu. Era uma mão especialmente adorável.

Elas saíram com os outros para reocupar seus lugares na diligência. Chase inclinou-se para o estalajadeiro.

— Para onde vai essa diligência?

— Brighton. Duas delas param aqui todos os dias.

Nicholas se afastou para ocupar uma das mesas que os passageiros da diligência acabavam de vagar. Chase se juntou a ele, perguntando-se por que Minerva Hepplewhite estava viajando para Brighton.

— Não se preocupe. Você consegue. Se, em sua mente, você se tornar uma jovem mulher de alguma substância, é exatamente quem você se tornará. Será como no meu jardim. — Minerva deu as instruções para Elise enquanto passeavam pela rua em Brighton. Passaram por lojas distintas como as vizinhas adequadas do estabelecimento que vendia os produtos do sr. Oliver. Tinham acabado de visitar a loja para a qual ele fornecia para confirmar que aqueles punhos e colarinhos de renda eram de lá.

Agora elas avançavam para a outra loja que diziam ofertar a mesma mercadoria. Aquela que não deveria tê-la em estoque.

Uma mudança óbvia ocorreu quando passaram por uma pequena encruzilhada. As lojas ficaram menores. Os produtos oferecidos pareciam menos luxuosos. Minerva duvidava que o *ton*, ao visitar Brighton, passasse para depois da encruzilhada, para fazer suas compras.

A sra. Oliver havia fornecido o nome da outra loja, e elas a encontraram facilmente. A vitrine exibia um bom linho e fitas, mas nada de punhos. Ela e Elise entraram.

O proprietário, o sr. Seymour, estava em pé atrás do balcão, mostrando à cliente uma caixa de tranças de seda para acabamento em chapéus e vestidos. Minerva olhou as mercadorias e olhou para as prateleiras atrás do sr. Seymour. Nada de punhos.

— Não estão em exibição — ela murmurou para Elise. — Ele pode ter tido motivos para escondê-los. Vamos descobrir. Faça beicinho e pareça decepcionada.

Assim que a outra cliente saiu, o sr. Seymour voltou sua atenção para elas.

— Parece que sua amiga estava errada — disse Minerva a Elise. — Não achei que encontraríamos algo assim aqui.

— Ela foi muito específica — rebateu Elise.

— Bem, ela estava errada.

— Posso ajudar de alguma forma? — O sr. Seymour apareceu de trás do balcão.

— Minha amiga Mary disse que o senhor tinha punhos de renda aqui, lindos — explicou Elise. — Será que estão em alguma gaveta?

— Lamento que não. — O sr. Seymour sorriu enquanto dava as más notícias. — Foram todos vendidos. O último foi levado há três dias. Havia uma fila esperando para comprá-los. Algumas senhoras muito distintas levaram meu estoque todo, de modo que até algumas das minhas clientes habituais ficaram decepcionadas.

Elise exagerou um pouco mais no beicinho.

— Eu gostaria que tivéssemos vindo da cidade na semana passada.

— Tenho certeza de que existem punhos de renda igualmente belos em outras lojas — falou Minerva.

— Apenas em uma outra loja — explicou o sr. Seymour, fazendo uma careta. — As senhoras pagarão muito mais caro por lá, eu receio. Os mesmos punhos, as mesmas rendas, todas do Vale do Loire e importadas. Apenas o preço é diferente. — Ele lançou a Minerva um olhar cheio de significado. — Muito diferente.

— Não podemos comprar o que não está disponível para compra — disse Minerva a Elise. — Encontraremos peças igualmente boas em Londres.

— Mas eu queria muito os punhos para mim, e punhos e colarinhos para tia Charlotte. — Elise parecia pronta para chorar. Minerva viu isso com alarme, lembrando do pranto no jardim.

— Bem, não tão bons — continuou o sr. Seymour. — Como eu disse, estes são da França. Feitos com requinte. E... — Ele se inclinou para mais perto para compartilhar uma confidência. — Eu tinha um conjunto que nem uma certa outra loja tinha. Um novo conjunto que se mostrou muito popular.

— O senhor a fará chorar em breve — repreendeu Minerva. — Minha própria decepção eu posso aceitar, mas o senhor sabe como as moças podem ser.

— Sua própria decepção? A senhora pretendia comprar também? Estamos falando de três conjuntos?

Minerva deu de ombros.

— Se os novos forem tão bons quanto o senhor diz, acho que seriam quatro ou cinco. Infelizmente, o senhor não os tem e voltaremos para a cidade amanhã.

O sr. Seymour mordeu o lábio inferior.

— O homem que os traz para mim é esperado esta tarde. Eu deveria ter mais amanhã, se puderem...

Como se estivesse distraída, Minerva tocou algumas luvas em uma mesa ao lado de onde estavam.

— Receio que partiremos logo após o café da manhã.

Mais reflexão.

— A senhora poderia... Se vier hoje ao entardecer, digamos às seis horas, acho que eu teria o que as senhoras querem até lá.

Elise se iluminou.

— Oh, nós poderíamos? — ela implorou a Minerva. — Voltaríamos bem antes do jantar, e certamente Lady Talbot nos emprestaria a carruagem novamente.

Minerva mordeu o lábio inferior.

— Seis horas, o senhor diz?

— Estou confiante de que terei tudo o que desejam nesse horário.

— Suponho que sim. Espero que essa renda seja tão maravilhosa quanto o senhor diz, pois será um grande transtorno para nós.

— As senhoras acharão que é a melhor renda que já viram.

Minerva assentiu para Elise, que sorriu e bateu palmas.

Com o compromisso marcado, ela e Elise deixaram a loja.

— Voltaremos às cinco e meia, na esperança de ver esse agente aqui. — Ela olhou para Elise, que havia desempenhado seu papel muito bem. — Lady Talbot?

— Ele parecia impressionado com a maneira como as rendas lhe haviam trazido clientes distintas. Acho que ele esperaria a noite toda pelo nosso retorno agora.

— Nós duas elevamos nossa posição social. Suponho que agora também terei que alugar uma carruagem, já que você disse que chegaríamos em uma.

— A senhorita provavelmente deveria.

— Está gostando dessa tarefa, Elise?

— Ah, sim. Muito obrigada.

Naquela noite, limpa e vestida para dormir, Minerva estava sentada à escrivaninha de seu quarto na estalagem, nos arredores de Brighton. No reflexo do espelho, Elise estava sentada na cama, escovando os cabelos compridos.

Ela mergulhou a pena na tinta e começou a escrever uma carta para a sra. Oliver.

Tenho todas as provas de que precisará para convencer seu marido de que o agente dele está traindo sua confiança. Eu mesma vi o agente na loja do sr. Seymour, quando ele entregou pelo menos quarenta conjuntos de punhos e colarinhos. O sr. Seymour os vende por 2 xelins e 5 pence, o que é muito menos que os 3 xelins da loja mais acima, na mesma rua. Comprei quatro conjuntos, incluindo um que seu marido não importa. Isso indica que o agente está importando por conta própria ou encontrou outro atacadista de que seu marido não tem conhecimento.

Fornecerei um relatório completo, juntamente com os conjuntos adquiridos, quando voltar a Londres.

Ela se lembrou de como a sra. Oliver ficava dizendo que não estava interferindo. Talvez ela precisasse de mais do que um relatório escrito para atrair a atenção do marido. Ele provavelmente zombaria dela se a prova não fosse esmagadora.

Minerva desejou que a sra. Oliver não tivesse que morar com um homem que fizesse isso. Algernon costumava zombar também, sempre que ela expressava qualquer tipo de opinião. O sarcasmo desagradável resultou que, em pouco tempo, ela nunca mais estivesse falando com ele, a menos que ele fizesse uma pergunta. Levou vários anos para perceber que esse tinha sido o objetivo dele o tempo todo.

Ela continuou escrevendo. Que o paspalho tentasse zombar de Minerva Hepplewhite.

Se desejar, também me encontrarei com seu marido para descrever minha visita aqui e o que vi e descobri. Com esse testemunho, não creio que ele desconsidere suas preocupações.

Se preferir, pode dizer que eu sou uma conhecida que frequenta Brighton para visitar a mãe idosa e que se deparou com esses outros punhos. Ele nunca precisará saber que a senhora contratou meus serviços.

Espero voltar à cidade na sexta-feira. Outra investigação me manterá aqui até lá.

Ela assinou, dobrou e selou a carta. Postaria no dia seguinte.

Em seguida, levantou-se, levou a lamparina para a cabeceira da cama, e dobrou as cobertas para se deitar. Elise se mexeu embaixo delas.

— Para onde vamos amanhã? — ela perguntou. — A senhorita estava examinando o mapa do condado com muita atenção no jantar.

— Vamos para uma cidade chamada Stevening. Talvez fique a uma ou duas horas de carruagem.

— Não temos carruagem.

— Vou contratar uma.

— Sou uma dama e tanto hoje em dia, com sua bela peliça e chapéu, e agora com uma carruagem de aluguel.

— Não fique muito animada. A carruagem não passará de um cabriolé e você ficará sentada atrás. — Ela subiu na cama e apagou a lamparina. Estavam deitadas lado a lado na escuridão perfurada por um raio de luar deslizando entre as duas metades da cortina da janela. As paredes de gesso branco refletiam essa luz, de modo que as vigas do teto mostravam preto em contraste. Dois homens tinham o quarto ao lado do delas e, pelos sons, estavam desfrutando de uma garrafa juntos.

— A sra. Drable me disse que você deixou seu último emprego porque o marido a importunou — disse Minerva.

Elise não respondeu, mas sua cabeça fez um movimento afirmativo.

— Foi mais do que isso?

Ela balançou a cabeça em negativa.

— Não, mas eu temia que ele me encontrasse sozinha. Ele me tocou de maneiras que não deveria e eu temi que um dia ele não... ele não parasse.

Provavelmente não. Em algum momento.

— Que bom que você saiu. Sei que, sem referências, obter outro emprego é muito difícil, mas as coisas se acertarão em breve, tenho certeza. — Ela esperava que o Escritório Hepplewhite se tornasse bem-sucedido e que houvesse trabalho suficiente para Elise se manter.

— Se necessário, você poderia retornar à sua vila — acrescentou.

— Eu não gostaria de fazer isso. Não há lugar para mim lá, exceto com parentes que não querem ficar comigo. Um homem se ofereceu para se casar comigo, mas eu não quis me casar com ele. Então vim para a cidade.

Isso torceu o coração de Minerva. Ela conhecia a situação de Elise muito bem. Quando seu tio decidira emigrar para os Estados Unidos, ele não se oferecera para levá-la junto. Ele lhe informou o custo, e como levá-la atrasaria a forma como ele se estabeleceria lá com as duas filhas. O futuro parecia sombrio naquela época, aumentando a tristeza que sentia por perder as primas que eram suas amigas de infância. Ela se via como uma professora particular em casas senhoriais, talvez, ou quem sabe se tornasse uma criada.

Então o sr. Finley pedira sua mão, para surpresa e alívio de todos. Um casamento por amor, como seu tio chamou, já que ela não tinha fortuna. Um milagre.

Ela se convencera de que queria aquele casamento. Na realidade, abraçou a ideia porque não havia alternativa que atraísse uma garota de dezessete anos. Algernon era mais velho: tinha trinta e sete anos quando se casaram. Se ela o considerava bonito de uma maneira rústica, angulosa e um tanto untuosa em sua maneira e fala, essas eram pequenas objeções que ela supôs que logo passariam.

Por alguns meses, o casamento foi quase normal, exceto no leito conjugal. Ele a culpava por suas falhas frequentes nesse quesito. Com todas as tentativas, ele a tratava como se ela fosse um vaso sem vida para a semente dele, e na verdade era como ela se sentia. Sua raiva pela impotência infectou todo o casamento e o tornou violento. Chegou a um ponto em que a vida com ele se tornou impossível de suportar. No entanto, ela aguentou — por tempo demais —, já que não conseguia vislumbrar nenhuma outra saída.

Minerva calculou o pagamento que a sra. Oliver faria e o quanto poderia dar à jovem adormecendo ao seu lado.

CAPÍTULO DOZE

Depois de dois dias em Melton Park, juntando-se a Nicholas enquanto ele cavalgava pelas fazendas ou realizava atividades na mansão, Chase decidiu que era hora de assumir os deveres que o haviam trazido da cidade.

Como o dia estava bom, ele reorganizou a lista em sua cabeça para aproveitar o sol forte e as estradas secas. Pediu que trouxessem seu cavalo e mandou avisar a Nicholas de que provavelmente não voltaria até de manhã. Antes de partir, chamou o mordomo de lado.

— O magistrado local esteve aqui desde o funeral, para investigar?

O mordomo balançou a cabeça.

— Ninguém está investigando aqui, senhor.

— Preciso que tire alguns minutos de suas tarefas e anote quais criados da cidade acompanharam meu tio até aqui em sua última visita. Também quero saber se ele recebeu visitantes, até vizinhos. Inclua todos os que estiveram aqui por qualquer motivo em seus últimos três dias.

O mordomo assentiu.

— Uma tragédia, senhor, se me permite dizer. Chocante e triste. Ninguém poderia ter previsto.

— Previsto? O que você acha que aconteceu?

O mordomo corou.

— Tenho certeza de que não sei. Eu estava me referindo apenas à própria morte dele, não... isto é, eu não estava implicando que...

Claro que estava, mas afirmar em voz alta seria convidar mais perguntas quando um de seus deveres era cuidar para que não houvesse nenhuma.

Só poderia haver duas maneiras pelas quais tio Frederick passaria por aquele parapeito. Ou ele caíra por acidente. Ou fora empurrado. Então, por que pensava que o mordomo acreditava que poderia haver uma terceira possibilidade que ninguém considerava — que o tio Frederick havia pulado?

Não, ele estava errado. Um outro a havia considerado. Peel. *Uma conclusão que difamaria o bom nome de seu tio.* Ele não prestara muita atenção a essa vaga alusão, mas agora percebia exatamente o que era provável que Peel queria dizer.

Levou meia hora apenas para ir até aos limites da propriedade e mais meia hora para chegar à vila mais próxima. Seu destino estava além, então ele atravessou o vilarejo pela rua principal. Enquanto dava a volta no cemitério da igreja, notou alguma cor entre as plantações. Uma mancha azul-escura entrava e saía por trás dos galhos dos arbustos. Ele parou o cavalo e esperou que o azul se tornasse mais visível, mas ele desapareceu.

Chase observou atentamente o jardim, procurando não azul, mas cinza. Nenhuma outra cor inesperada apareceu. Ele seguiu em frente, rindo de si mesmo. Minerva estava em Brighton. Era ridículo ver evidências dela aonde quer que ele fosse, como um garoto inexperiente apaixonado pela primeira vez. Ainda assim, aquele azul se parecia muito com o azul usado por sua companheira, para que ele pudesse ser parcialmente escusado do pensamento.

Ele se perguntou o que ela estaria fazendo em Brighton. Breves férias, talvez. Ou poderia estar se metendo em problemas. Por que ele achava essa última opção mais provável?

Fora do vilarejo, ele parou e consultou seu mapa de bolso. Um quilômetro e meio mais adiante, depois de fazer duas curvas a partir da estrada principal, ele se aproximou de uma cabana de tamanho respeitável. Atrás dele, podia ver a margem de um pequeno lago. Adiante, um cavalo atrelado a uma charrete.

Esperava que a charrete não significasse que o sr. Edkins tivesse um visitante.

Apeou, amarrou o cavalo a um poste e foi até a porta. Quando estava prestes a bater, a porta se abriu. E ele se viu diante do topo de um chapéu cinza.

— Foi muita generosidade sua, senhor. Certamente cumprimentarei a sra. Fowler. — A mão adorável se ergueu para se despedir, e o chapéu cinza virou. Um passo aproximou a dona do conjunto cinza o suficiente para quase trombarem o nariz.

Ela olhou para cima, assustada.

Ela olhou por cima do ombro e deu ao sr. Edkins um belo sorriso.

— Parece que o senhor tem outro visitante.

— É estranho. Normalmente não tenho nenhum e agora são dois em um único dia. — O sr. Edkins, um homem de meia-idade e cabelo castanho cortado bem rente, ajeitou os óculos e deu a Chase uma boa olhada.

— Eu realmente vim fazer uma visita — disse Chase. — Espero que possa me receber, mesmo que eu tenha sido um tanto intrometido.

— Suponho que posso usar um pouco mais do meu tempo.

— Dê-me alguns minutos com sua última convidada, por favor, antes que eu peça isso do senhor.

O sr. Edkins fechou a porta. Sem nem mesmo uma saudação, Minerva caminhou em direção à charrete. Chase a seguiu.

— O que está fazendo aqui?

— Trazendo cumprimentos a este bom homem da sra. Fowler. Eles trabalharam na mesma casa por anos. — Ela desamarrou o cavalo e foi para o lado da charrete.

Chase olhou de volta para a casa. O sr. Edkins podia ser visto observando de uma janela. Ele voltou-se para Minerva.

— Não mova essa charrete daí até que eu saia.

Ela apertou os lábios.

— Espero que não tenha sido a ordem que pareceu.

Maldição, a mulher às vezes era irritante.

— Apenas. Não. Mova.

Ela subiu na charrete e pegou as rédeas.

— Acho que vai parecer muito estranho para o sr. Edkins se eu permanecer aqui enquanto você estiver lá dentro. Havia um local agradável e ensolarado perto da última encruzilhada, ao lado de um riacho bonito. Se pedir com delicadeza e não se atrever a me dar ordens, posso esperar por você lá.

Ele rangeu os dentes.

— Faria a enorme gentileza de esperar por mim, para que possamos trocar algumas palavras?

Ela começou a virar o cavalo.

— Talvez. Agora você deveria ir falar com o sr. Edkins. Ele pretende sair para pescar em breve.

Minerva colocou a charrete em movimento pela estradinha. Com mais um xingamento para si mesmo, Chase se apresentou à porta com seu cartão de visita em mãos.

O que você disse àquela mulher? Chase não poderia perguntar diretamente, por mais que quisesse. Em vez disso, fez suas próprias perguntas e procurou sinais de que o sr. Edkins já as ouvira recentemente.

Instalaram-se em uma agradável sala de estar, com boa luz, de belas janelas na frente da casa. Todo o chalé tinha uma aparência atraente, embora com pouquíssimos móveis. Esse cômodo tinha boas proporções e um distinto console entalhado ao redor da lareira. Os móveis, conforme seu estado de conservação, mostravam qualidade. O sr. Edkins gastava bem e com sabedoria, e não tinha sido especialmente econômico. É claro que, com a pensão que recebera no testamento, ele não precisou economizar.

O homem era mais jovem do que o tio Frederick. Tinha, talvez, cinquenta anos. A grande pensão que recebera surpreendeu o advogado e irritou a família. *Ele tinha que trabalhar mais quinze anos como criado antes de receber uma gratificação dessa*, Dolores havia reclamado. Tio Frederick tinha pensado de maneira diferente, e agora o sr. Edkins vivia como um cavalheiro em um belo local à beira do lago.

— Escolhi este chalé porque posso pescar sempre que quiser. — Edkins se tornou eloquente sobre sua propriedade quando Chase a elogiou. — Nunca pude, durante todos esses anos. Senti falta. Agora vou lá sempre que tenho vontade. — Seu polegar apontou para os fundos da casa.

— Fico feliz que meu tio tenha lhe proporcionado essa possibilidade — disse Chase. — Teve muito contato com a família dele ou com os criados das casas?

Edkins balançou a cabeça.

— É uma situação estranha. Difícil de explicar. Quando acaba, acaba. As pessoas que encheram seus dias... A família são os empregadores e os outros criados são... como outros monges em suas celas, trabalhando no mosteiro ao seu lado. — Ele sorriu com a analogia. — As amizades são todas muito formais.

— Eu esperava que os de vocês que passaram mais tempo em serviço

permanecessem em contato. Trocassem cartas e coisas assim.

— Enviei algumas e recebi algumas. Foi tudo muito repentino e recente, não foi? Espero que daqui a alguns anos escrevamos quando algo de interesse nos levar a isso.

Chase se reacomodou na cadeira estofada.

— Vim fazer algumas perguntas. Espero que compartilhe informações comigo.

Será que tinha imaginado o sr. Edkins olhando de relance para a janela e para o quintal onde Minerva estivera há pouco tempo?

— Alguém mais já o interrogou sobre aquela noite? — Chase perguntou. *Maldição, o que você disse àquela mulher?*

— Havia um homem em casa, logo depois que Sua Graça morreu, antes de eu sair. Ele veio apenas um dia e fez perguntas a muitos de nós.

— O magistrado?

— Acho que sim. Fiquei tão chocado que não prestei muita atenção ao nome dele e tudo mais. Não gostei do jeito que agiu conosco. Ele não fez perguntas; ele as berrou como um bicho, se o senhor me entende.

— E o senhor as respondeu?

O sr. Edkins assumiu a expressão branda que todos os criados sabiam usar.

— Claro. Da forma como vieram. Ele queria saber o que eu tinha de informações sobre a morte do meu senhor. A resposta foi "absolutamente nada". Eu estava dormindo no momento. Ele também queria saber o que meu senhor tinha feito naquele dia. Eu lhe disse só o que sabia com certeza porque tinha visto. Quando ele se levantou da cama, quando desceu. Não achei sensato relatar o que me disseram que ele faria, como sair ou algo assim. Se eu não houvesse testemunhado, eu não contava.

— Sábio da sua parte. O que *ouviu* que aconteceu ou que *poderia acontecer* talvez não tenham acontecido, e incluir esses dados poderia complicar as informações.

— Obrigado, senhor. Embora confesse que fiz isso de propósito, por reprovação à atitude daquele homem. Admito que meu objetivo era dar a ele o mínimo necessário.

Chase se levantou.

— Pode me mostrar o lago? Se quiser pescar, fique à vontade. Minhas perguntas não vão demorar muito, mas podem ser mais específicas do que as do magistrado.

O sr. Edkins foi na frente andando pela casa. Ele removeu uma vara e alguns equipamentos de um suporte alto perto da porta do jardim. Juntos, eles saíram do jardim através de um portal traseiro e caminharam pouco mais de quatro metros até o lago. Edkins começou a preparar sua vara de pesca enquanto Chase observava a paisagem pacífica.

O pajem lançou a linha. Chase estava sentado em um grande tronco de árvore.

— Sr. Edkins, havia membros da família em Melton Park naquele dia ou nos três anteriores?

— Não vi e não ouvi. O mordomo saberia melhor do que eu.

— No entanto, o duque pode ter mencionado algo assim enquanto o senhor cuidava dele.

Edkins moveu a isca em um círculo longo e profundo.

— Ele não mencionou o nome de nenhum parente para mim.

O homem estava respondendo da maneira como respondera ao magistrado: sem revelar nada. Isso por si só despertou a curiosidade de Chase. Minerva recebera respostas mais diretas? Ela não tinha legitimidade para perguntar, mero fato que poderia ter lhe rendido mais.

— Alguém visitou? Qualquer pessoa? Um vizinho, talvez. Um parceiro de negócios. Mesmo se o senhor não soubesse o nome e não os servisse de forma alguma, sabia que alguém assim estava na propriedade? — Não conseguia encontrar outra maneira de cobrir todas as eventualidades.

Edkins observou sua linha atentamente e balançou a isca. Parecia não ter ouvido a pergunta.

— Uma pessoa — ele finalmente disse. — Naquela tarde. Olhei para o jardim e vi Sua Graça com alguém. Uma mulher.

— Uma de suas irmãs?

— Não posso afirmar. Não acho que ela tenha entrado pela casa. Acho que talvez entrou no jardim, pelos fundos. Não pude vê-la bem. Só sei que era uma mulher porque notei o chapéu e tudo mais. Estavam entre as árvores no fundo, passeando.

— Acha que ele a esperava?

— Eu não saberia, mas ele conversava com ela e não a fez ir embora.

Uma mulher. Diabos.

— O senhor já viu alguém que acha que poderia ser essa mulher? Em Londres, por exemplo? — Ele acrescentou a última parte para acalmar sua consciência de que não estava realmente perguntando se Edkins vira essa mulher há apenas meia hora em sua própria sala de estar.

— Não posso dizer que sim, senhor.

Não era o mesmo que dizer que não.

— Naquela noite, depois do jantar, o duque voltou aos seus aposentos? O senhor o serviu?

— Não. Eu estava no quarto de vestir cochilando como era meu hábito. Ele aparecia muito tarde na maioria das noites. Eu raramente o preparava para dormir antes da meia-noite. Então, de repente, era de manhã e ele nem sequer aparecera. Logo soubemos o porquê. — A tristeza franziu sua expressão. Ele apertou os olhos por trás dos óculos.

— O que acha que aconteceu?

— Eu acho que ele caiu. Não é seguro lá em cima. Aquele muro não o protegeria se ele escorregasse. Não sei por que ele subia lá à noite daquele jeito, sendo tão perigoso.

Ele ia porque lá em cima, de noite, nada existia, exceto ele e o vasto céu noturno. Tio Frederick não era um homem especialmente espiritual, exceto pelo hábito de fazer caminhadas sob as estrelas.

Chase não conseguia pensar em mais nada para perguntar naquele momento. Ele se levantou para se despedir. Só então a linha ficou tensa e submergiu. Com um grande sorriso, Edkins começou a puxá-la.

— Será pequeno — adivinhou ele. — Lago pequeno significa peixe pequeno, mas não preciso de muito para o meu jantar.

— Vou deixá-lo com sua pescaria. Não se preocupe que eu mesmo encontro a saída. Obrigado por me receber. — Entrou no jardim e caminhou até o portal da frente. Uma mulher visitou o duque no dia em que ele morreu. Inferno.

Minerva deixou o cavalo pastar enquanto se sentava em um tronco derrubado e observava o riacho passar por ela. Na primavera, aquele local seria adorável, com flores silvestres formando largos laçarotes de cor. Nesse momento, algumas folhas amarelas e alaranjadas caídas impediam que o solo fosse coberto apenas por galhos estéreis.

Ela ouviu o cavalo vindo em sua direção. Provavelmente não deveria ter ficado do jeito que Chase mandara. E não teria ficado, porém, esperava descobrir se ele obtivera mais informações do que ela ou mesmo uma quantidade igual.

O sr. Edkins não tinha sido muito receptivo, mas suas perguntas também não poderiam ter sido consideradas pontuais o suficiente para obter boas respostas. Ao contrário de Chase, que provavelmente anunciou que estava conduzindo investigações, ela usara sua amizade com a sra. Fowler, a cozinheira, como pretexto para a visita. Teve que tecer sua curiosidade sobre a família, o duque e a morte em meio a amenidades e fofocas gerais. Poderia não ter sido uma coisa tão ruim, no entanto. A única informação útil que emergiu do sr. Edkins escapara sem querer. Uma informação surpreendente. Minerva debatia consigo mesma se deveria compartilhá-la com Chase.

O cavalo parou perto de sua charrete. Chase desmontou e amarrou as rédeas na parte de trás do veículo. Ele foi até ela e ofereceu sua mão.

— Vou levá-la de volta ao vilarejo.

Ela permitiu que ele a ajudasse a se levantar.

— O que faz você pensar que eu preciso voltar a qualquer vilarejo?

— Vi sua acompanhante lá. Presumo que precise buscá-la, ao menos.

Ele a ajudou a se sentar no banco da charrete, então pegou as rédeas e subiu ao lado dela. Eles se encaminharam pela pista com o cavalo a reboque.

— O que você está fazendo aqui? — ele perguntou.

— O que você está fazendo aqui?

Um suspiro de paciência tensa soprou ao lado dela.

— Eu vim para Melton Park com meu primo para passar alguns dias.

— O duque está na residência?

— Sim.

Que inconveniente. Seu plano de pedir à governanta uma visita à casa não funcionaria mais. Ela poderia muito bem devolver a charrete e encontrar transporte de volta a Londres.

— O que Edkins disse a você? — ele indagou.

— Muito pouco. Conversamos principalmente sobre os velhos tempos e as memórias dele.

— Memórias de quê? Quantos anos?

— Bastante tempo. Da sra. Fowler e do antigo duque. Ele admirava excessivamente o último duque, visto que, como criado pessoal, ele o via em termos muito humanos, com banho e coisas do tipo. Ele me disse que o homem era um gênio. Essa foi a palavra que usou. Excêntrico, às vezes bastante estranho, mas um gênio que não suportava os tolos facilmente, e a maioria dos homens em comparação a ele eram tolos.

— Meu tio foi muito gentil em relação a isso. Os tolos raramente sabiam que ele os considerava como tal. Ele falou sobre os negócios do meu tio?

— De uma maneira geral. Não sei se o sr. Edkins entendia o que eram. Invenções, ele disse. Coisas financeiras. Edifícios. Remessas. Ele mencionou que poderia haver discussões sobre tudo isso. Alguns dos outros investidores às vezes se tornavam exigentes. — Ela não mencionou o exemplo específico que ele havia usado.

— Um desses parceiros de negócios pode ter tido motivos para querer dar um fim nele. Se alguém tivesse trapaceado, por exemplo. Vou investigar nessa direção.

— Quando inserir esse tema na lista, você quer dizer. — Se os parceiros de negócios precisassem ser investigados, ela estaria em desvantagem, pois nem sabia em quais negócios o duque havia investido. Entretanto, não achava que fosse um desses parceiros. Não exatamente.

Ele conduziu a charrete mais rápido do que ela jamais poderia fazer, então se aproximaram do vilarejo em pouco tempo. Ele diminuiu a velocidade quando os telhados apareceram.

— Você está hospedada aqui nesta estalagem?

— Só por uma noite. Partimos hoje à tarde.

— Mas você certamente pretendia fazer mais do que conversar com o antigo pajem do duque. Imagino que tenha algum plano para conseguir entrar em Melton Park.

— Por que eu iria querer fazer isso?

— Esse não era seu plano? Você veio até aqui apenas para levar os cumprimentos da cozinheira a Edkins. Que alma boa você tem.

— Obrigada. Eu me esforço. Embora ouça que a propriedade de Melton Park tem uma casa grandiosa e me pergunte se a governanta permite pequenos tours pela mansão quando a família está fora.

A charrete seguiu por no máximo dez segundos.

— Eu posso colocá-la para dentro, é claro — disse ele. — Como minha convidada. Sua acompanhante também.

— Espero que valha a pena ver, sendo uma casa tão importante.

— Eu não sabia que você tinha interesse em arquitetura. Se assim for, realmente deve vê-la. Por que não fica lá esta noite? Podemos examinar aquele parapeito juntos. É de grande singularidade arquitetônica.

Ela se virou para ver se ele estava falando sério.

— Como vai explicar quem eu sou para o seu primo?

Ele pensou nisso enquanto a charrete entrava na estrada principal do vilarejo.

— Vou dizer que você é uma das minhas agentes e que me ajuda nas investigações de vez em quando.

— Sua empregada, em outras palavras. Eu preferiria que dissesse a ele que sou uma parceira ocasional. Uma mulher que conduz suas próprias investigações, mas que faz parceria quando você precisa de ajuda.

— Não vou dizer que preciso de ajuda, muito menos de você. Se for para fazer isso, você será uma funcionária ocasional ou não irá comigo.

— Já que é tão orgulhoso, farei dessa maneira. Pode ser melhor. Como parceira, talvez eu tenha que comer à mesa com você e com o duque e ficar entediada. Como empregada, posso comer com os criados e realmente descobrir alguma coisa.

— Como minha funcionária, você deve me informar sobre qualquer informação que vier a saber.

— Você pagará meus honorários? Caso contrário, não serei funcionária. Estamos apenas fingindo.

Ele pensou.

— Se seus honorários forem razoáveis...

— Vinte libras.

— *Vinte libras?*

— Um dia.

Ele riu.

— Ninguém vai pagar muito a uma mulher *por nada*.

— É um valor alto demais? Oh, céus. Eu deveria ter aprendido qual é a quantia esperada, suponho. Qual é o valor dos seus honorários?

Ele não respondeu. Aparentemente, não eram vinte libras.

— Talvez seja melhor ficarmos no fingimento — disse ela. — Vou informá-lo de qualquer coisa que eu achar que você precise saber.

Não era isso que ele exigira.

— Vamos precisar de um nome para você. Seria melhor se meu primo ainda não souber que você é uma das legatárias.

— Eu serei a sra. Rupert. Será fácil para todos lembrarmos, pois moro nessa rua. Ah, Elise está na frente da igreja, esperando meu retorno. Vou impedi-la de conversar com os outros, para que ela não entregue o estratagema.

Buscaram a amiga de Minerva, a srta. Turner, no cemitério da igreja, e suas bagagens na pequena estalagem. Chase contratou um homem para devolver a charrete ao dono, depois contratou uma carruagem para levá-los todos a Melton Park.

Lá, ele deixou as mulheres com a governanta, chamando-as de convidadas para que recebessem bons aposentos. Depois que se foram, ele foi para a biblioteca, onde encontrou Nicholas parado na porta, observando as saias subirem a grande escada.

— Quem são elas?

— Uma é a sra. Rupert e a outra é sua acompanhante, a srta. Turner. A sra. Rupert faz algumas pequenas investigações para mim de vez em quando. Do tipo que se adequam melhor a uma mulher.

— Suponho que ela seja a de conjunto cinza com olhos inteligentes, e não a bonita de azul.

— A bonita de azul não é para você, se é o que estava pensando. A sra. Rupert não mostraria nenhuma gentileza em qualquer interferência com aquela garota.

— Ela parecia ter pelo menos vinte anos. Já não é nenhuma garota, embora tenha um certo frescor. Foi encantador como ela ficou boquiaberta aos ver adereços que enfeitam o saguão de entrada.

— Sempre que vejo todas aquelas máscaras africanas, também me sinto inclinado a ficar boquiaberto. — Ele se jogou em um divã e esticou as pernas. — Eu visitei Edkins hoje.

— O pajem do tio? Como ele está?

— Prosperando. Ele tem uma boa propriedade em um bom pedaço de terra com um lago nos fundos. Passa as tardes pescando o jantar. Ele se saiu muito bem.

— Mais uma pessoa que se beneficiou generosamente. Entre os que ganharam dinheiro e os que não ganharam, a lista de motivos só fica mais longa.

— Como seria mais fácil se ele tivesse feito da maneira normal e deixado tudo para você. Ninguém teria gostado, mas é tão comum que duvido que a família estivesse agora se armando para a batalha.

— Talvez ele quisesse me poupar da dor de cabeça de definir as contribuições mensais que todos esperariam receber de mim. Edkins tinha algo de interessante a revelar?

Ele viu uma visitante feminina naquele dia. Chase não sabia por que tinha escolhido não mencionar isso ainda. Parecia desleal. Ele sabia em seu sangue que, o que quer que tivesse acontecido, Nicholas não tinha desempenhado nenhum papel. No entanto, tivera a mesma certeza de outro homem uma vez antes, apenas para descobrir que estava errado. Odiava como ter se desiludido uma vez o fazia segurar informações agora.

— Vou convidar a sra. Rupert e sua amiga para jantar conosco — avisou Nicholas. — Será uma distração para tudo isso. — Ele apontou para uma pilha de papéis em uma mesa.

— Amanhã, talvez. Esta noite, ela jantará lá embaixo para poder conhecer os criados.

— Você acha que ela aprenderá algo de novo? O magistrado foi muito minucioso ao interrogá-los.

— Se você fosse um jovem criado ou camareira e pensasse que poderia ter ouvido alguma coisa durante a noite, mas não tivesse certeza, admitiria isso ao magistrado? Depois que ele as questionou, a maioria das mulheres deixou o gabinete em prantos.

— Acredita que os criados podem se confidenciar com a sra. Rupert?

— Possivelmente, se houver algo a confidenciar, antes de qualquer coisa. Ela tem um jeito que parece encorajar essas atitudes.

— Você fala dela com admiração na voz.

— Ela é muito útil.

— Útil, é? Quanta praticidade. Ela também é muito atraente. Olhos cativantes. Você deve tê-los admirado, assim como a inteligência. — Seu olhar se voltou para dentro, como se evocasse a memória dela. — Sim, muito atraentes.

Chase não gostava do tom daquela particular reflexão.

— Você a beijou? — Nicholas perguntou.

— Não. — Sim, mas ela não estava interessada em mais beijos. Mas então Nicholas era um duque. Presumia-se que qualquer mulher estaria interessada se um duque a beijasse. Até mesmo Minerva.

— Então significa que você não tem um fraco por ela. Se o tivesse, pelo menos tentaria beijá-la. — Nicholas cruzou as mãos atrás da cabeça, jogou os braços dobrados nas costas do divã e lançou um olhar preguiçoso para Chase. — Definitivamente, vamos convidá-las para jantar conosco.

Chase conhecia aquele olhar.

— Devo deixá-lo. Tenho assuntos a resolver aqui. Com toda a certeza, convide-as para jantar. Amanhã à noite.

Nicholas apenas sorriu. Chase foi até a porta.

— Apenas uma coisa — falou Chase, antes de sair. — Eu disse que a acompanhante dela não era para você. A sra. Rupert também não é.

Nicholas riu.

— Não acredito que você está me alertando para ficar longe.

— Pois acredite.

CAPÍTULO TREZE

Minerva tentou não ficar boquiaberta como Elise, mas foi difícil. Algernon era bem de vida, e até rico para a maioria dos padrões, mas os duques viviam uma existência diferente da que aquela sua antiga vida proporcionara. A casa não só era impressionante em tamanho e decorações, mas o gosto pessoal do próprio tio de Chase a enchera de itens estranhos e exóticos, como ela nunca vira antes.

As máscaras e as lanças nas paredes do saguão de entrada eram apenas o começo. Um zoológico de animais empalhados enchia o primeiro patamar. Um tigre, uma girafa, um animal que ela não sabia o nome — a melhor taxidermia que ela já vira rosnavam e caminhavam.

A governanta, a sra. Young, notou sua atenção.

— A maioria deles já viveu aqui no passado. Ele tinha uma parte do parque destinada a esses animais. O último duque gostava muito dessas criaturas exóticas; não tanto as do tipo usual, exceto cavalos. Então, quando um deles morria, os desse tipo, não os cavalos, ele os preparava para ficar aqui.

Parecia quase sentimental, como se o falecido duque tivesse realmente carinho por sua coleção de animais e não tivesse sido meramente a indulgência de um homem que pudesse comprar de tudo. Ela se perguntou se ele teria dado nome a cada um.

— Acredito que este sirva para a senhora — disse a sra. Young quando abriu a porta do quarto de Minerva no terceiro piso. Elas chegaram ao segundo andar e essa porta estava escondida em um canto nos fundos. — Sua acompanhante terá um quarto parecido do outro lado. O sr. Radnor me disse para colocá-la aqui, não acima.

— Acima teria sido bom — falou Minerva. — Como funcionária, estou acostumada a me acomodar e comer com a criadagem.

— Ele disse aqui. A senhora não é uma criada, mesmo se estiver empregada. — A governanta gesticulou e uma garota entrou. — Esta é Sarah.

Ela atenderá as duas. Ela tem jeito com cabelos, mesmo que não seja a criada pessoal de uma dama.

Sarah sorriu antes de assumir um comportamento modesto.

— Vou deixá-la para instalar a senhora. — A sra. Young virou-se para Elise. — Se vier comigo, eu lhe mostrarei seu quarto.

Minerva esperou até que saíssem, depois deu um leve aperto no colchão alto. Muito agradável. Ela espiou por uma das janelas. Um pouco de jardim apareceu abaixo, depois um cercado para cavalos e, além dele, alguns campos.

Sarah levantou a maleta de Minerva e a colocou em um banquinho. Minerva notou.

— Eu mesma desfaço as malas. Não há muito aí. — Planejara ficar fora da cidade por apenas três noites, então trouxera poucos itens de vestimenta.

— Gostaria que eu preparasse um banho ou ajudasse a despir-se para descansar?

Ela queria que a criada fosse embora para poder dar uma olhada na casa enquanto tinha chance.

— Não, mas tenho certeza de que a srta. Turner gostaria desse banho. Diga a ela que eu lhe sugeri descansar depois. Além disso, enquanto janto com os criados, a srta. Turner fará a refeição noturna em seu quarto.

Sarah foi embora. Minerva estava prestes a verificar se o corredor estava vazio quando uma batida soou em sua porta. Ela abriu, esperando Elise.

Em vez disso, encontrou um lacaio.

— Para a senhora, sra. Rupert.

O criado ofereceu a ela um papel dobrado.

Minerva o abriu. *Há uma escada dos fundos atrás das portas no final de cada corredor. Pegue-a e suba até o topo. Encontrarei você lá. CR.*

— Deseja enviar uma resposta? — ele perguntou.

— Não.

Minerva esperou até o lacaio partir. Então saiu para encontrar a escada dos fundos.

Do parapeito, se podiam ver quilômetros, mesmo além das colinas baixas que ladeavam as terras da propriedade ao norte. Nuvens negras se reuniam ali; pareciam estar se movendo para o leste, não para o sul, e Chase duvidava de que tempestades arruinassem aquele belo dia.

Ficou de olho na porta que dava para o interior da casa, imaginando se Minerva viria. Imaginou que sim. Ela gostaria de ver o local onde tio Frederick havia caído. Era a única razão pela qual ela deixara Londres.

Minerva não gostara de ouvir que Nicholas estava na residência, pois provavelmente planejara pedir uma visita à governanta. Ele imaginou a governanta levando as duas mulheres para conhecer as salas públicas e não perceber muito bem quando uma se demorasse admirando os adereços de decoração. Ele imaginou Minerva voltando à visita vinte minutos depois, pedindo desculpas por se perder ou se distrair. Isso lhe daria tempo suficiente para encontrar as escadas até o telhado, examinar o parapeito e descer novamente.

Ela era engenhosa, pelo menos isso ele tinha de admitir. Inteligente. Chase se perguntou o que o pajem havia lhe dito durante a visita e a conversa sobre os velhos tempos na casa do antigo duque. Se Edkins tivesse mencionado aquela mulher no jardim, ela estava ocultando informações. Afinal, ela poderia ter sido a mulher em questão.

Você o matou? Ele não achava que ela tivesse. Ela estava se esforçando demais para tentar determinar se alguém cometera o ato e, se em caso afirmativo, quem.

Poderia simplesmente perguntar e avaliar se achava que ela falava a verdade. Ele havia sido tentado várias vezes depois que as conversas se tornaram mais familiares. Ele não tinha por quê... Chase riu para si mesmo. Não tinha, porque, se o fizesse, ela poderia contar mentiras em que ele estava disposto a acreditar. Era isso que desejar uma mulher fazia com um homem.

Então ele foi deixado a seu próprio julgamento. Se não a desejasse, confiaria mais em sua própria reflexão. Não suspeitaria de procurar desculpas para ela, ou confiar demais em sua intuição e em seus instintos — em sua intuição, como ela chamava —, em vez de em fatos concretos. Qualquer investigador se tornava inútil quando os sentimentos superavam as informações.

Você o matou? Ele quase ouviu a voz de seu tio naquele dia, sete anos atrás, ali, atrás do parapeito, enquanto eles olhavam para as terras e discutiam algum novo investimento que o duque fizera. Bem no meio de uma pequena pausa, como se fosse parte da conversa, a pergunta viera. Ele estava esperando por isso. Se alguém tinha o direito de perguntar, era o tio Frederick.

Não, não exatamente; mas também, sim. Não havia escolha a não ser explicar naquele momento. Ele encontrou algum alívio ao fazê-lo. Talvez seu tio soubesse que ele encontraria.

— Levei muito tempo para localizar a porta da escada. Está bem escondida. — A voz soou em seu ombro, puxando-o para fora do devaneio. Ele nem ouvira Minerva chegar. Atrás dela, a porta da escada estava aberta agora. — Onde foi que aconteceu?

Ele apoiou um cotovelo no parapeito e olhou para ela. Ela ainda usava seu conjunto cinza. Não a valorizava muito, mas também não era de todo mal. De qualquer forma, sua falta de cor e adereços permitia que sua presença dominasse. Em vez de perceber algum tom de cor ou bordado, a única coisa a admirar era a própria mulher.

Ele se permitiu um momento para fazê-lo, observando seus olhos escuros brilharem com interesse enquanto ela olhava para a terra abaixo e além, agora distraída da missão que a trouxera ali.

— O que faz você pensar que a convidei para ver onde aconteceu?

Ela desviou a atenção da vista.

— Não poderia haver outra razão, e você disse que me colocaria para dentro.

— Definitivamente poderia haver outra razão, e você sabe disso.

Ela retornou o olhar para a vista. Suas bochechas ganharam um pouco de cor.

— Venha comigo — disse ele. — Vou lhe mostrar.

Ele a levou pelo parapeito até um lugar acima da parte dos fundos do edifício.

— Você pode andar por toda a volta — explicou ele. — Como pode ver, o caminho é estreito, mas não precário. Foi construído para ser usado como passarela pelos membros da família. Como meu tio vinha aqui com frequência, ele garantia que fosse mantida em ordem.

— Existem até esses bancos aqui, para apreciar a vista. Deve ser agradável em uma noite de verão.

— Nas festas, os jovens cavalheiros costumam convidar as jovens damas aqui para esse fim. — E outros.

— Parece seguro e bem conservado. Não me sinto em perigo de tropeçar em pedras soltas. O tempo estava úmido naquela noite? Havia neve ou gelo?

— Estava firme.

— Você já esteve aqui antes?

— Algumas vezes.

— Com ele?

— Às vezes sozinho.

— Ou com uma jovem dama durante uma festa?

— Isso também.

Ele parou. Alguém havia pintado uma linha grossa na parede do parapeito acima de onde o corpo estivera. Provavelmente o magistrado. Já tinha sido feito naquele dia antes de moverem o falecido.

Chase olhou por cima do muro. Sua mente imaginou o corpo de seu tio, e o sangue.

Minerva espiou também, mas, sendo mais baixa, não podia ver muito. Ficou na ponta dos pés e esticou o pescoço. Ele deu a volta, agarrou-a pela cintura e a levantou até que ela estivesse sentada na dobra de seu braço. Minerva virou o corpo para se acomodar bem e segurou os ombros dele enquanto olhava para baixo.

O que trouxe seu busto ao rosto dele.

— É uma longa queda. — Ela esquivou-se para trás, como se percebesse a própria vulnerabilidade, ou talvez a posição de seus seios. — Pode me colocar no chão agora.

Ele fez isso. Ela alisou a saia, depois se afastou da parede e deu uma boa olhada nele.

— O antigo duque era tão alto quanto você?

— Quase.

— Esse muro é muito menos protetor para alguém da sua altura do que para uma pessoa como eu. Estou muito segura por trás dele; mas, embora termine na altura do meu peito, termina na sua cintura. É uma diferença fundamental. — Ela fez uma careta. — Acho que eu não poderia seduzi-lo para ver se seria possível você cair.

— Me seduzir como?

— Desculpe?

— Você falou em me seduzir. Estou curioso para saber como faria isso.

— Com lembretes de que você quer saber disso tanto quanto eu.

— Enfadonho. — Ele virou-se para o muro, pressionou-o e testou seu equilíbrio. Apoiou os braços por cima, como se estivesse tentando pegar algo que houvesse caído. Ele se inclinou ainda mais, vendo se se sentia inseguro, como se mais dois centímetros acabassem por lhe fazer perder o equilíbrio.

De repente, a beira do muro bateu em seu corpo com força e Chase se viu desesperadamente agarrando-se a ele enquanto seus pés perdiam contato com a passarela por um instante.

Um peso o arrastou para trás. Ele respirou fundo, olhando para o chão abaixo enquanto o pânico diminuía. Endireitou-se e o peso desapareceu.

Furioso, ele virou bruscamente.

— *Mas que diabos.*

Ela ousou parecer inocente.

— Você não estava em perigo algum. Eu segurei seu casaco o tempo todo.

— Como se uma mulher do seu tamanho pudesse impedir um homem do meu tamanho de cair para a frente.

— Eu não o empurrei com força suficiente, nem de perto, para fazê-lo cair por cima do muro.

— *E por que é que a mera ideia de me empurrar passou pela sua cabeça?*

— Para descobrirmos o que precisávamos descobrir. Agora sabemos que é possível empurrar um homem do seu tamanho. Nenhum soco seria necessário. Nenhum esforço. Não há necessidade de bater na cabeça primeiro, apenas de um bom empurrão quando ele estivesse na beira do muro, e isso poderia acontecer. Ah, pode necessitar de um pouco mais de ajuda, mas um mero empurrão impulsionaria o peso adiante de modo suficiente para desequilibrá-lo e tornar o fato possível.

— Você poderia ter me informado sobre o seu experimento primeiro, droga.

— Nós também sabemos — continuou ela, como se não notasse a raiva de Chase — que uma mulher sozinha provavelmente já conseguiria. Quero dizer, provavelmente porque, se eu realmente quisesse que você caísse, acho que teria que imprimir mais força, e não creio que seja grande o suficiente para isso. Uma mulher com mais peso, altura e força do que eu, no entanto...
— Ela deixou o resto no ar.

— Você não tinha ideia se o seu pequeno empurrão poderia ser mais eficaz do que imaginava. Eu poderia estar morto agora e você estaria olhando para o meu corpo e pensando: "*Oh, céus, parece que eu empurrei muito forte*".

— Eu não pensaria nisso de forma alguma.

— Não. Você estaria pensando em como convencer o magistrado de que não havia sido um ato deliberado.

A resposta minou a confiança da expressão de Minerva.

— Não é verdade. Eu ficaria perturbada demais para reconhecer meu próprio perigo. No entanto, você está correto. Eu deveria tê-lo avisado. Você estaria de guarda naquele momento, e teria sido um experimento muito pior, mas pelo menos você não acreditaria que eu o colocara em risco, nem sequer pensaria nisso.

Ela pareceu muito triste. Tanto que ele se sentiu mal por repreendê-la. Teve que controlar o impulso de abraçá-la e tranquilizá-la de que nunca havia corrido muito risco.

— Também aprendemos outra coisa — disse ele, a título de apaziguamento. — Sabemos que é muito improvável que ele possa ter caído sem esse empurrão. Não há chance de ter tropeçado, digamos, de ter perdido o equilíbrio e mergulhado para baixo.

— Sem chance alguma, parece-me.

Em outras palavras, a morte do duque não fora um acidente.

Ela se afastou do local, fazendo o longo caminho para percorrer todo o telhado antes de retornar à porta. Ele seguiu logo atrás. Minerva sentia sua presença. Ainda com raiva, mas não tanta agora.

Ela parou no lado frontal da casa. A vista era magnífica. Não havia muitas colinas ali, e além das árvores ao longo da alameda que se aproximava, podia ver a estrada e até aldeias e casas de fazenda ao longe.

— É notável aqui em cima — admirou ela. — Entendo por que ele tinha como um lugar favorito. Se eu morasse aqui, subiria várias vezes ao dia.

Chase não disse nada, apenas olhou como ela estava olhando. Ela gostava de como às vezes compartilhavam um silêncio agradável como aquele.

— Perturbada? — A palavra chegou a ela em um murmúrio, num tom de diversão e curiosidade. — Estou lisonjeado.

Minerva teria que se policiar a cada palavra que dissesse, já que ele aparentemente o fazia.

— Não importa o que você pense, não mato homens assim sem preocupação nenhuma.

— Preocupação é compreensível. Perturbação, no entanto...

— Trocamos alguns beijos. Eu teria um coração frio se não me sentisse pelo menos um pouco perturbada.

Pontas de dedos roçaram a lateral do rosto dela, fazendo sua bochecha tremer com um pequeno choque agradável. Ele lhe segurou o queixo com cuidado e virou o rosto para que ela pudesse vê-lo de frente, e ele a ela.

— Sobre aqueles beijos — disse Chase. — Eu de alguma forma a assustei?

A alma de Minerva suspirou. Ele queria saber por que ela reagira daquela forma.

— Não foi nada que você fez. Você não tem culpa.

— Não entendo.

Claro que não. E como poderia? Ela nunca tinha conversado sobre aquilo com ninguém. Nunca precisara, porque não tinha sido tocada ou beijada havia anos. Ela olhou para baixo, porque nunca poderia falar sobre isso se olhasse para ele.

— Não sou como as outras mulheres. Não é da minha natureza conhecer esse tipo de prazer ou desejo. Por favor, aceite esta explicação. Dizer mais é muito embaraçoso.

Expressar em palavras tornou tudo mais real. Há muito que ela havia aceitado e vivido com a triste verdade, mas admitir aquilo em voz alta quase a deixou sem fôlego.

Aquele toque levantou seu queixo.

— Isso não é verdade, Minerva. Você não era mais imóvel do que eu. Acha que um homem não percebe o que uma mulher está sentindo?

Por um tempo, ela conhecera esse prazer com Chase. A renovação apenas tornaria o resultado final mais decepcionante. Em algum momento, se as coisas progredissem, ela seria novamente o receptáculo vazio tolerando a imposição de um homem. Nunca desejaria experimentar isso de novo. Nunca.

Deveria dizer que ele estava errado, que tinha provado um gostinho para ver se algo mudara para ela, só que havia descoberto que não. Seria uma mentira, mas evitaria mais explicações.

— Talvez você tenha entendido mal porque quis.

O polegar dele acariciou seus lábios.

— Será? Diga-me que entendi mal e que aqueles beijos não mexeram com você e nunca mais o farei.

Nunca mais. Duas palavras e essa parte dela poderia voltar a dormir. Uma verdadeira angústia tomou conta de seu coração. Aquela carícia suave em seus lábios provocou uma rebelião em seu espírito, proibindo-a de falar. *Talvez... possivelmente...*

Os lábios de Chase substituíram o polegar. Mais quentes. Mais firmes. Ela fechou os olhos e tentou não ter muita esperança.

Era maravilhoso como as sensações nos absorviam, logo não havia pensamentos ou medos. O prazer era físico demais, e a intimidade, espiritual demais, para permitir preocupações perturbadoras. Uma onda de admiração sensual a atingiu, encharcando as áreas ressecadas de sua alma.

Ela não se incomodou com o abraço; recebeu-o de bom grado. Não se opôs quando ele a levou para um daqueles bancos e a pôs no colo. Seu crescente ardor, beijos e carícias firmes não a assustaram desta vez. Ela até gostou da maneira como a língua exploradora provocava todo aquele formigamento e disparava deliciosas espirais por dentro de seu corpo. *Talvez...*

Uma loucura tomou conta dela, uma loucura que ansiava por mais daquele prazer que parecia melhorar a cada momento. Ela se deleitou com o incrível delírio da liberdade criada. Não queria se controlar. Não sabia como fazê-lo. Ela perdeu o controle final do seu eu normal e aceitou a selvageria de seus sentidos.

A mão de Chase em seu peito a fez arder por mais. Os dedos apertando os botões da peliça criaram uma impaciência deliciosa. Apenas o toque no seio fez o maravilhamento parar. Por um instante, memórias antigas, cansadas e tristes tentaram tomar conta dela. Minerva se recusou a permitir. *Agora não. Não*. Ele lhe acariciou o seio, e um prazer incrível a ajudou, sobrepujando a cautela e o medo.

Então foi glorioso. Tão glorioso que ela quase riu da alegria que sentiu. Ele sabia exatamente o que fazer, como tocá-la e acariciar seu corpo para que ela se perdesse. Ela abriu os olhos para o lindo céu e sentiu como se tivesse voado para lá. Ela voltou o olhar para sua expressão tensa, tão forte e firme em sua paixão, e beijou seu rosto em uma dúzia de lugares. Surpreendeu-a, então, quando sua mão parou e seus beijos terminaram.

— Não podemos continuar assim aqui.

Ela apoiou a testa na dele enquanto a espiral apertada dentro do seu ventre lentamente começou a se desenrolar. Não, eles não podiam. Ela preferia que pudessem.

Chase ficou daquele jeito por um longo tempo. Minerva não queria que ele a soltasse. Logo, no entanto, encontrou a presença de espírito em seu colo, para que ele não tivesse que pedir, e reabotoou a peliça.

Eles se levantaram e ele pegou sua mão.

— Venha comigo.

E escada abaixo eles foram. Passado o nível do sótão, onde os criados moravam. Ela se perguntava se eles subiam ali à noite, para aproveitar o ar fresco no verão ou para encontros discretos. Desceram novamente, passando pela porta que ela usara para chegar às escadas. Abaixo mais um nível. Ele abriu uma porta.

— Estas são os aposentos da família. Esse é o meu. — Ele apontou para uma porta visível de onde estavam. — Alguns passos e aqui estou eu. Um pouco mais acima e lá está você. — Ele fechou a porta e pegou o rosto dela nas mãos. — Quero visitá-la hoje à noite. Você me permite?

— Sim. — Naquele exato momento, com o prazer ainda ecoando nela, Minerva teria concordado com qualquer coisa.

— Às dez horas, então. Certifique-se de que sua criada já tenha saído. — Ele a levou de volta escada acima. Na porta, no andar dela, ele a beijou profundamente, depois se virou para retornar.

CAPÍTULO CATORZE

— Um acidente muito infeliz — repetia a sra. Young sempre que Minerva levantava o assunto da morte do duque. Provou-se eficaz em terminar o tópico por um pequeno instante, até que ela o levantou novamente. Entre tentativas fracassadas, ela conversou sobre as terras da propriedade, a construção da mansão e outros temas simples. Isso a impedia de pensar sobre a noite que a aguardava.

Já fazia mais de uma hora que se passara o estupor sensual, deixando-a questionando-se se deveria tê-lo encorajado. Será que poderia fazer aquilo? Será que deveria? As precauções habituais sobre gravidez e desilusão não ocupavam sua mente. O que ocupava era a chance de uma decepção horrível, em si mesma.

Suas próprias falhas poderiam ser superadas apenas pela coragem. O homem que ela escolhera para essa iniciação era a questão maior. Mesmo agora, sentada durante o jantar, ela teve que forçar sua mente a não insistir na questionável sabedoria de dar um passo tão grande com ele, dentre todos os homens.

O olhar silenciador da governanta para os outros criados os mandou de volta a seus respectivos jantares. O silêncio reinou. Minerva estava perdendo a paciência. Bela tentativa de tentar colher informações por meio de conversas casuais. Fazia-se necessário ser mais direta.

— Ninguém tem certeza de que foi um acidente. Qual a probabilidade disso? A passarela lá em cima é ampla o suficiente e está em boas condições. O muro é alto o suficiente. O tempo estava bom. O duque era familiarizado com aquela caminhada no telhado e não cometeria algum ato estúpido que o faria cair.

Grandes olhos se voltaram para ela, chocados por ela ter abordado o assunto.

— Não falamos disso — reagiu a sra. Young, bruscamente.

— Talvez devessem. Chegará o momento em que exigirão que vocês falem. Tenho certeza de que o novo duque gostaria que vocês cooperassem com eles.

— Estávamos todos na cama — explicou Sarah.

— Estavam todos dormindo? Ninguém ouviu nada? Seus aposentos ficam logo abaixo desse parapeito. De quem são os quartos daquele lado do prédio?

Mais determinação ao comerem o jantar. Ela olhou para cada um deles, um por vez. Uma garota loira de rosto vermelho finalmente levantou a mão.

— O meu. Joan e eu estamos bem lá.

Joan, uma jovem de cabelos escuros, mal parou na refeição.

— Eu estava dormindo, assim como você.

— Isso é verdade, sra. Rupert. Eu também estava dormindo. Não ouvi nada até que começasse todo o barulho da manhã, lá embaixo. Olhei para fora e... — Seus olhos lacrimejaram.

— É o suficiente, Susan. — A governanta lancetou Minerva com um olhar fulminante. — *Nós não falamos sobre isso.* A senhora pode ver como esse assunto perturba os criados. Eu agradeceria se mostrasse algum respeito pelos mortos e não insistisse em tratar essa tragédia como algum tipo de fofoca comum.

Minerva desistiu e colocou a colher no ensopado.

Refeição terminada e deveres chamando, os criados se levantaram para sair. Minerva se juntou a eles. Enquanto os corpos se agrupavam e empurravam, um toque sutil chamou-lhe pelo braço. Ao lado dela, Joan desviou os olhos, mas apontou para a despensa.

As duas ficaram para trás dos demais. Com a sra. Young fora e a cozinha vazia, exceto pela cozinheira e suas ajudantes, Joan entrou na despensa. Minerva seguiu e fechou a porta.

— Eu não estava dormindo como disse — Joan sussurrou.

— Você ouviu alguma coisa? Uma discussão ou briga?

— Isso não. Mas talvez tenha ouvido alguma coisa. Posso ter visto alguma coisa também. — Ela lambeu os lábios. — Tenho caminhado com um dos criados e, às vezes, subimos lá quando está escuro. Para conversar.

Minerva assentiu para encorajá-la.

— Todo mundo sabe que o duque também gostava de caminhar ali,

então íamos muito mais tarde do que ele. Só que, naquela noite, estávamos lá em cima, *conversando*, e pensei ter ouvido outra pessoa, ao virar em um canto, acima do meu quarto. Como um gemido, depois passos. Eu disse ao meu amigo que ele deveria terminar o que estava, bem... dizendo. Então pegamos o caminho de volta às escadas e, quando estávamos prestes a virar a esquina, as sombras se moveram para lá, como se a porta se abrisse e se fechasse. Esperamos um bom tempo antes de voltarmos a descer, lentamente.

— Sabe a que horas aconteceu?

— Combinamos de nos encontrar lá à meia-noite e conversamos por não muito tempo.

— Espero que, já que você violou as regras da casa, não tenha contado nada ao magistrado.

— Não é apenas isso. Não posso jurar, posso? Um som que eu mal ouvi e meu amigo não ouviu, e depois o que parecia ser alguém talvez subindo as escadas. O magistrado ficou perguntando se algum de nós estava lá em cima naquela noite e fiquei com medo de que, se eu dissesse que eu estava, ele pensasse... ele caminhava como se quisesse dizer que um de nós tinha feito aquilo. Fiquei preocupada que meu amigo acabasse acusado e enforcado por nada mais do que algo que talvez eu tivesse ouvido e visto.

Era um medo compreensível. Um medo com que Minerva simpatizava. Ela mesma não se preocupava que fosse uma pessoa conveniente para acusar se sua história fosse conhecida?

Joan alcançou a trava da porta.

— Todo mundo diz que foi um acidente. Nenhum de nós pensa que foi, mas todos fingimos que aconteceu dessa maneira. Estou lhe dizendo isso porque a senhora é a primeira a dizer que talvez não tenha sido, mas não posso jurar por nada disso. Não repetirei nada disso nem mesmo se a senhora me pedir.

— Talvez um dia você precise, mas, por enquanto, não lhe pedirei. De qualquer forma, agradeço-lhe por confiar em mim.

Minerva tirou o relógio do bolso. Oito horas. Em duas horas, veria Chase e poderia contar a ele sobre isso, sem mencionar o nome de Joan. Só que ele não pretendia ir ao quarto dela para falar sobre a morte do duque, pretendia?

Uma mistura de emoção e expectativa tomava conta de seu estômago sempre que ela se permitia pensar nessa tarefa. Ela subiu para o quarto com algo diferente em mente.

Chase demorou-se na biblioteca com Nicholas, mas, no fundo de sua mente, contava cada minuto. Eles haviam saído para cavalgar no final da tarde e, portanto, jantado tarde. Agora estavam esparramados em divãs bebendo vinho do porto.

— Acho que você está certo. Preciso de um administrador de terras melhor. — Nicholas falou como um homem que estava revendo pensamentos nos quais sua mente habitava com frequência. — Decerto, posso encontrar alguém que não me pressione para cercar os limites da propriedade. Ou, se precisarmos, que tenha a imaginação para encontrar uma maneira de fazê-lo sem deslocar muitas famílias de arrendatários.

— Por que não falar com Brentworth? O manejo de sua família desses assuntos costuma ser admirado pelos mais generosos dentre nós.

Nicholas aceitou o comentário e bebeu mais vinho. Olhou para o teto e o invisível que havia além.

— Você foi lá em cima hoje?

— Fui. — Teria que contar ao primo hora ou outra. — Estou convencido de que não foi um acidente.

— Convencido?

— Fiz um experimento para ver a dificuldade de se empurrar alguém do tamanho dele pelo parapeito. Se uma pessoa com determinação esperasse o momento certo, não seria nada difícil.

— Que tipo de experimento?

— Usei meu próprio corpo.

— Arriscado. Não sei se aprovo.

— É o tipo de coisa que quem conduz investigações às vezes precisa fazer.

— Como você conseguiu? Fingir que foi empurrado e permitir que a física seguisse seu curso natural? Você poderia ter tombado por cima. Agora estou certo de que não aprovo.

— Nunca estive em perigo. Tive ajuda: alguém segurou meu casaco para contrabalançar o movimento para a frente.

— Você arrastou um lacaio lá para cima? Ele poderia ter feito errado.

— Não um lacaio. A sra. Rupert me ajudou. — *Ela mesma empurrou, droga.* Ele olhou no relógio em cima da mesa. Nove e quinze. Qualquer aborrecimento residual que sentisse pelo experimento desapareceu conforme sua expectativa aumentava vários graus.

— Você confiou na força de uma mulher? Isso não foi apenas arriscado; foi imprudente. Você deve me prometer que nunca mais tentará algo assim sem que eu esteja presente.

— Não haverá necessidade de repetir o exercício. Como eu disse, estou convencido de que era possível. No entanto, ele teria que ser pego de surpresa. Se ele percebesse antes, nunca teria acontecido.

— Suponho que poderia ser o ato de alguém na casa.

— Ou de qualquer um que entrasse na casa sem ser visto. A família não foi removida da lista. — Qual seria a dificuldade de entrar sem ser notado? Teria de verificar no dia seguinte. Não essa noite. *Nove e vinte e cinco.*

Nicholas bebeu o resto do porto em um gole só e afundou-se nas almofadas do divã.

— Que coisa do inferno. Olho por esta casa, impressionado que seja minha. Presumi que ele acabaria se casando novamente e gerasse seu herdeiro. Todo mundo fazia isso.

— O motivo de você ter herdado ainda pesa sobre você. Com o tempo...

— Com o tempo, desejo simplesmente ser um homem de passagem pela cidade, sem todas essas obrigações e responsabilidades. Sentirei falta de ir a bailes em que ninguém leva muito a sério minhas expectativas e posso flertar com mulheres sem que elas calculem as riquezas que o casamento lhes trará.

— Você ainda pode fazer isso. Só precisa escolher mulheres diferentes.

— Casadas, você quer dizer. Ou cortesãs.

— Ou as que saibam que você nunca se casará com elas.

Nicholas se animou um pouco com as várias opções enumeradas.

— Ah, esqueci de lhe contar no jantar. Chegou uma carta de Sanders hoje. Ele recebeu a visita de um advogado contratado por tia Dolores, que levou duas horas para explicar que tenho o dever de prover sustento a ela da maneira que seu irmão provia. Ele entregou uma longa lista de tudo o que ela recebeu nos últimos cinco anos, mesmo acima e além de seu subsídio regular, o que por si só era generoso. Xelim por xelim.

— Você não tem nenhuma obrigação.

Nicholas riu.

— Como se você fosse ter a coragem de dizer isso a eles.

— Eu teria a coragem de explicar que minha situação não correspondia à do tio Frederick, portanto, minha generosidade também não. — *Nove e trinta e cinco.*

— Dolores nunca admitirá ouvir uma resposta racional desta natureza.

— Você encontrará uma maneira de entrar em um acordo que ela aceitará, tenho certeza. Decidir sobre os primos será mais difícil.

Nove e quarenta. Chase pousou seu copo com um ar definitivo. Cobriu um bocejo fingido e espreguiçou-se para completar a cena.

— Acho que vou me retirar. Tenho alguns assuntos a tratar pela manhã.

— É cedo para você. Espero que não esteja ficando velho demais para beber a noite toda comigo. Se for para eu perseguir mulheres impróprias, espero ter sua companhia.

— Não, não. É apenas que esta noite estou bocejando muito, então creio que é hora de um pouco de sono.

— Não está planejando mais experimentos com a sra. Rupert esta noite, está? — Ele perguntou de forma muito amena, mas seus olhos brilhavam de humor.

— Não há necessidade. Já encerramos essa parte — disse Chase, com o mesmo tom indiferente.

— Ah. Bem, desejo que tenha uma boa noite.

Chase subiu as escadas dois degraus de cada vez. Abriu a porta de seus aposentos e entrou no quarto de dormir, onde água quente já o esperava. Tirou os casacos e se lavou. Em seguida, mandou embora o criado designado para servi-lo como pajem e conferiu o relógio de bolso. Nove e cinquenta.

Foram os dez minutos mais longos que já experimentara. Ele a enxergava parada junto à porta do quarto dela, corada e com os olhos brilhantes de paixão, ainda vagamente espantada. Ouviu seus suspiros

profundos e sentiu seus beijos hesitantes. Estava quase fora de si quando o relógio bateu dez horas.

E lá se foi pelas escadas dos fundos, controlando o desejo que queria assolá-lo como uma tempestade.

Dez horas. Minerva se preparou.

Tinha sido uma hora infernal. Uma hora de introspecção e de racionalidade implacável. Naquele momento, queria muito ser outra mulher; uma mulher com uma história diferente ou pelo menos um desejo diferente.

Havia algo mais cruel do que querer algo depois de anos sem o querer, e saber que não se podia tê-lo?

O fator decisivo havia sido imaginar toda a situação. Vê-lo ali e se imaginar naquela cama com ele. Só que não tinha sido o rosto de Chase pairando sobre o dela; tinha sido o de Algernon, e todo o seu espírito gelou com a lembrança.

Depois disso, a loucura de sequer considerar algo do tipo a subjugou.

Ela enxugou os olhos. Era estúpido chorar por isso. Infantil. Ridículo se permitir deixar as coisas chegarem tão longe. Tinha perdido a cabeça.

A batida em sua porta veio suavemente. A tentação de não abrir quase venceu, mas ela se levantou e se aproximou. Não seria uma covarde naquele momento; não quando aprendera a nunca ser quando se tratava de assuntos, de fato, decisivos.

Ele estava ali parado na mais fraca das luzes, a camisa brilhando, e o rosto em formas planas sombreadas. Belo. Forte, mas da melhor maneira possível. Sua força nunca a assustava; ele nunca a usava da forma errada. Minerva percebeu que ele a observava e percebia que ela continuava a vestir o conjunto cinza. Então ele a olhou nos olhos. Sua postura mudou um pouco. Ele sabia.

Ela caminhou de volta para o interior do quarto. Achou que ele não fosse seguir, mas ele foi. Olhou pela janela, para a escuridão, porque descobriu que não conseguia olhar para ele. Apesar disso, sentia-o ali. A presença enchia o quarto, tocava-a de uma forma invisível.

— Sinto muito — começou ela. — Não estou certa de que consigo fazer isso. Lamento deixá-lo pensar que eu conseguiria. — Não era como ela havia ensaiado. Seu plano era dizer algo absoluto; em vez disso, surgira essa rejeição provisória, devido aos formigamentos que emergiam nela contra sua vontade.

— Uma dama sempre tem o direito de mudar de ideia. — Ela ouviu os passos de Chase e olhou para ver que ele se aproximara. — Você mudou? Não está claro.

Ela esperava que ele estivesse com tanta raiva que tivesse acabado de sair. Ela o encarou, pretendendo enumerar todas as razões pelas quais não deveria fazer aquilo.

Vê-lo silenciou esse argumento antes que Minerva dissesse uma palavra. Ele estava insuportavelmente bonito, tanto que lhe fez prender a respiração. O olhar dele a compeliu e um pulsar firme começou a se propagar por seu corpo.

— Mudou? — ele perguntou de novo, a voz baixa.

— Não sei. — Mal conseguia pronunciar as palavras. Olhou para a cama. — Não é o mesmo que hoje de tarde. Isto é... diferente. Tenho medo de que não... goste do jeito que gostei quando o beijei hoje. — Ela cerrou os dentes e se forçou a ser honesta. — Não é você. Sou eu. Eu sou assim.

Ele inclinou a cabeça, como se tentasse entender o que ela queria dizer. Ela pensou ter visto alguma compreensão nos olhos dele.

— Acho que você está errada. No entanto, se não gostar, nós pararemos.

Eles apenas ficaram assim pelo que sentiram que foi uma eternidade. Ele esperou que ela decidisse. Minerva continuava incapaz de pensar com clareza suficiente para fazê-lo. Para onde tinham ido todas aquelas conclusões sensatas da última hora? Nem tentava se lembrar delas.

— Talvez — disse ela. — Se você fosse me beijar, talvez...

— Parece que você quer que eu a seduza. Seria melhor se a escolha fosse sua sem minha persuasão, Minerva. Eu quero beijá-la. Quero você à beira da loucura agora, mas apenas se você me quiser também.

Mentiras. Apenas seus olhos eram persuasivos. E sua forma magra e rosto bonito. Sem um toque ou palavra, ele estabelecia laços sensuais com ela; laços que ele parecia puxar.

— Só pensei que um pequeno lembrete...

— Vou lembrá-la com prazer desta tarde, mas gostaria que viesse aqui

para mim, então saberei que você tem certeza.

Ela não tinha certeza. Não de verdade. Mesmo a excitação não podia obscurecer sua mente e suas memórias tão profundamente a ponto de lhe dar certeza. No entanto, ela queria. Queria muito. Agora, com o poder de Chase aproximando-se, ela acreditava que talvez fosse algo maravilhoso, tão maravilhoso que nada pudesse arruinar aquele momento.

Nervosa, ela deu um passo. Deu outro e, estranhamente, grande parte de sua ansiedade desapareceu. A resolução tomou o seu lugar. Ele lhe pedira que explicitasse sua escolha. Será que ele adivinhara que essa provocação a faria vibrar? Mais segura a cada passo que ela dava até ele.

Com uma longa passada, ele a interceptou antes que ela terminasse, e a puxou para um abraço. O primeiro beijo foi cuidadoso e doce. O próximo, menos. A excitação tomou conta dela. Minerva ficou feliz quando o abraço se tornou mais apertado, e a paixão mútua trouxe consigo mais beijos, dezenas deles, compartilhados e separados, enquanto liberavam parte da loucura que descia. De alguma forma, enquanto ainda a abraçava e a beijava, ele tirou a camisa. A sensação de seu calor, da pele sob suas mãos e lábios a fascinava tanto que ela teve que pressionar beijos também em seu peito, apenas para vivenciar tudo aquilo novamente. Enquanto isso, ele a beijava no pescoço e levava uma das mãos para lhe acariciar o seio.

Uma nota da realidade a fisgou. Um instante de hesitação se seguiu. Ele deve ter percebido, pois afastou a mão. Furiosa consigo mesma, ela pôs a mão dele onde estava e o beijou com força.

O sorriso lento dele se formou encostado em seus lábios. Chase lhe acariciou o seio. A sensação a fez se elevar na ponta dos pés. O toque foi mais sutil, mas seu corpo inteiro respondeu. Um prazer excitante escorreu até chegar a seu núcleo, mais convincente do que uma invasão avassaladora. Aumentou lentamente, absorvendo toda a atenção dela. Minerva queria gemer sobre como aquilo era bom.

— É melhor se espartilhos, anáguas e vestidos não estiverem no meio do caminho — disse ele, ao mordiscá-la e beijá-la na orelha.

— Teremos que parar. Eu não quero parar. — Ela não se atreveria a parar.

— Não vamos parar. Eu vou continuar.

— Espero que você saiba como... oh, vejo que sabe. — O vestido dela afrouxou. Não tinha notado a mão dele trabalhando nos fechos ali atrás. Poucos minutos depois, ela saiu de dentro dele.

Fiel à palavra, ele não parou, e ela também não. Até o espartilho causou pouca demora, considerando que agora já tinha dificuldades de se manter em pé. Um toque em seus seios nus e ela gemeu em meio a uma expiração admirada.

Minerva não se lembrava de ter ido para a cama, mas lá estavam, as carícias dele descendo por seu corpo, a boca encontrando o busto nu, os seios e a barriga. Nada poderia interferir no pequeno lugar em que ela existia. Nada em sua mente ou em seu passado. Somente ele e ela e as sensações surpreendentes viviam ali. E a alegria. Cada novo prazer trazia um sorriso ao seu espírito.

— Venha aqui. — Ele rolou de costas e a trouxe com ele, de modo que ela ficasse por cima. Ela montou em seus quadris, sentindo o membro entre suas coxas. Ela o observou no rosto e depois se inclinou para beijá-lo. Chase pegou os seios dela nas mãos, depois trouxe-a para a frente e usou a boca. Ela ficou aliviada por não ter que se preocupar com o momento em que ele a cobriria e a prenderia com seu corpo. Entrou em sua mente apaixonada que poupá-la pudesse ter sido sua intenção.

A posição em que se encontravam fez com que o falo a cutucasse sugestivamente.

— As pessoas alguma vez... assim, do jeito que estamos...

— Sim.

— Talvez...

— Se você quiser. Quando quiser.

Ela inclinou a cabeça e olhou para baixo entre seus corpos.

— Eu não sei como eu...

— Eu ajudarei, mas é você que controlará. Você pode parar se quiser, se achar que não gosta. — Quando ela assentiu, ele a levantou e a posicionou para que começasse a penetrá-la.

A sensação a intrigou. Nunca tinha recebido essa plenitude antes. Seu corpo ardia para absorver mais dele e ligá-lo a ela. Minerva lentamente se abaixou mais, depois mais ainda. Ele soltou um suspiro profundo quando enfim estavam unidos.

— Foi muito lento para você, não foi?

— Esta noite não é para mim. O resto também depende de você.

Ela se aninhou, então ele entrou ainda mais fundo. Ela pulsava onde ele a distendia, fazendo-a se contorcer. A expressão de Chase ficou tensa. Os movimentos dela criaram um prazer intensamente profundo que continuava aumentando. Seu senso de si mesma se estreitou para apenas aquela sensação exigente. Logo ela estava subindo e descendo em um esforço para levá-lo ainda mais fundo a cada instante. Todo o seu corpo ardia por mais, embora certamente nunca pudesse haver mais. Sua mente se esticou em direção a algo fora de alcance. Algo assustador em seu poder.

Ele agarrou seus quadris e a ajudou a subir e descer. A fúria os engoliu. O tempo e o lugar desapareceram até que ela experimentou um raro momento de felicidade antes que seu espírito desistisse da busca.

Ele a puxou para seus braços e a envolveu enquanto suas respirações profundas lhe roçavam o ouvido como plumas. Ficaram entrelaçados e aos poucos ele retomou a noção do tempo. Deleitava-se com a pressão do corpo dela sobre o seu e com as mechas sedosas do cabelo em seu ombro.

Minerva mexeu a cabeça. Ele abriu os olhos e percebeu que ela estava olhando para si mesma. Ela se mexeu um pouco.

— Você está desconfortável? — ele perguntou.

— Não desconfortável. Apenas muito... nua.

Ele a afastou, sentou-se e reorganizou as roupas de cama para que ela ficasse coberta. Para garantir, ele se levantou e pegou a chemise, caso ela a quisesse também. Ele voltou para a cama com a roupa nas mãos e a encontrou de olhos arregalados.

Ele voltou para o lado dela e a envolveu nas cobertas.

— Você nunca viu um homem desvestido antes, não é?

— Não totalmente.

— E você mesma?

— Não totalmente.

— Se você não quisesse...

— Eu gostei muito de você me despir, e de você estar assim. Gostei de senti-lo contra mim. Pareceu um pouco perverso, e como sou atrevida, achei que poderia me beneficiar plenamente disso.

— Esse foi o seu pensamento, não foi?

— Quando eu estava conseguindo pensar. — Ela se levantou apoiada em um braço para poder ver o rosto dele. — Claro que estou pensando agora, um bom tanto. Sua contenção por minha causa foi heroica. Eu nem sabia que os homens podiam se segurar assim. Apenas imaginava que a necessidade deles exigia uma resolução rápida.

Ele não sabia o que dizer para ela. Não era o que sua mente praguejava, isso era certo. Parecia que nada mais do que resoluções rápidas haviam ocorrido no passado dela. Era o que Chase suspeitava. As alegações de que ela não era normal quando se tratava de sensualidade não faziam sentido, pois as evidências mostravam que ela era muito normal. Ela simplesmente não conhecia o prazer porque nenhum homem havia lhe dado tempo para isso ou feito esforço.

Ela o cutucou ao lado do corpo.

— A verdade agora, para que você receba crédito total.

— Se precisa saber, foi um maldito esforço heroico. — Ele sorriu quando ela riu. — Quase me matou.

— Obrigada. — Havia tanta profundidade em seus olhos quando ela disse isso. — Sempre serei grata por ter me mostrado que eu poderia... que eu não era tão diferente.

— Então você gostou, afinal?

— Ah, sim. Você não percebeu? — Ela franziu a testa. — Você gostou?

— Que pergunta. Claro. *Você não percebeu?*

— Bem, pareceu que tinha gostado. Você conseguiu terminar. Não estraguei tudo para você.

Suas palavras o surpreenderam. Ele a jogou de costas e olhou para ela.

— Me perdoe, mas... está me dizendo que seu marido não conseguia terminar?

Ela confirmou.

— Exceto algumas vezes no início do nosso casamento.

— Ele era impotente? E ele culpava *você*?

Ela apenas olhou para ele.

O canalha. Uma raiva real tomou conta dele. Aquele homem fez sua jovem esposa pensar que seus próprios problemas físicos eram culpa dela. Pelo que parecia, ele dificilmente ajudava a questão com suas expectativas de uma *resolução rápida*. Ele provavelmente transformara o leito conjugal em um local de pesadelos.

— Escute-me, Minerva. Você não teve nada a ver com esse problema, e ele sabia disso. Eu apostaria que não começou com você. A ignorância em como ele tratou você provavelmente tornou tudo pior, mas também não é culpa sua. De qualquer maneira, foi desprezível da parte dele culpá-la, estúpido e imperdoável. Não foi você. Nunca foi você. Era ele.

Ele podia imaginar aquelas noites, por mais que preferisse não o fazer. A raiva. O medo dela. Não era à toa que ela experimentara a excitação como uma garota. Claro que aqueles primeiros beijos na biblioteca da casa dela a confundiram tanto que ela abruptamente os encerrara. Durante anos, disseram-lhe que ela era tão frígida que tornava um homem impotente. Se o homem já não estivesse morto, Chase o espancaria até que perdesse a consciência.

Ela acariciou o rosto dele.

— Está no passado. Posso demorar um pouco ainda para apreciar a totalidade desse fato. Tomei como certo algo a meu respeito e agora sei que estava errado. Esse é um grande presente.

— Não. Você entendeu errado. Ao contrário. Você me deu a si mesma. Você deu sua paixão. Esse é o presente. Você não me deve nada, muito menos gratidão. — Ele a beijou profundamente e depois a acolheu em seus braços e em um silêncio de paz.

Minerva adormeceu logo. Ele esperou até que ela estivesse dormindo pesado antes de sair. Olhou-a antes de ir até a porta. Não era de admirar que ela tivesse mudado de nome.

Ela acordou nas primeiras horas e se viu sozinha. A presença dele, no entanto, ainda encharcava o quarto. E a cama. Ela o sentia ali como se ele ainda a abraçasse.

Levantou-se e puxou as cortinas para poder observar o amanhecer. Um novo dia começaria em breve, de tantas maneiras. Ela olhou pela janela, desejando tudo aquilo.

Nunca foi você. Era ele. A princípio, ela lamentou que tivessem permitido que o espectro de Algernon obscurecesse a noite. No entanto, quando Chase disse aquelas palavras, com tanta força, com tanta certeza... Isso cristalizou seus próprios pensamentos e reações e deu voz a algo que ela não ousara declarar. Já fazia muito tempo que ela percebera que todo o resto também era culpa dele, mas com sua total ausência de paixão ou prazer... ela não tinha experiência e não podia saber. Suas reações entorpecidas lhe diziam que a culpa de fato era sua. Que faltava nela a parte mais essencial da feminilidade. Inadequada. Deformada.

Levara cinco anos para começar a se perguntar se talvez ela estivesse errada. Sonhos, a princípio. Então sua atração por Chase a havia deixado com uma verdadeira esperança. Agora ela sabia com certeza. Algernon lhe roubara muitas coisas, mas essa tinha sido a pior. Essa tinha sido a única repercussão daquele casamento ruim de que ela não conseguira escapar sozinha.

Não tinha mentido. Seria eternamente grata a Chase, mas, enquanto observava o preto da noite mudar para o nevoeiro prateado do amanhecer e via as árvores começarem a se formar, sabia que, embora ele fosse o homem certo para aquela noite, não era o caminho certo para mais nada. Nem mesmo outra noite.

Todos aqueles argumentos contra ele que a paixão obscurecera acabaram se apresentando outra vez, completamente vestidos em sua racionalidade. Pior, agora ele poderia ficar curioso sobre o casamento dela e fazer perguntas. Ou perguntar aos outros. Qualquer chance de que sua antiga vida escapasse à investigação havia se tornado menos provável.

Deixou as cortinas abertas, mas voltou para a cama para aguardar o nascer do sol. Inalou o que restava da colônia dele, imaginou seu abraço e permaneceu na magia da noite por mais alguns minutos.

Chase exibia o humor feliz de um homem bem saciado quando desceu as escadas e entrou na sala matinal. Nicholas ergueu os olhos de sua correspondência quando ele entrou.

— Você acordou cedo — observou Nicholas. — Minha desculpa é que eu mal dormi. Qual é a sua?

— Fui me deitar cedo. Lembra? — Chase examinou o aparador e encheu um prato. O café já esperava quando ele se sentou.

Nicholas continuou lendo suas cartas.

— Por mais cedo que você tenha acordado, chegou tarde demais para se despedir da sra. Rupert. Grosseria da sua parte. No entanto, eu tomei o seu lugar. Prometi-lhe um jantar quando eu voltar a Londres.

A notícia pegou Chase enquanto ele levantava sua xícara. Ele parou um segundo, surpreso.

— Você sabia que ela estava indo embora, eu presumo.

— Claro. Só não tão cedo.

— Ela enviou a criada para pedir o aluguel de uma carruagem para ela e para a amiga. O mordomo teve o bom senso de oferecer uma das minhas, então elas foram embora. — Nicholas virou outra carta. — Ela disse que tinha outra tarefa à espera e não poderia se demorar aqui, já que a assistência prestada a você já estava concluída.

— Ela disse tudo isso, foi? — Chase atacou seu café da manhã.

— Bem, eu perguntei. Sua partida me pareceu apressada. E eu estava planejando o jantar hoje à noite. — Nicholas colocou a pilha de cartas de lado. — Ela foi muito enfática para não o incomodarmos, do jeito que eu havia sugerido. Suspeitei de que vocês dois houvessem brigado de alguma forma, porém, ela não parecia nem um pouco irritada. Na verdade, parecia muito contente. Da forma como você parecia ao entrar nesta sala.

Chase continuou comendo. Nicholas que continuasse sondando à sua maneira nada sutil. A assistência da Minerva *estava* concluída, para todos os efeitos. Ela se encontrara com os criados, embora simplesmente não tivesse lhe contado o que havia descoberto. E ambos concluíram que o duque não havia caído por acidente. Em suma, Melton Park não era mais de seu interesse. Ela já obtivera todas as informações que provavelmente houvesse para obter.

Assim, fazia todo o sentido que ela fosse embora. Então, por que seu contentamento estava muito menor agora, substituído por um intenso aborrecimento? Ele esperava... não tinha certeza do quê. Algumas palavras pelo menos. Um sorriso secreto. Se ela precisasse mesmo partir, talvez um bilhete.

Diabos, para quem ele estava mentindo, exceto para si mesmo? Esperava muito mais do que isso. Outra noite, pelo menos. *Contentamento* adicional, para ambos. Talvez conversarem ainda mais, quando voltassem a Londres. Ele não tinha o direito de esperar nada disso, mas parecia-lhe que uma noite não era adequada, para dizer o mínimo.

Olhou para cima e encontrou Nicholas olhando para ele. Largou o garfo.

— Vou fazer algumas de minhas próprias indagações aos criados hoje. Devo me aprontar para isso. — Ele fez menção de sair.

— Fique sentado um pouco mais, por gentileza. Veja, a coisa mais estranha aconteceu enquanto elas estavam saindo. Coloquei as duas na carruagem e a jovem, srta. Turner, examinou os adereços da carruagem com aqueles lindos olhos azuis dela. "Minha nossa", disse ela. "Já viu algo assim, Minerva?" — Nicholas se inclinou para a frente. — Que coincidência, o nome de batismo da sra. Rupert ser o mesmo de uma de nossas legatárias. A que você encontrou. Não é um nome comum.

— Também não é um nome incomum. Se o nome fosse Polímnia ou Terpsícore, seria uma coincidência muito peculiar. Agora, devo seguir meu caminho, então posso...

— Ainda não. Por favor, mate-me a curiosidade para que eu não pergunte o dia todo.

Chase recostou-se na cadeira.

— Aquela era mesmo Minerva Hepplewhite?

Claro que Nicholas perguntaria sem rodeios e não deixaria espaço para dissimulação.

— Era.

— Ah.

Chase começou a se levantar novamente. Nicholas mais uma vez fez um gesto para que ele se sentasse.

— Por que ela estava aqui?

— Ela tem um interesse evidente na morte do tio. É compreensível, já que isso a afetou de modo tão completo.

— Se não foi um acidente, ela poderia ser vista como um provável objeto de investigação, eu presumo.

— Isso também. Então ela queria ver por si mesma onde foi que aconteceu.

— E você arranjou tudo. Quanta bondade a sua. E eu aqui pensando que você tivesse trazido aquela mulher aqui, qualquer fosse seu nome, para poder seduzi-la. Achei que talvez ela não tivesse partido esta manhã, mas fugido de suas intenções.

— Eu não importuno as mulheres, se é isso que você está dizendo. — *Eu não sou Phillip, diabos.*

— Não, você não o faz. O contentamento dela, e o seu, me convenceram de que nenhuma importunação estava envolvida no caso. Estou aliviado. Tenho alguma responsabilidade com as mulheres sob meu teto. Apesar disso, não sei se aprecio que você esteja envolvido com uma das mulheres do testamento.

— Não estou envolvido com ela. Ela foi embora, não foi?

— De fato, ela foi.

— Então terminamos aqui. — Chase se levantou e mostrou uma cara fechada sufocante ao primo.

— Para alguém que empreende investigações, você não gosta quando elas são dirigidas a você — disse Nicholas.

— É assim que você chama? Pareceu-me a curiosidade ociosa de uma matrona em sala de visitas. Deixe as investigações comigo, primo. Você carece de sutileza. — Ele saiu, seu contentamento agora coisa do passado.

— Está se sentindo bem? — Elise perguntou. — Parece triste e tem estado em silêncio desde que deixamos a propriedade.

Minerva estava pensando na noite anterior, fixando as memórias com segurança em sua mente. Não estava triste, mas melancólica. Ela recolheu as emoções para não as demonstrar tanto.

— Vamos passar o tempo discutindo o que descobrimos naquela casa. Você pode me dizer o que viu e ouviu.

— Prefiro falar sobre a casa em si. Tanto espaço e luxo. Acho que nunca verei algo assim novamente.

Ela foi indulgente com Elise por uma hora, então elas retornaram para seus próprios pensamentos.

Minerva raramente falou outra vez, durante todo o caminho de volta a Londres nos três dias seguintes. Ela aceitou na primeira noite que poderia demorar um pouco para superar seus sentimentos por Chase, e o que ela conheceu brevemente e agora rejeitava.

Assim que a carruagem parou na frente de sua casa, ela procurou seu quarto.

— Está passando mal?

A pergunta a tirou de um devaneio no qual seu tempo em Melton Park se repetia continuamente. Ela olhou para trás para ver Beth fechando a porta. A imagem se mostrou nítida. Nem percebeu que estava chorando.

— Elise disse que você não está no seu normal ultimamente.

As emoções começaram a subir em seu corpo, quase tirando seu fôlego.

— Tenho sido muito tola, Beth.

— Aquele homem? Você o deixou beijar você?

Admitir que tinha sido mais do que beijos só aborreceria Beth.

— Não o culpe.

Beth se sentou ao lado dela na beira da cama.

— Não é a melhor escolha de sua parte, dadas as circunstâncias. Não é o homem certo para você tentar isso.

— Eu sei.

— Não é um homem por quem se encantar, eu lhe disse.

— Sim, você disse.

Um braço a envolveu.

— Bem, essas coisas não fazem sentido, fazem?

Aquele abraço, tão familiar e carinhoso, rompeu suas defesas. Braços suaves a envolveram enquanto ela chorava no ombro de Beth.

CAPÍTULO QUINZE

Chase permaneceu em Melton Park por mais dois dias. Em uma das noites, saiu após jantar e então fingiu ser um estranho entrando na casa sem que ninguém percebesse. Deixou o cavalo mais adiante na alameda, entre as árvores, e se aproximou a pé. Mesmo com os criados acordados e andando de um lado para o outro, conseguiu chegar até o parapeito sem ser visto.

Teve longas conversas com o administrador das terras e com os cavalariços. Minerva havia tentado obter informações com os outros criados, mas ele precisava descobrir o que ela conseguira extrair deles.

O que significava que teria de ir vê-la — e ela poderia não gostar nada disso. Quase podia ouvi-la expressando em palavras: *Não deveríamos ter feito isso.* Provavelmente não, mas ele não se arrependia nem por um minuto, não importando as complicações que porventura isso trouxesse.

Minerva poderia, no entanto. Não importava o que os houvesse aproximado, a situação significava que deveriam permanecer separados. Ele sabia disso, droga. Mas o que existia entre ambos nada tinha a ver com a razão.

Chase ainda fervia por dentro quando pensava nela. Mesmo depois de retornar a Londres, ela não se afastava de sua mente.

Na terceira manhã de volta à cidade, ele deixou seus aposentos para buscar o cavalo no estábulo das estrebarias próximas. Ao se aproximar de lá, um homem alto, jovem e loiro bloqueou seu caminho. Ele o examinou.

— Eu o conheço — disse, vasculhando sua mente. — Você é um dos cavalariços de Whiteford House.

— Fui um deles, por alguns dias.

— Conseguiu emprego aqui?

O rapaz balançou a cabeça em negativa.

— Devo lhe entregar uma mensagem de minha mãe. Ela disse para encontrá-la em Portman Square hoje às três horas. Ela quer falar com o senhor.

— Quem é sua mãe?

— É a governanta da srta. Hepplewhite.

Ele se referia a Beth. Este era o filho de Beth.

— Estarei lá.

O jovem deslizou pela estrebaria e como que desapareceu. Chase foi até o estábulo para pegar seu cavalo. Aquele rapaz tinha sido outro par de olhos para Minerva em Whiteford House durante a reunião da família na casa. Quantos mais será que houvera?

Encontrou Beth passeando ao longo do perímetro do parque. Reconheceu a grande touca com abas largas antes mesmo de ver como a silhueta robusta se encaixava em suas memórias. Desceu do cavalo e se aproximou dela.

Ela olhou em volta.

— Acho que podemos conversar aqui. Não há muitos outros por perto agora.

Caminharam alguns minutos em silêncio.

— Estou em dúvida sobre isso — ela finalmente disse. — Minerva voltou para casa em um estado que eu não via há anos. Ela se culpa. Eu culpo o senhor.

— Aceito a culpa.

— Sabe de uma coisa? Não vai adiantar muito, vai? — Ela continuou caminhando, seus passos pesados marcando o caminho. — Aquele marido dela a arruinou. Ela não lhe contou isso, não é mesmo?

— Ela me contou um pouco.

— Ele era um bruto. Ficava cruel quando bebia, e bebia muito. Só fiquei em serviço na casa dele por causa do meu filho; poucas casas permitem que fiquemos com nossos meninos pequenos junto.

Chase estendeu a mão e tocou o braço de Beth para que ela parasse de andar e olhou para ela.

— Um bruto, a senhora disse. Ele batia nela?

— Bater? Ele a *espancava*. Ele trouxe aquela garota inocente para casa como esposa e, por dois meses ou mais, foi normal, mas então... — Ela ergueu uma ponta do avental e enxugou os olhos. — Inocente e quase órfã.

Nenhuma família a quem recorrer. Finley foi procurar uma vítima. Foi por isso que ele a escolheu.

— Ela se culpou, tentou agradá-lo, mas se tornou quieta e amedrontada, encolhendo-se como um cachorro que foi chutado. Porém, nada o detinha. Eu ia até ela e a encontrava toda machucada, chorando. Então, um dia, ela parou de chorar, como se uma parte dentro dela tivesse morrido. Ela me disse que acreditava que ele gostava de vê-la chorando e implorando. Que ele gostava e ela não lhe daria essa satisfação. Ele só piorou depois disso, mas ela não pareceu se importar.

Chase sentiu a mente recuar com o que Beth descrevera. Sua mandíbula apertou com tanta força que ele não conseguia falar. Se Finley já não estivesse morto, ele...

— Ela amadureceu rápido — disse Beth. — Isso a transformou, mas nem tudo foi para o melhor. Então o milagre aconteceu.

— Milagre?

— Uma noite, quando estávamos em Londres, ele raramente a trazia aqui e mesmo assim nunca a deixava sair... Estávamos aqui, ele se embebedou e foi atrás dela. Eu temia que ele a matasse. No dia seguinte, depois que ele saiu de casa, um menino foi até lá, perguntando pela dona da casa. Ela não estava em condições de ser vista, mas foi até a soleira, e o menino lhe entregou uma caixa e depois saiu. Continha dinheiro, moedas de ouro. Nenhuma de nós poderia imaginar quem as tinha enviado. Esperamos que alguém chegasse e dissesse que havia um erro, mas ninguém o fez. Se aquilo não fosse um milagre, eu não sei o que mais poderia ser.

— E então ela foi embora?

— Assim como eu e meu filho, tão logo retornamos a Dorset. Vivemos juntos em um quarto no início, enquanto ela encontrava uma maneira de conseguir a separação. Ela comprou uma pistola, aprendeu a usá-la e passou a levá-la para todos os lugares, até para a cama, caso ele tentasse vir buscá-la e forçá-la a voltar. Felizmente ele morreu logo depois de concordar que ela morasse separada dele. Assim ela estava segura. Achei que o senhor deveria ouvir um pouco dessa história, pois ela me contou um pouco do que aconteceu entre vocês. Ela não confia mais nos homens, especialmente naqueles que podem machucá-la. Está melhor sozinha do que acompanhada por alguém como o senhor.

Madeline Hunter

A expressão de Beth tornou-se beligerante quando o alertou. Ele mal podia culpá-la, pois poderia acabar ferindo Minerva com aquela investigação. Afinal, invadira a casa dela para ver se conseguia algo, não era?

Minerva sabia que, quando se investigava o assunto, sua herança a tornava uma excelente suspeita. No topo da lista, como ela dizia. O fato de ela ter permitido a paixão entre eles era uma prova não das grandes habilidades sedutoras de Chase, mas do próprio espírito indomável que nela habitava e que ainda agora queria se libertar completamente daqueles tempos horríveis.

— Ela está em casa agora? — ele perguntou.

— Ela acharia estranho que eu saísse se ela estivesse. Ela saiu para ir para ao centro da cidade. Tinha que visitar algum escritório de transporte marítimo.

— Pode se lembrar em qual escritório?

Beth balançou a cabeça e começou a refazer seus passos.

— Ela mencionou, mas não me lembro. Na área da City of London, no entanto, no centro. Algo a ver com paquetes.

— Agradeço por me informar.

— Havia mais, mas nada adequado para o senhor ouvir. — Com isso, ela se afastou.

Chase não precisava ouvir, mas podia imaginar. Finley provavelmente também era um bruto na cama. Um homem à procura de uma vítima não pararia por aí.

Permaneceu onde estava por um longo tempo, olhando para o parque, mas não enxergando nada. A raiva vinha em ondas e, a cada vez, tinha que controlá-la com força. Já deveria saber disso. Deveria ter adivinhado, ou pelo menos suspeitado, especialmente depois que ela contara sobre as falhas do marido na cama. Se Minerva fosse tímida, temerosa ou outra coisa que não a mulher controlada que era, ele poderia pelo menos ficar se perguntando qual era o motivo. Em vez disso, ela havia derrotado a ratinha que Finley tentara fazer dela e se transformado em uma tigresa. Margaret Finley havia de fato se tornado Minerva Hepplewhite, antes mesmo de assumir o novo nome.

Chase montou em seu cavalo e o virou em direção ao portão do parque.

Ela estava de olho em escritórios de transporte marítimo. Paquetes[1]. Diabos, talvez estivesse planejando deixar a Inglaterra.

Minerva fechou o livro e se recostou na cadeira. Normalmente, ficava animada quando um inquérito produzia os resultados que esperava. Desta vez, estava odiando.

Deveria contar a Chase; mas não contaria, no entanto. Logo, ele começaria a investigar onde todos estavam naquela noite em que o duque morrera. Ele desejaria confirmar as histórias de cada um, então descobriria o que ela acabara de descobrir: que Kevin Radnor não estava na França naquele dia — estava bem ali na Inglaterra.

Não poderia poupar Chase dessa descoberta, mas também não precisava ser a pessoa a lhe contar.

Agradeceu ao funcionário que a ajudara e se levantou para tirar a poeira de seu vestido e da peliça. Tirou o chapéu e deu uma boa sacudida. Em seguida, encaminhou-se para fora do edifício, apenas para encontrar seu caminho bloqueado. Parado do lado de fora do pórtico, com os braços cruzados e o rosto numa expressão preocupada, estava Chase Radnor.

Ele a viu sair e se aproximou de onde ela havia parado. A presença causou uma vibração deliciosa e triste de desejo dentro de Minerva.

Chase olhou para ela, seus olhos azul-escuros como lápis-lazúli, seus traços rudes refinados pelos ângulos aristocráticos que formavam. Seu olhar exigia toda a atenção dela.

— Eu não acho que você teve nada a ver com a morte do duque — iniciou ele. — Sei disso com a mesma certeza de estar parado aqui agora.

— No entanto, não tem nenhuma prova e tem algumas evidências que destoam dessa certeza.

— Eu *sei*, Minerva. Não tenho dúvidas.

Ele sabia mesmo. Ela percebia nele a verdade da afirmação. A garganta de Minerva se apertou. Nunca contava que qualquer pessoa fosse acreditar nela.

---

1   Um paquete, ou *packet boat* ["navio de pacotes", ao pé da letra], era um navio a vapor que se deslocava em viagens velozes e regulares entre dois destinos, servindo ao mesmo como navio de carga, correspondências e encomendas, e como transporte de passageiros. (N. T.)

— Venha comigo — pediu ele, oferecendo a mão. — Gostaria de lhe falar, se você permitir.

Caminharam pelas ruas da City até chegarem a Lincoln's Inn. Os jardins do edifício, que funcionava como associação dos advogados, ofereciam alguma privacidade, e eles se sentaram em um banco. Advogados passavam com suas togas e funcionários dos tribunais corriam de um lado para outro.

Chase segurou a mão de Minerva discretamente, para que ninguém passando ali visse. Luva sobre luva, seus dedos entrelaçados aninhados entre seus quadris no banco.

— Beth falou comigo.

— Gostaria que ela não o tivesse feito.

— Fico feliz que tenha. Tudo o que ela me contou condiz com o que você já havia me informado. Fui estúpido demais para enxergar. — Ele apertou a mão dela. Novamente aquela fronte fechada e uma expressão preocupada. — Beth disse que ele a machucou muito.

Falar sobre isso, dar detalhes, reviveria memórias que ela aprendera a esquecer. Mesmo assim, um arrepio percorreu suas costas, como nos velhos tempos.

— Nós duas temíamos que um dia ele fosse longe demais. Parecia um preço alto a pagar pela satisfação de saber que ele seria enforcado.

— Sou grato que ele não tenha tido essa chance. Aliviado e grato.

— Ele não teve a chance porque encontrei uma maneira de deixá-lo.

— Foi quando você veio para cá?

— Eu fui embora antes de ele morrer. — Ela alinhou o que precisava explicar e o que poderia evitar. — Abandonei Algernon e fui viver sozinha, com Beth e o filho dela. Ele continuou tentando me forçar a voltar e logo deu início a algum tipo de processo judicial que me obrigaria a fazê-lo. Decidi que não poderia aceitar isso. Então encontrei a informação que iria impedi-lo.

— Você realizou uma investigação.

— Minha primeira. Beth ajudou. Até Jeremy ajudou, embora fosse um menino. Descobrimos que Algernon nem sempre era impotente. Havia momentos em que ele conseguia ser muito potente: com outra mulher que fazia jogos peculiares com ele.

— Isso o impedia?

— Ele riu de mim quando joguei a história na cara dele. Não tinha nem mesmo vergonha de sua amante ser uma parente. Uma tia ainda, pelo amor de Deus. Uma parente de sangue. Então, cuidei para pegá-los em flagrante.

— Acredito que você tenha levado testemunhas.

— Claro. Descobri onde eles se encontravam. Esperei até que estivessem juntos, paguei o estalajadeiro e subimos com a chave. Lá estavam eles, fazendo algo que ele não gostaria que fosse descrito perante um tribunal. Ele tentou subornar minhas testemunhas ali mesmo no local, mas elas se mantiveram firmes por mim. Ele concordou com a separação uma semana depois. Isso ajudou, mas não tanto quanto eu esperava.

— Você é extraordinariamente corajosa, Minerva. Corajosa, engenhosa e mais inteligente do que a maioria dos homens. Nunca vi gente como você.

Ela teria lhe dado um beijo se não estivessem em um parque público. A admiração daquele homem contava para alguma coisa.

Minerva sentia que ainda havia mais perguntas; no entanto, ele não as pronunciou, embora seus pensamentos profundos e vago desânimo sombreassem sua expressão e contassem a ela do que se tratavam.

— Sim — disse ela. — Isso que você está se perguntando. Sim. Tudo começou assim, entende? A raiva dele pela própria impotência foi o que o tornou violento primeiro. Depois, qualquer coisa entre nós: qualquer conversa, qualquer conexão, era tocada pela violência. A única maneira de sobreviver era não sentir absolutamente nada.

Ele fechou os olhos.

— Se eu soubesse, nunca teria...

— Você nunca teria me beijado ou me tocado. — Ela lhe deu um beijo na face nesse momento. — E eu nunca saberia que ele não tinha, de fato, estragado completamente essa parte de mim.

Chase levantou a mão dela e a beijou.

— Vamos passar o resto do dia fazendo coisas melhores do que falando sobre isso. Iremos a algum lugar onde você possa sorrir, rir e ser Minerva Hepplewhite. Apenas Minerva Hepplewhite. — Ele sorriu. — Vou até fazer compras com você, se quiser.

— Eu planejava encomendar um novo conjunto. Talvez você conheça uma boa modista.

— Eu sei de uma ou duas, então é isso que vamos fazer.

Caminharam pelos jardins e voltaram para onde ele havia deixado o cavalo. Chase alugou uma carruagem e amarrou o cavalo a ela, depois embarcou com Minerva. Ela esperava que essa modista aceitasse e fizesse a encomenda com base em suas expectativas. No entanto, ele parecia tão satisfeito com a ideia, que ela não desejava estragá-la sendo prática.

— Foi uma autoindulgência exorbitante. — Minerva expressava seus pensamentos enquanto a carruagem os levava em direção a sua casa. Apesar disso, a repreensão voltada a si mesma não poderia macular a diversão de comprar não um, mas dois conjuntos. Ela sorria sempre que pensava a respeito.

— Não foi uma autoindulgência de jeito nenhum — rebateu ele. — A proprietária do Escritório de Investigações Discretas Hepplewhite exige um guarda-roupa adequado. Foi uma pena que você não tenha encomendado também aquele vestido para noite.

— Era muito caro.

— Você esquece que é uma herdeira agora.

— Você não deveria ter dito isso à Madame Tissot; foi muito feio de sua parte. — A modista foi impiedosa depois de saber desse detalhe, tentando-a com luxos. Como aquele vestido para noite.

Minerva enxergou o vestido em sua mente. Seda rústica com um brilho sutil, em uma tonalidade que lembrava a de prímulas. Pérolas enfeitavam o decote e a cintura, e outras cravejavam discretamente o bordado floral da parte inferior da saia. O custo de tudo aquilo, entretanto, a teria deixado muito dependente de suas expectativas futuras e por um vestido que talvez nunca chegasse a usar.

— Os conjuntos de lã serão suficientes por enquanto — disse ela. O propósito e a justificativa deles fizeram com que sua mente voltasse às investigações. Decidiu guardar o inquérito que a tinha envolvido naquele dia e levantar outro.

— Nunca tive a chance de lhe dizer, mas algo me foi revelado em Melton Park por uma criada — iniciou ela.

Minerva então repetiu o que a criada Joan havia contado, sobre estar no telhado e ver e ouvir alguém.

— Ela disse que não podia jurar, mas acho que era sua maneira de evitar que alguém lhe pedisse algo do tipo.

— Pode ter sido outro criado, é claro.

— Pode ter sido, mas não acho que foi. Você acha?

— Ainda não sei. Nem você. É mais uma informação que pode um dia formar um elo em uma corrente.

— Algo para anotar em seu portfólio, você quer dizer. Para colocar em uma lista.

— Sim. A lista de possíveis evidências, não a lista de fatos seguros.

Tinham quase chegado à casa dela. Chase fez o cocheiro parar a duas ruas de distância. Quando se virou para encará-la, ela soube que não falariam mais em investigações.

Ele estendeu a mão e lhe acariciou levemente o rosto.

— Quero que você venha até mim, Minerva. Envie-me um recado primeiro, se quiser, mas faça uma visita tarde da noite, ou cedo, ou a hora que quiser. Podemos nos sentar e conversar ou sair pela cidade novamente, se preferir. Faremos da maneira como você quiser, minha querida, e em nenhum momento você deve se sentir obrigada, mesmo por suas próprias palavras ou consentimento.

Ele disse ao cocheiro para seguir em frente. Poucos minutos depois, a carruagem parou na porta da casa. Em seguida, saltou e se virou para ajudá-la a descer. Ela o olhou no rosto e depois para aquela mão se esticando em sua direção. Logo, reuniu sua coragem e inclinou o corpo para fora. Antes de descer, beijou-o rapidamente.

Ele sorriu e a ajudou a descer.

— Beth está observando da janela.

Minerva olhou além dele e viu a touca muito branca no vidro.

— O filho dela está observando do beco no jardim.

Ela notou o cabelo loiro de Jeremy em meio aos arbustos além do portal do jardim.

— Acho que tenho algumas explicações a dar.

Na porta, Minerva olhou para trás e o viu desamarrando o cavalo da carruagem. Ela permaneceu ali fora, de olho, até que ele desceu a rua a cavalo, e a carruagem seguiu seu próprio curso. Em seguida, Minerva entrou, para ter o que provavelmente seria uma longa conversa com as duas únicas pessoas em quem ela ousara confiar havia cinco anos.

CAPÍTULO DEZESSEIS

Floretes assobiavam. Homens investiam um contra o outro. Por trás de sua máscara, Chase encarou o oponente. Olhos escuros o encararam também.

Estavam nisso havia quase uma hora, ambos golpeando e fazendo retinir cada um a sua raiva. Até o momento, tinha sido uma disputa equilibrada.

Uma estocada. Um golpe rápido. Uma pausa. Chase olhou para baixo e encontrou a ponta de um florete em seu peito.

Removeu a máscara.

— Você melhorou.

— Tive aulas com um mestre enquanto estava na França — revelou Kevin, removendo sua própria máscara. — Isso é uma arte por lá.

Começaram a desafivelar o equipamento.

— Se fossem sabres, você nunca teria vencido — disse Chase.

— Só que não eram, então eu venci — afirmou Kevin. — Apreciei esta disputa, mas o florete não é a sua arma.

— Serviu ao propósito. — O esforço havia clareado seu humor negro para um cinza-escuro. Não queria nem mais partir para uma briga de punhos, da forma como desejara no café da manhã.

Fazia dois dias desde que vira Minerva. Nenhuma carta viera dela. Não podia culpá-la, é claro; apenas o mais vaidoso dos homens o faria.

No entanto, continuava revirando tudo em sua mente repetidas vezes, oscilando entre o convencimento de que tinha lidado com a situação toda tão bem quanto qualquer homem, e a aceitação da ideia de que deveria se retirar totalmente de cena e se amaldiçoar por ser um imbecil.

Sem muita vontade, leu algumas das cartas que *tinham* chegado naquela manhã. Um pedido de Nicholas pelo endereço da srta. Hepplewhite — para que ele pudesse cumprir sua promessa de convidá-la para jantar — foi reservado para resposta. Uma longa carta cheia de reclamações de tia Dolores foi para a pilha que ele não tinha intenção de responder logo.

Uma curta missiva chegou de Peel, pedindo um relatório preliminar para a semana seguinte. Que isso fosse para os diabos. Ele e Kevin foram se lavar e se vestir. Chase notou que o traje de Kevin parecia um pouco desalinhado, como se ele tivesse se vestido sozinho e feito isso sem muito cuidado.

— Você não estava em casa ontem à noite?

— O que o faz me perguntar isso? — Kevin trabalhava em uma gravata que já tinha passado por dois nós em dias consecutivos, o que não era comum.

Chase olhou incisivamente para o colarinho e para a camisa amarrotada. Kevin deu de ombros.

— Estive por aí, conduzindo investigações, se você precisa saber.

— Como assim?

— Vi seus anúncios nos jornais. Mais uma vez. Não acho que você vá encontrar essas mulheres assim, então estou procurando por elas, ou melhor, aquela que ficará com a minha empresa.

— Nos bordéis, você quer dizer.

Kevin ajeitou os punhos e vestiu o casaco nos ombros.

— Eu estava falando sério quando disse que é onde elas podem ser encontradas.

— A que eu localizei não estava em um bordel. Em nenhum momento. Tio Frederick pagava bem por esses serviços. Ele não sentiria necessidade de deixar gordos legados para nenhuma dessas mulheres.

— Então estou perdendo meu tempo. É meu para desperdiçar, e eu tenho um pouco de tempo à minha disposição agora.

— Você teve algum sucesso? — Se Kevin queria pesquisar em bordéis, não o impediria. Por um lado, seu primo conhecia esses estabelecimentos e suas proprietárias muito melhor do que o próprio Chase.

— Descobri a verdade irritante de que algumas delas usam de extrema discrição no que diz respeito a ele.

Chase foi na frente rumo à saída. Caminharam contornando o salão principal, por outros parceiros de esgrima que se enfrentavam naquele momento.

— Bem, ele era um duque. Suponho que exigisse discrição.

— Não consigo imaginar por quê. De qualquer forma, ontem à noite, tentei um caminho diferente. Apresentei-me à dona do estabelecimento e informei que era o sobrinho do antigo duque. Disse, em seguida, que gostaria de ser apresentado à sua favorita mais recente, para que eu pudesse desfrutar dos favores dela como ele fazia.

Chase riu.

— Uma trepada em memória dele? Parece quase sentimental.

— Eu pensei assim. Meu pensamento era que essa favorita poderia saber sobre as favoritas anteriores, e até mesmo seus nomes verdadeiros. Elas raramente usam nomes reais nessas casas.

— Não sou nenhum rapazote, Kevin. Não visito bordéis com a regularidade sua ou do tio, mas sei o básico.

— Claro. Então esse foi o meu pensamento: entrar em uma alcova com a última favorita do tio e fazê-la falar.

— Inteligente.

— Está sendo sarcástico?

— Não, não. Que fim teve seu plano?

Kevin foi na frente saindo pela rua.

— A dona me informou que seria muito impróprio se um dos parentes homens do tio bebesse do mesmo vinho que ele bebera recentemente. Já ouviu falar de tal coisa? Ela também era muito severa. Eu me senti como se estivesse sendo repreendido por um vigário. Ela praticamente me acusou de incesto.

Pararam diante de seus cavalos, e a expressão fechada de Kevin de repente se dissipou.

— Maldição. Aposto que foi ele quem pediu a elas para nos dar essa resposta, para recusar as mulheres dele a qualquer um de nós. Não ria. Você sabe que ele podia ser egoísta a respeito de algumas coisas. Ele nem sempre foi de dividir bem.

— Não estou rindo de você, ou da sua ideia. Eu acho que talvez você esteja certo.

Kevin desamarrou seu cavalo.

— Ele provavelmente não queria ser comparado a ninguém tão perto de casa, por assim dizer.

Chase riu novamente.

Kevin montou.

— Estou indo a Whiteford House para dar uma olhada por lá. Quer se juntar a mim? Podemos beber um pouco do excelente vinho que Nicholas herdou.

— Tenho outro compromisso, lamento dizer. Você vai procurar o mordomo mecânico?

— Isso e outras coisas. Nossa conversa sobre aquele autômato evocou muitas outras memórias. — Ele virou o cavalo rumo ao oeste.

Chase montou em seu próprio cavalo, mas em vez disso rumou para o leste.

O sr. Oliver não era um homem feliz. Rosto e corpo redondos, cabelos ralos, ele olhava para a esposa com uma expressão de tensa tolerância. Minerva estava sentada com ela em frente a ele, à mesa da sala de jantar na casa dos Oliver, desamarrando o pacote fino que trouxera.

— Srta. Hepplestone, minha esposa nunca deveria ter perdido seu tempo.

— Hepplewhite. Creio que em alguns minutos o senhor ficará muito grato por ela ter feito isso.

— Improvável. As mulheres não têm cabeça para os negócios nem capacidade para conduzi-los. É por isso que não tolero a interferência delas.

— Não foi uma interferência em si — objetou a sra. Oliver.

— Como chama isso então? — exaltou-se ele.

— Sua esposa percebeu que algo estava errado — disse Minerva. — Ela me pediu como amiga para confirmar suas suspeitas e, tanto quanto ela, não procuro interferir. Se o senhor preferir ser roubado e ter seus negócios comprometidos, basta dizer e eu me despedirei.

Roubado levantou uma expressão de alarme nele. *Comprometidos* trouxe uma carranca profunda. Ele não lhe disse para ir embora.

Minerva então descreveu o que descobrira em Brighton e colocou sobre a mesa os punhos de renda que havia comprado na loja do sr. Seymour. Explicou como foi informada de que aqueles produtos eram originários de uma cidade no Vale do Loire e que o dono da loja estava bem ciente de que vendia algo que antes era disponível exclusivamente em uma loja concorrente.

— Ele era muito presunçoso — continuou ela. — Além disso, já havia vendido seu estoque todo e estava comprando mais. — Ela levantou um dos punhos. — Combinei de estar lá quando ele recebesse uma nova remessa, e vi seu agente entrar no estabelecimento. Meia hora depois, comprei estes punhos. Achei este aqui excepcionalmente bom.

Ele o apanhou da mão dela. Colocou os óculos e se inclinou sobre o produto.

— Inferno e danação. — Ele ergueu os olhos com um sorriso envergonhado. — Perdoe-me. Apenas este é novo. Não é um dos meus.

— Ele estava muito orgulhoso e previa muito lucro com esse modelo.

O sr. Oliver recostou-se na cadeira, tocando o punho.

— O ladrão — ele murmurou. — Quem sabe o que mais ele fez.

Minerva se levantou.

— Eu realmente preciso me despedir agora.

— Vou acompanhá-la até a porta — disse a sra. Oliver. Na porta, ela se inclinou e sussurrou: — Bom trabalho. Escreva-me e me informe quanto lhe devo por hoje.

— A senhora não me deve nada. Faz parte do meu relatório. — Ela olhou para a sala de jantar. — Ele não é o tipo de pessoa que, de alguma forma, acabaria invertendo as coisas e culpando a senhora, é?

— Em dois dias, meu papel será esquecido, e toda a descoberta será obra dele.

Claro. Que outra escolha ele tinha? Admitir que sua esposa estava certa em se envolver?

— Entrega em mãos — Beth chamou. — Uma das grandes.

Minerva foi até a escada para ver um grande pacote retangular suspenso acima do degrau do meio. O pacote era grande demais para Beth carregar. Praticamente a fez tombar para a frente e bloqueava sua visão. Minerva desceu correndo e a ajudou a trazê-lo para seu quarto.

Beth cutucou a musselina crua e a tira de fita.

— Um presente?

— Espero que sejam os meus novos conjuntos. Foram concluídos muito rapidamente.

Minerva puxou a fita e ela caiu para os lados. Quando desdobrou a musselina, seus conjuntos de lã não estavam lá dentro. O vestido de noite exuberante, o que não tinha comprado, brilhava para ela.

A forte inspiração surpresa de Beth encheu o quarto.

— Você disse conjuntos diurnos; não isso.

— Cometeram um erro. A mulher não deve ter me ouvido direito.

Ela levantou o vestido. A seda crua simples superava em muito os tecidos mais elaborados disponíveis. Um brilho sutil ondulava sobre ele quando ela o movimentava na luz.

— O que é isso aqui? — Beth pegou o pacote e deslocou outro pedaço do invólucro de musselina.

Minerva tinha ficado tão distraída admirando o vestido de noite que não percebeu que algo mais viera junto. Beth ergueu o traje bem alto. Um vestido de casa se desdobrou, e a bainha caiu até a peça se estender por completo. Minerva também havia admirado esse vestido no ateliê de Madame Tissot e só o recusara depois de muito pensar.

Beth olhou a renda branca, desconfiada.

— Vou mandar de volta com o outro — disse Minerva.

Beth colocou o vestido de casa sobre a cama.

— É muito bonito. O que você tem já foi cerzido cinco vezes.

— É lindo, não é?

Beth passou a palma da mão sobre o tecido muito fino.

— Talvez não tenha sido um erro. Talvez a costureira apenas quisesse que você ficasse com ele.

— Costureiras não fazem presentes como este para clientes como eu. Empacote, e pedirei a Jeremy que...

— Pode ser que o sr. Radnor quisesse que você o tivesse, como compensação por toda a ajuda que você lhe deu.

Se ela o tivesse ajudado muito, poderia se convencer disso. Porém... Ela se juntou a Beth olhando para a roupa.

— Se foi ele quem me mandou, seria impróprio de minha parte ficar com esses vestidos.

— Muito impróprio. — Beth tocou algumas rendas, sentindo a textura. — Nunca pensei em chamar uma coisa dessas de deliciosa, mas a palavra se encaixa.

Minerva ficou maravilhada com as minúsculas pérolas no decote do vestido.

— É triste devolvê-los, mas eu devo.

Beth encolheu ombros sutilmente.

— Isso tudo depende, não é? Você ouviu minha longa repreensão para cortar relações com ele e pareceu concordar, mas não foi o que fez de fato e nem o evitou como deveria.

Minerva sentiu seu rosto esquentar. Duvidava que sua velha amiga fizesse uma aposta sobre como as coisas iriam se desenvolver com Chase. A própria Minerva não tinha ideia, especialmente naquele momento. Na noite anterior, ela debatera longamente consigo mesma, pesando sua ânsia por intimidade contra todas as razões pelas quais ir até ele seria um erro. Para ambos agora.

— Não culpo você — disse Beth. — Só queria que ele fosse um comerciante, peixeiro ou qualquer outra coisa que não um desses objetos de investigação que parecem afetar você.

— Eu também, Beth. Eu também.

Beth ergueu o vestido de casa e levou-o para o guarda-roupa.

— Por que não esperar alguns dias e ver se a costureira escreve para lhe dizer que foram enviados por engano? Se ela não o fizer, você sempre pode devolvê-los na semana que vem, se quiser.

CAPÍTULO DEZESSETE

A carta de Chase continha uma frase curta e grossa. *Exijo explicações de seus motivos para investigar o paradeiro de meu primo Kevin no mês anterior.* Nada indicava quando e como ela deveria fornecer essa explicação. Por carta, provavelmente.

Ele havia chegado ao ponto de sua lista em que deveria averiguar as histórias de seus parentes, tudo indicava. Ao saber sobre Kevin, ele compreendera os motivos de Minerva visitar o escritório de remessas.

A conversa que tiveram depois que ele a encontrara lá não tinha sido nenhuma que um homem decente fosse concluir com um interrogatório sobre os motivos daquela visita.

Ela gostaria era de ter revelado a mentira que inventara como explicação, caso algum dia ele perguntasse a respeito. *Eu tentava saber se poderia descobrir onde meu tio e primas haviam aportado ao deixarem a Inglaterra.* Ele nunca saberia que ela já havia investigado a esse respeito quando viera pela primeira vez a Londres, cinco anos atrás, mas sem uma boa conclusão.

Minerva se acomodou na cadeira para redigir a resposta, mas, depois de algumas anotações, sua pena parou. Que covardia dar más notícias daquela forma. Estava prestes a lhe entregar um problema pior do que ele imaginava. Chase tinha o direito de fazer suas perguntas e obter respostas rápidas.

Ela puxou uma folha de papel em branco. *Visitarei às oito horas desta noite para dizer o que sei.*

Em seguida, mandou Jeremy entregar o bilhete, e depois tentou se concentrar no resto do dia. Uma nova cliente chegou para ser atendida, enviada pela sra. Oliver. Essa mulher, a sra. Jeffers, queria encontrar o primo, de quem havia se distanciado havia muito tempo. Minerva ficou feliz com a nova investigação e grata pela distração. Assim que a reunião terminou, não tinha nada além de pensamentos sobre a próxima em sua mente.

Jantou com Beth e Jeremy. Quando terminou, foi até seu quarto para se lavar, trocar de roupa e ajeitar os fios de cabelo errantes que haviam escapado durante o dia. Por alguma razão, parecia ter duas mãos esquerdas e acabou fazendo um péssimo trabalho. Todos os sinais de nervosismo a atormentavam, tanto que ela quase saiu sem a retícula. Por fim, desceu e pediu a Jeremy que saísse e lhe trouxesse uma carruagem alugada.

— Não preciso — disse ele. — Uma retornará aqui em alguns minutos. Chegou há meia hora e está esperando. O cocheiro só decidiu andar um pouco com os cavalos, mas logo estará de volta.

— Que atencioso de sua parte. Como você pensa à frente.

— Não é obra minha. Eu não sabia que você estava de saída, sabia? — Ele examinou a aparência dela com suspeita.

A carruagem parou em frente à casa. Jeremy acompanhou-a até lá fora e a ajudou a embarcar.

— Não pense em voltar para casa andando tarde da noite.

— Espero estar de volta em uma hora, no máximo, e creio que meu retorno será providenciado da mesma forma que minha ida.

— Vamos todos esperar que aconteça assim. — Ele se afastou e fez um gesto indicando que o cocheiro podia partir.

Ele caminhava de um lado para o outro pela biblioteca. Não era grande, então Chase andava, girava, dava meia-volta e refazia seus passos. Sua agitação ameaçava criar um vale no tapete.

A raiva é que o enviara naquela caminhada para lugar nenhum, assim como um tipo diferente de fúria. Ao receber o recado de Minerva, seu primeiro pensamento tinha sido: *Finalmente*. Só que ela não vinha pelo motivo que ele esperava; nem sequer era uma visita de amizade. Ele tinha exigido uma explicação e era o que ela pretendia dar-lhe. Nada mais.

Se seu corpo não aceitava a verdade daquilo, provavelmente tinha a ver com a maneira como a antecipação dos últimos dias o havia preparado para ansiar ardentemente pelo alívio daquela carga específica de tensão. Dizer a si mesmo que era um idiota não ajudava. O desejo não tinha uma mente lógica.

— Senhor, preparei coquetéis de vinho do porto. Vou mantê-los aquecidos até sua visitante chegar. — Brigsby apareceu de lugar nenhum para fazer esse anúncio. — Devo planejar um jantar para duas pessoas? Tenho algumas aves que não demorariam muito para ficarem prontas.

Será que ela já havia jantado? Nem o diabo sabia. Apesar disso, duvidava de que ela tivesse se convidado para o jantar.

— Acho que não.

— Talvez deseje que eu cozinhe apenas para o senhor, então. Para depois que a visita se for.

— O que fizer sentido para você. No momento, não dou a mínima.

As sobrancelhas de Brigsby se ergueram. Sua boca franziu. Ele desapareceu tão rápido quanto havia surgido, seus passos descendo as escadas para a cozinha no andar inferior. Quase imediatamente, seus passos voltaram a subir, apressados. Ele passou pela porta da biblioteca alisando o cabelo e endireitando a gravata. Um momento depois, o som de uma terceira pessoa quebrou o silêncio da casa.

— Senhor, a srta. Hepplewhite está aqui. — Brigsby entregou um cartão de visitas, como se Chase precisasse de uma prova.

— Pelo amor de... Traga-a. Ande logo com isso, homem — ele disse entre dentes.

Mais uma vez, aquelas sobrancelhas se ergueram. Um minuto depois, Brigsby conduziu Minerva para a biblioteca e fechou a porta.

Ela estava especialmente adorável. Por alguma razão, naquela noite, seu rosto parecia ainda mais luminoso, e seus olhos eram escuros como doninha. Ele a fitou por muito tempo antes de lhe dar as boas-vindas e convidá-la para se sentar.

— Achei que deveria responder pessoalmente à sua carta rude, para que não houvesse possibilidade alguma de você entender mal a minha explicação.

— Você a considerou rude? Achei que fosse direta.

— Diretamente rude. No entanto, compreendo o porquê do seu descontentamento. Você achou que eu lhe contaria tudo, como uma boa funcionária. A questão é que nunca fui uma dessas.

— Achei que me contaria o que descobriu, porque estávamos compartilhando informações de modo igual.

— Entendo. — Ela ergueu o queixo e baixou as pálpebras. — Então você me contou tudo?

Seguiu-se a isso um silêncio constrangedor e condenatório.

— Não pensei assim. Bem, aqui estou eu. Pergunte o que quiser e responderei como puder.

— Eu sei que você foi aos escritórios de transporte marítimo para olhar os manifestos de passageiros. No entanto, não me contou.

— Você não perguntou. Falamos de outras coisas.

Outras coisas. Coisas importantes. Mais importantes do que aquela maldita investigação que provavelmente dilaceraria sua alma antes que fosse concluída. Desejou que estivessem de volta àquele dia, desfrutando daquela tarde, entrelaçados em uma nova intimidade mais forte do que qualquer outra forjada pela paixão.

Chase se forçou a voltar ao tema em questão.

— Eu fui, e também procurei. O balconista se lembrou de uma mulher ter solicitado recentemente os manifestos daquela mesma semana. Você.

— Então você sabe que seu primo Kevin não estava fora do país quando seu tio morreu. Que ele voltou da França, passou alguns dias aqui e depois retornou para lá.

Chase cerrou os dentes e foi até a lareira.

— Quero saber o que a levou a procurar o nome dele nas listas de passageiros.

— Foi algo que o sr. Edkins disse de passagem.

— O pajem?

— Ele estava falando sobre o hábito do antigo duque de perambular à noite, na cidade, depois de escurecer, e no telhado de sua propriedade. Mencionou que normalmente isso o relaxava. Deixava-o calmo, mas não sempre. Às vezes, ele voltava com raiva, falando com Edkins, mas, na verdade, era consigo mesmo. E o ex-pajem disse que, na noite anterior à morte, o duque desceu do telhado resmungando sobre como todos agiam como se ele fosse um banco ao qual nunca tinham que devolver os empréstimos, como, depois de tudo o que ele dera ao menino, esperava-se mais por aquela maldita invenção. Bem, a parte da invenção deixava claro de quem ele falava. Parecia que ele havia se encontrado com Kevin, naquela tarde ou naquela noite. A questão é que Kevin deveria estar fora do país.

— Claro que você verificou que ele, na realidade, não estava fora. — Chase bateu com o punho na lareira. — Maldição, Minerva, *por que você não me contou isso*?

Um véu invisível encobriu o rosto dela. Sua expressão foi atenuada em total cordialidade, e seus olhos se fixaram em um ponto na parede, não nele.

Minerva havia recuado totalmente para dentro de si. Da conversa e dele. Estava se recolhendo da raiva, como aprendera com Finley.

Chase se aproximou e se ajoelhou ao lado dela, segurando-lhe as mãos.

— Peço desculpas. Perdoe-me. Eu não deveria deixar minha reação a esta notícia recair sobre você.

Ela não puxou as mãos. Por fim, baixou os olhos para elas e depois para Chase. Algo de seu espírito retornou aos olhos.

— Eu sabia que perturbaria você, por isso pensei em poupá-lo por mais um tempo. Em algum momento, a notícia viria à tona, é claro. Você mesmo teria verificado cada história sobre onde cada um estava, agora que sabia que não se tratava de um acidente. Eu não precisava ser a portadora das más notícias.

Ele beijou-lhe as mãos, sem pensar se deveria. Comovia-o saber que ela pensara em poupá-lo por um tempo mais.

— Além disso — ela continuou —, não acho que foi ele.

— Agora não acha?

Ela balançou a cabeça em negativa.

— Ele não é o tipo de pessoa que faria algo assim.

— Não existe um tipo, Minerva.

— Discordo. — Ela se inclinou para a frente, chegando perto o suficiente para ser beijada se ele quisesse. O que ele não fez, por mais que desejasse. — Agora, enquanto eu o tiver assim de joelhos e sentindo remorso, *você* pode me dizer o que não compartilhou *comigo*.

Ele teria dado risada, mas ela estava muito séria.

— Um pequeno detalhe.

— Pequeno quanto?

— Um ponto de informação, nada mais.

— Eu vou decidir se foi um ponto ou uma grande mancha.

Chase apoiou-se para trás sobre os calcanhares. Não que esperasse um golpe, é claro.

— Se Kevin o visitou, ainda não foi confirmado. No entanto, meu tio recebeu uma visita.

— Recebeu? De quem?

— De uma mulher. Isso é tudo o que sei e tudo o que foi visto. Não o rosto, ou mesmo muito do resto dela.

— Quem lhe contou?

— Edkins.

Ela franziu a testa.

— Ele não me disse isso.

— Você perguntou diretamente? Às vezes, assim funciona melhor.

— Meu método funcionou muito bem. No entanto, talvez no futuro devamos planejar para que eu converse com eles e receba fragmentos involuntários, e você pergunte diretamente e obtenha o seu tipo de respostas.

Ele deslizou para o divã ao lado dela, ainda segurando-lhe a mão.

— Esse é um bom plano.

A proximidade, as mãos unidas, causaram uma mudança no ar. Ele não se importava mais com as revelações do sr. Edkins.

Ela se virou para olhá-lo bem nos olhos.

— Você não me disse, porque a mulher poderia ter sido eu.

— Eu sabia que não era. No entanto, temia que você acreditasse que eu pensava que era você.

— Como sabia que não era eu, se ninguém viu o rosto dela?

Ele levantou a mão dela e a beijou.

— Eu simplesmente sabia.

Minerva não tinha ilusões de que Chase esperava que a noite terminasse como começara. Se a deliciosa expectativa apertando seu ventre fosse qualquer indicação, era melhor tomar uma decisão logo. Uma ansiedade nervosa desceu sobre ela. Pareceu se espalhar de seu sangue para o cômodo que ocupavam. Podia sentir as mesmas sensações nele também, embora nada em seu corpo ou rosto as revelassem. Ele parecia companheiro e amigável, não um homem dominado pela luxúria.

Ele não iria seduzi-la; provavelmente ficaria sentado ali por horas se ela preferisse. Pela aparência, ele nem se importava se conversassem ou não enquanto isso.

O criado chegou com uma grande bandeja. Sem palavras, serviu coquetéis de vinho quente do porto com especiarias em duas tacinhas. Ela tomou um gole, feliz por ter algo para fazer. Assim que o criado saiu, entretanto, ela pousou a taça.

— Não consigo decidir. — Minerva imaginava que ele saberia do que se tratava. — Eu pondero e... — Ela encolheu os ombros.

— Acho que ponderar não vai resolver nada. Penso que a resposta que você procura não se apresentará dessa forma. Não precisa decidir agora, nem na próxima semana, nem nunca.

Ela não queria ficar indecisa para sempre. Seria muito triste. Se fosse para viver o resto de sua vida do jeito que vivera nos últimos anos, isso deveria ser uma escolha. Se negasse a si mesma essa parte de sua feminilidade, depois de experimentar aquela satisfação uma vez, não queria que fosse por falta de coragem de escolher outro caminho.

Ele não falou nada, apenas ficou sentado ao lado, a palma quente embalando a dela. O nervosismo que Minerva sentia pairava carregado entre eles, como uma excitação palpável esperando para explodir.

Minerva o fitou com firmeza. Beth tinha lhe dito para não confiar nele. Deveria cortar os laços que os uniam não só por si mesma, mas por ele também. Só que não queria. Não tinha feito nada de errado e estava cansada de ser uma escrava do medo de que ninguém acreditasse nisso.

Engoliu em seco.

— Acho que você deveria me beijar agora.

Ele pressionou os lábios nos dela tão rápido que as últimas palavras saíram abafadas. E, com essa conexão, a barreira que mal estava contendo o desejo por ele sumiu de vista.

Chase se virou para ela, tomou-lhe o rosto nas mãos e regou sua boca e rosto de beijos; alguns cuidadosos, outros nem tanto. Sua rápida paixão dizia que ele não estivera tão *blasé* na última meia hora como demonstrara.

Abraçou e beijou o pescoço de Minerva, o ombro, a pele visível acima da peliça. Ela conhecia esses prazeres e se entregou a eles. Gostava das ardilosas excitações em seu sangue e da alegre liberdade que as sensações lhe proporcionavam.

Enquanto se beijavam, ele conseguiu se livrar dos casacos, e Minerva lhe sentiu o corpo então, forte e rígido sob a camisa. A gravata desapareceu e ela arriscou um pequeno beijo em seu pescoço. Chase a segurou assim, pedindo mais, sua mão descendo para os botões da peliça.

Ela olhou para aquela mão, então ao seu redor, pelo cômodo.

— Pensa em fazer isso aqui?

Beijos mais calmos. Tranquilizantes.

— Não, a menos que você queira.

O tapete, embora caro e grosso, não parecia muito confortável.

— Não acho sensato.

Um olhar profundo nos olhos dela e a levantou, pegando-a pela mão.

— Venha comigo.

Ele não a levou muito longe. Seus aposentos se espalhavam por um andar de uma casa, então o quarto podia ser encontrado nas proximidades. Passaram por uma escada nos fundos e foram um pouco mais adiante. Ele abriu uma porta e soltou a mão de Minerva enquanto se virava e mexia no trinco.

Era um belo quarto. Masculino. Grande o suficiente, mas não em excesso. Ideal para uma pessoa, ela pensou. Estilo um pouco antigo, com painéis de madeira escura subindo até metade das paredes e também formando a cama. Sombras tentaram surgir na memória de Minerva quando ela olhou para aquela cama, mas ela encheu seu olhar e pensamentos com outras coisas.

Cortinas brancas simples emolduravam as janelas e colunas da cama. Nada disso a surpreendeu. Tinha a cara dele. Chase não se preocuparia muito com moda. Suas roupas eram o que estava se usando no momento, mas provavelmente os créditos eram do lojista onde ele fazia suas compras.

Chase fechou outra porta. Minerva viu além dela o suficiente para saber que se tratava do quarto de vestir.

— Quer que eu me dispa? — ela perguntou.

— Apenas fique assim. — Ele pegou uma chave da escrivaninha e trancou o quarto de vestir. Em seguida, removeu a gravata.

Encararam-se um de cada lado do quarto. A cama se exibia entre eles. O brilho da única lâmpada tornava douradas as cortinas brancas. O coração de Minerva foi parar na boca. Ele parecia tão bonito ali, com a luz fraca favorecendo seu rosto e forma física. Forte e deliciosamente masculino.

— Agora você pode se despir.

Enquanto ele observava, aparentemente.

Ela usava um vestido de peliça com pequenos botões na frente. Enquanto trabalhava neles, perguntava-se se o desejo enterrado a tinha feito escolher uma roupa tão conveniente. Demorou muito para terminar de soltar todos os fechos, devido ao tremor dos dedos. Finalmente, deixou o vestido escorregar pelos ombros e cair pelo corpo. Os olhos dele acompanharam o movimento, mas, em seguida, subiram novamente devagar.

Ela começou a trabalhar nas roupas íntimas. Quanto mais se demorava, mais nervosa ficava e mais desajeitadas eram suas ações. Chase gostava, ela percebeu. Isso a fez prosseguir com lentidão suficiente para que o ato de se despir parecesse mais elegante. Também descobriu uma sensualidade agradável ao se revelar assim, camada por camada.

Quando só restavam a chemise e as meias, Minerva se curvou para desamarrá-las.

— Eu preferiria se você as deixasse para o fim.

O que significava ficar nua antes de terminar, assim de forma tão flagrante, e não já deitada na cama, ou mesmo sendo abraçada. Ela criou coragem e deixou cair a chemise.

Minerva encarou Chase, para que ele pudesse considerá-la mais corajosa do que ela mesma se sentia. O desejo deixara a expressão dele tensa e incendiara seus olhos. Seu olhar capturou o dela, e um arrepio percorreu as curvas femininas. Então outro. Como foguetes, cada onda de arrepio criou uma explosão de desejo que fez chover sensações lascivas no corpo de Minerva.

Ele olhou para baixo, lembrando-a das meias. Ela se aproximou de uma cadeira para apoiar o pé, desamarrou uma e a rolou para baixo. As implicações da pose, da perna levantada, mexeram com ela profundamente. Enquanto colocava um pé de volta no chão e levantava o outro, percebeu que ele havia se movido ligeiramente para onde pudesse ter melhor visão do corpo exposto.

Tão excitada que mal conseguia ficar de pé, ela desamarrou a outra meia e começou a removê-la. De repente, ele estava ali, apoiado em um joelho, bem em sua frente. Ele passou o pé de Minerva para o outro joelho dobrado, e suas mãos começaram a enrolar a meia para baixo.

Ela observava as mãos fortes, descendo lentamente a meia até o joelho. Chase baixou a cabeça e lhe beijou a parte interna da coxa. E então mais para cima. Depois, a outra, ainda mais para cima. Tão no alto das pernas, que ela sentiu a respiração no púbis como uma suave provocação.

Não ousava fechar os olhos porque temia cambalear ou cair; assim, ficou observando o alto da cabeça de Chase e suas mãos, sentindo os beijos, e chegou perto de esquecer como respirar. Os beijos não pararam, mas, de alguma forma, a meia sumiu. Ainda assim, ele ficou ajoelhado ali, acariciando-a na perna. Logo, acariciou mais para o alto e deslizou a mão entre as coxas, na umidade e no calor que ele mesmo havia provocado. Um toque profundo e secreto, e o quarto girou. Ela teve que segurar nos ombros de Chase para manter o equilíbrio, conforme ele intensificava sua excitação cada vez mais.

Beijos na barriga, nos quadris. Carícias nas nádegas, então deslizando fundo para a frente. Enlouquecida agora, ela mexeu apressada com a camisa dele até que pudesse fazê-la descer pelos ombros e poder sentir a pele. Ele a removeu de alguma forma, sem nunca interromper o que estava fazendo com Minerva.

Ele a virou na cadeira.

— Sente-se aqui. — Chase fez uma leve pressão nos quadris dela até que se sentasse, então a trouxe para a frente até a borda do assento. Beijou novamente as coxas e tocou-a no núcleo do prazer tortuoso. — Quero beijá-la aqui. Você permite?

Ela assentiu sem entender o que ele queria dizer. Só sabia que queria qualquer prazer que ele pudesse conjurar, pois já passara muito do choque inicial. Ou pelo menos pensava assim até que ele baixou a cabeça e ela sentiu aquele beijo, que cravou uma flecha de prazer na pulsação intensa que sentia ali, e todos os outros sentidos deixaram de existir, exceto o que experimentava tudo aquilo.

Foi ficando cada vez pior e cada vez melhor. Ela sabia que estava gemendo, mas não ouvia a própria voz. Sabia que ele tinha posicionado suas pernas para que os pés se apoiassem nele sobre os ombros, mas não viu nada. Ele então a fez erguer os quadris para conseguir mais firmeza, e a devastou com a língua. O prazer se tornou excruciante da melhor maneira — irresistível, crescente e cada vez mais intenso. Pensou que morreria se ele não parasse, se não recuasse. Em vez disso, de alguma forma, o prazer doloroso e tenso se partiu, estourou e disparou ondas sucessivas de sensações surpreendentes, criando um lugar onde ela se perdeu completamente.

Ouvia os gemidos alarmados enquanto ela ia se aproximando daquele momento. Sua mente e língua a incitavam a continuar. Quando o grito soou e o clímax a fez flexionar o corpo, ele teve uma exultante sensação de vitória.

Chase se levantou e observou o rosto dela enquanto se despia. Minerva parecia etérea em seu êxtase. Quase infantil em seu pleno contentamento. Ele a pegou nos braços e a carregou para a cama. Ela murmurou algo que ele não conseguiu ouvir ou entender.

Uma vez na cama, Minerva abriu os olhos e montou nele como da última vez. Sensual e ainda surpresa, ela o encarou. Em seguida, abaixou-se, beijou-o profundamente e voltou à posição ereta.

Ele então tomou-lhe os seios nas mãos, acariciando de leve, caso ainda estivessem muito sensíveis. Minerva sorriu, jogou a cabeça para trás e se inclinou para que ele pudesse usar a boca. Ela gemia livremente, sentindo o prazer proporcionado, e logo estremeceu sobre os quadris dele.

Novamente ela se ergueu, os olhos um pouco selvagens agora, magnificamente erótica. Olhou para o membro inchado e, com um dedo, percorreu seu comprimento. Chase teve que se esforçar para manter o controle. Orgulhosa de si, ela repetiu o movimento e o repetiu mais uma vez para, em seguida, experimentar uma carícia firme.

Tendo saltado do penhasco uma vez, ela poderia desfrutar de uma segunda escalada tranquila. Chase, entretanto, não aguentaria muito mais. Em uma outra ocasião a deixaria brincar o quanto quisesse.

Ele a ergueu pelos quadris. Minerva o entendeu e o acolheu dentro de si. Chase cerrou os dentes ao sentir o calor apertado envolvê-lo. Ela começou a subir e a descer lentamente. Ele controlou o desejo e tomou o que ela tinha para oferecer por um bom tempo, mas sua fome enfim se tornou desenfreada. Ele pressionou a mão na cabeceira da cama atrás da cabeça para se alavancar e assumiu o controle.

Não tão cuidadoso dessa vez; ele não tinha escolha. Seu corpo uivou com a necessidade de ir fundo e com força, possuindo-a por completo. Sua mente vislumbrava formas futuras de desbravar o prazer, e essas imagens apenas aumentavam seu ímpeto. O clímax, quando ele finalmente o aceitou, foi cataclísmico.

Minerva caiu em cima dele, em seus braços, beijando-lhe peito e pescoço, segurando seus ombros. Dentro de seu êxtase irracional, ele pensou tê-la ouvido gritar novamente.

Ficaram em silêncio por um longo tempo. Estava feliz por ela não precisar de muita conversa; o silêncio continha uma intimidade que as palavras podiam destruir. Enfim, porém, ela se apoiou nos cotovelos e olhou para ele.

— Obrigada. — Havia tanta profundidade em seus olhos quando disse a palavra. — Acho que você foi heroico de novo, mas de uma maneira diferente. Não tão cuidadosa.

— Machuquei você?

Ela balançou a cabeça.

— Eu gostei. Da próxima vez, acho que você também não terá que ser cuidadoso.

Chase evitava pensar em uma próxima vez, já que não tinha o direito de esperar por outra. Um novo contentamento tomou conta dele com aquelas palavras. Minerva se sentou, despreocupada então com a nudez, gloriosa nela, os seios macios agora que a firmeza da paixão havia passado. Ele a fitou e sentiu uma nova onda percorrê-lo.

— É hora de eu ir embora — disse ela.

— Se quiser, vá, mas você não responde a ninguém.

— Beth...

— Ela sabe onde você está.

— Sim, mas...

— Ela sabia por que você veio, mesmo que você não soubesse.

Ela apenas o observou, então passou a perna por cima de Chase e deslizou do corpo dele e da cama.

— Antes de se vestir completamente, Minerva, olhe pela janela frontal no ponto bem do outro lado da rua, onde os dois prédios se encontram.

Ela vestiu a chemise e foi andando com passos leves. Ele ouviu os passos cada vez mais distantes conforme ela entrava na sala de estar. Vários minutos depois, os passos retornaram.

— Quando você o viu?

— Rápido. Logo depois que você chegou.

— Ele deve ter se agarrado na parte de trás da minha carruagem quando parti.

— Isso ou ele saltou sobre telhados para chegar antes. Ele é rápido e conhece bem esta cidade. Se já não fosse um parceiro nas suas investigações, eu poderia tentar torná-lo um parceiro nas minhas.

Ela pegou o vestido e o sacudiu.

— Eu não disse a ele para fazer isso. Espero que você acredite.

— A iniciativa foi dele mesmo. Ele também sabia por que você vinha, mesmo que você não soubesse. Então ele espera lá fora, de ouvidos em pé para o caso de você ter mudado de ideia e eu não ter sido cavalheiro o suficiente para aceitar.

A expressão de Minerva esmoreceu, como se ela imaginasse a altercação que poderia ter criado.

— Eu realmente deveria ir embora, para que ele não fique lá até o amanhecer.

— Você poderia apenas abrir a janela, chamar e lhe dizer para voltar para casa.

— Como se eu pudesse fazer isso em uma rua deste bairro. — Ela riu e levou o espartilho para a cama. — Ajude-me com isso, por favor.

Ele se sentou ao lado da cama e a ajudou com os cordões. Quando ela estendeu a mão para apanhar o vestido, Chase fez o mesmo com a calça e a camisa. Juntos, eles se tornaram civilizados novamente.

Chase a puxou para seus braços e a envolveu com força. Beijou-a então, lamentando que teria que deixá-la partir.

— Você é que deve resolver isso com ele e com a mãe dele, Minerva.

Eles não precisam confiar em mim ou gostar de mim. Porém, a decisão é sua e eles têm que honrá-la.

Ela balançou a cabeça em afirmativa. Um pequeno franzido de preocupação maculou sua beleza.

— Sobre o que eu lhe disse antes... Realmente não sei de nada. Você tem minha palavra de que não vou falar sobre isso, nem continuar trilhando essa busca.

A promessa o comoveu, especialmente porque poderia ter custado algo a ela. Minerva poderia alegar que realmente não sabia nada sobre Kevin, mas, na verdade, sabia. Ele também sabia, mas ela acabara de lhe oferecer a escolha de fingir que não conhecia a verdade.

Ele a levou até a porta da frente.

— Fique aqui.

Ele saiu e caminhou até Jeremy, que quase se fundia às sombras. Chase entregou-lhe algumas moedas e pediu:

— Pegue uma carruagem de aluguel e a leve para casa.

Jeremy apenas olhou para ele por um momento, sua expressão insondável. Em seguida, correu pela rua.

CAPÍTULO DEZOITO

Minerva se viu imprestável o dia todo. Vagava pela casa em um estado saciado de torpor, a cabeça cheia de memórias daquela noite.

Sempre soubera da existência de mulheres que diziam gostar da intimidade física. Havia pensado que as afirmações eram vazias e muito estranhas. Agora, no entanto, faziam sentido; *realmente* faziam sentido. Quem não gostaria daquele pináculo de sensações? Era provável que aquelas mulheres tivessem se casado com homens que sabiam o que faziam na cama. Se houvesse afeto compartilhado, ou mesmo amor, seria muito melhor só por causa disso.

Isso a levou a se perguntar se ela e Chase haviam partilhado de afeto, pelo menos enquanto se beijavam e se abraçavam. Tinha de admitir que sentia algo por ele agora, mas não conseguia se lembrar se sentira antes daquela noite em Melton Park. Do contrário, essas experiências talvez pudessem gerar afeto. A ela, parecia algo fascinante.

Estava tão absorta em seus pensamentos que, depois da refeição do meio-dia, na qual Jeremy havia falado muito, mas ela ouvira pouco, ficou na cozinha, mal notando Beth limpar os pratos. Ainda estava lá quando ela veio se sentar ao seu lado.

— Bem — começou Beth —, como foi sua visita à casa do sr. Radnor?

Olhou para Beth e viu que sua velha amiga sabia de tudo. Jeremy devia ter lhe contado quanto tempo ficara do lado de fora, e como Chase saiu em desalinho e o mandou buscar uma carruagem. Como ela flutuou até o carro alugado ainda enfeitiçada, sentindo como se uma metamorfose tivesse ocorrido.

— Nossa discussão correu muito bem — respondeu. — Ele ficou um pouco zangado por eu não ter confiado a ele as informações que eu sabia, mas entendeu quando expliquei o motivo.

— Muito sensato da parte dele.

— Não foi? Então eu descreveria nossa conversa como um sucesso.

— É assim que você descreveria agora?

— É. Toda a visita foi um sucesso. — Ela encontrou o olhar de Beth diretamente. — Na verdade, uma parte foi nada menos do que maravilhosa.

Beth se levantou.

— Fico feliz em ouvir. Estou mais feliz do que você jamais imaginará. Não vou falar uma palavra contra ele de agora em diante, a menos que me dê um novo motivo para fazê-lo.

Brigsby, sendo Brigsby, não disse uma palavra sobre a visitante noturna. Simplesmente se pôs a se adaptar aos requisitos que ela havia criado. Preparou um banho pela manhã e foi catando os remanescentes dos trajes de Chase como se fosse comum encontrá-los espalhados pelo quarto o tempo todo. Vestiu-o para a cidade, serviu-lhe café da manhã suficiente para uma pessoa, e não para duas, o que Chase suspeitava que ele preparara a princípio, e entregou a correspondência e o jornal passado a ferro.

Depois, quando Chase voltou ao quarto e sentou-se para escrever algumas cartas, Brigsby chegou com uma pilha alta de lençóis e começou a trocar as roupas de cama. Exceto pelo fato inusitado de ter removido a costumeira sobrecasaca para realizar a tarefa, pareceria, pelo seu comportamento, que seu empregador trazia mulheres para a cama regularmente.

Chase voltou para as cartas. Uma foi fácil de escrever. Já quanto à segunda e à terceira, seria de pouca serventia adiá-las. Assim, terminou logo a tarefa, bem a tempo de entregar a pilha a Brigsby para serem postadas imediatamente. Assim que o criado saiu, Chase decidiu escrever novamente. Prometia ser um dia infernal, mas com sorte poderia acabar bem.

Às 13h, mandou buscar o cavalo e foi até Gilbert Street, onde morava tia Agnes. O mordomo o acompanhou até uma pequena sala de visitas no andar de cima. Nela, encontrou as duas tias sentadas nas extremidades opostas de um grande divã. Uma olhava para a parede e a outra, para o chão. O objetivo, ele deduziu, era não olharem uma para a outra.

Dolores permanecera na cidade após a infame reunião com o advogado, em campanha para divulgar suas visões sobre o assunto. Havia escrito duas vezes para Chase, exigindo que ele persuadisse Nicholas à racionalidade.

Em ambas, a resposta fora educada, mas firme. Nicholas já estava usando a razão, e cabia à Dolores mudar de opinião.

Chegara o momento, porém, e Chase é que havia solicitado o encontro com as duas tias. Embora semelhantes em altura, cabelos escuros e tendência a serem duas bruxas, elas diferiam de maneiras significativas. O rosto de Agnes mostrava uma suavidade que poderia levar alguém a concluir erroneamente que o resto dela também era suave. Dolores possuía uma definição nos traços e uma agudeza de olhar que concedia um alerta justo, aos que a viam, do que poderiam esperar dela. As silhuetas seguiam lógicas parecidas. A robustez de Agnes tornava sua altura duas vezes mais formidável. A extrema magreza de Dolores lhe dava uma aparência frágil, mesmo que ela não fosse nada disso.

Foi Dolores quem deu as boas-vindas.

— Sente-se, Chase. É tão raro receber você sozinho...

O comentário soou ameaçador.

— Tem aproveitado a cidade? — ele indagou.

— Não muito. Prefiro o campo, como você sabe. Sinto falta do meu pequeno chalé em Kent.

— Pequeno chalé, rá! — Agnes murmurou.

O pequeno chalé de Dolores tinha pelo menos quinze quartos.

— Pretende ficar muito mais tempo?

— Sim, Dolores, você pretende ficar muito mais tempo? — Agnes se levantou ao perguntar com rispidez.

Os olhos de Dolores se estreitaram.

— Até que o assunto em questão esteja resolvido.

— Se lidar com ele da maneira que você deseja, isso levará anos. Décadas. Você vai morrer aqui — falou Agnes. — Como eu disse antes de Chase chegar, não há nada que você faça aqui que não possa ser feito pelo correio. Se sua presença for necessária, seu *pequeno chalé* fica a apenas um dia de distância, se vier por diligência.

Ele interrompera uma discussão, ao que parecia, e tinha feito exatamente a pergunta que as faria retomá-la.

— Como expliquei, não vou impor minha presença aqui por muito mais tempo. — O tom gutural de Dolores carregava uma aresta dura como aço. —

Vou me valer da hospitalidade do meu sobrinho, se preferir. Tenho certeza de que Nicholas não se importará se eu o visitar por alguns dias.

Chase ouviu aquilo com alarme. Nicholas lhe mandaria cortarem a cabeça se soubesse que tinha permitido aquela ideia ir adiante.

— Tia Dolores, tenho certeza de que ele não se importaria, mas temo que se importe. A família ainda está abalada. Novos criados estão sendo contratados pouco a pouco. Ouvi dizer que uma nova governanta acabou de assumir suas funções, então as coisas por lá vão piorar antes de melhorar. Nicholas ficaria constrangido em lhe oferecer uma hospitalidade tão pobre.

Dolores apenas o encarou. Agnes olhou para ela com satisfação presunçosa.

— Se quer ficar na cidade por algumas semanas ou mais, por que não aluga uma casa? Há muitas disponíveis nesta época do ano — sugeriu Chase.

— Por que não, afinal? — reforçou Agnes. — É exatamente o que penso. — E com isso lançou a Chase um olhar de aliados.

— Como *já expliquei*, é caro demais. Nas circunstâncias em que meu irmão me deixou, devo contar meus centavos.

— Então você fica aqui e come às custas dos meus centavos. Que conveniente. Ficar por alguns dias é uma coisa; ficar por várias semanas é outra. Agora parece até que você pretende morar aqui em caráter permanente.

— *Só até as questões serem resolvidas.*

— Senhor, dai-me paciência. — Agnes se virou para Chase em busca de ajuda, implorando com o olhar. — Ela visitou um advogado para questionar as disposições do testamento. Não finja choque para mim, irmã. Sim, eu sei sobre isso e, sim, estou contando a Chase para que talvez ele possa falar com você.

— Eu esperava que Nicholas já tivesse feito isso — disse Chase.

— Na idade dela, o que importa a ameaça de ser excluída do testamento *dele*?

As duas continuaram brigando. Chase aguentou por cinco minutos e depois se levantou.

— Estou inclinado a me despedir e voltar outro dia, para que esta reunião comece com um tema diferente. Pedi para vê-la, Dolores, por um motivo diferente da sua questão de moradia.

— Achei que fosse uma visita social — declarou Agnes, perplexa.

— Não exatamente.

Ambas olharam para ele e depois uma para a outra.

— Por favor, sente-se, Chase. Manteremos nossas discussões de irmãs para nós mesmas — pediu Agnes.

— Então, com sua permissão, vou direto ao ponto. Tenho conduzido investigações sobre a morte de tio Frederick. Fui a Melton Park e descobri algumas coisas por lá. Gostaria de fazer perguntas.

— A ela ou a mim? — perguntou Agnes.

— A ambas, no início. Depois, só a ela.

Dolores enrijeceu.

— Que ousadia da sua parte.

— Você ainda nem sabe quais são as perguntas — objetou Agnes.

Chase decidiu ignorar todos os apartes e comentários.

— Alguma de vocês esteve em Melton Park no dia em que o duque morreu?

Agnes parecia horrorizada. A cor de Dolores sumiu.

Dolores se recuperou primeiro:

— Que tipo de pergunta é essa?

— Muito simples. Posso descobrir de outras formas, mas é mais fácil perguntar a vocês.

— Então receba minha resposta simples. Eu. Não. Estive.

— Nem eu — acrescentou Agnes. — Alguém disse que estivemos lá? Alguém está nos contestando e tentando dizer que...

— Ninguém as questionou ou as acusou, muito menos nomeou qualquer uma das duas. Tive que fazer essa pergunta para eliminar possibilidades. Obrigado pelas respostas honestas.

Ambas relaxaram, mas o alarme as havia dominado.

— Minhas outras perguntas são para tia Dolores e são menos simples. A senhora pode querer ouvi-las em particular.

— Vou me retirar. — Agnes começou a se levantar.

— Não — Dolores falou de repente. Ela estendeu a mão. — Por favor, não.

Agnes olhou para a irmã, cuja preocupação transparecia no semblante. Olhou então para Chase e voltou a se sentar.

— Tia Dolores, a senhora tinha um ressentimento muito antigo contra o seu irmão? Alguma animosidade não esquecida?

Dolores tentou parecer surpresa, mas não funcionou. Em vez disso, sua tentativa se dissolveu em uma raiva fria.

— Não é do seu interesse e nem deve ser uma preocupação sua, Chase. Quem quer que tenha lhe falado sobre isso foi desleal e cruel. Como você disse, era uma animosidade antiga, de muito tempo atrás.

— Mas não esquecida.

Ela lambeu os lábios.

— Eu nunca o perdoei.

Agnes se aproximou e pegou a mão da irmã.

— Diga a ele, Dolores, para que ninguém faça desse tema mais do que ele realmente é.

— Não vou falar sobre isso. Não posso. Mas... Eu lhe dou permissão para contar, Agnes.

Agnes manteve a mão na da irmã, o braço esticado em conexão.

— Houve um homem na vida dela, Chase. Ela tinha vinte e quatro anos, portanto não era nenhuma criança. Estava muito apaixonada.

Dolores fechou os olhos.

— Infelizmente, ele era um canalha — continuou Agnes.

— Ele não era — disse Dolores.

— Oh, irmã, ele era. Acredite no que quiser, mas ele era um patife. — Agnes voltou sua atenção para Chase e continuou: — Um caçador de fortunas de primeira categoria. Um nome falso e uma herança. Um charlatão. Frederick enxergou a verdade que havia por trás ao conhecê-lo. Dolores não aceitava. Frederick colocou o sujeito à prova.

— Ele me traiu horrivelmente — disse Dolores.

— Ele salvou você.

— Ele me condenou a uma vida sem amor.

Agnes a ignorou.

— Frederick ofereceu a este homem sem valor uma grande soma de dinheiro se ele deixasse Dolores em paz; aliás, se deixasse o reino. A exigência era ficar na América do Sul por um ano. Que dilema deve ter sido para o canalha. Dolores, em teoria, poderia valer muito mais no futuro. Aquele arranjo, no entanto, era imediato. Riqueza instantânea que ele poderia carregar porta afora. — Agnes afagou a mão de Dolores. — Ele saiu da cidade pela manhã. Frederick então enviou Dolores e a mim em uma grande excursão pela Europa. Fizemos uma jornada maravilhosa.

— Eu odiei.

— Você frequentou bailes em todas as cortes da Europa e flertou com príncipes.

— Ele não deveria ter feito isso, não deveria ter oferecido aquele tipo de tentação. Afinal, que homem recusaria tudo aquilo? Como um demônio, meu irmão mostrou-lhe o dinheiro. Tudo em ouro. Ele sempre mantinha o ouro à mão, mas foi uma quantidade enorme. Uma montanha de ouro.

— A senhora e ele alguma vez falaram sobre isso? — Chase perguntou.

Dolores balançou a cabeça.

— Além da briga quando ele me contou o que tinha acontecido, nunca mais falamos. Ele sabia o que eu pensava. Eu disse que nunca o perdoaria e ele aceitou que eu nunca o perdoasse.

— Apesar disso, ele foi generoso para nós duas — rebateu Agnes. — Só no final, com esse testamento, é que ele nos desfavoreceu.

— Era a ideia de punição que ele tinha — disse Dolores. — Sua maneira de mostrar a decepção que sentia por mim.

— Oh, irmã, pare de falar bobagem. Ele não fez isso especificamente com você, fez? Certamente ele não poderia considerar todos nós como decepções.

— Quem lhe contou sobre isso? — Dolores agora havia recuperado sua compostura. — Eu quero saber.

— Ninguém na família, eu garanto. Foi alguém que acho que a senhora nunca conheceu. — *Uma mulher brilhante que ouviu uma frase por acaso e adivinhou o resto.*

Dolores suspirou.

— As pessoas falavam, claro. Suponho que alguns ainda falem.

Chase se levantou.

— Agradeço às duas. Ao fazer essas investigações, é sempre bom poder riscar algo da lista de deveres, sem levar dias de buscas.

— Então fomos riscadas da lista? — Agnes perguntou.

Ele se curvou em uma reverência e se despediu.

O Gentleman Jim's estava bem cheio no fim da tarde. Entre os homens que treinavam boxe, Chase avistou Nicholas e Kevin perto da parede oposta. Caminhou até lá e ficou observando do canto.

Nicholas era uns três centímetros mais alto e vários quilos mais pesado do que Kevin, mas a força e a agilidade de Kevin equilibravam a competição. As camisas dos dois homens estavam grudadas no corpo com o suor. Como Chase estava atrasado, eles provavelmente já estavam treinando havia algum tempo.

Nicholas o viu e sinalizou o fim do combate. Ambos se aproximaram.

— Você está arrumado demais, considerando que estamos aqui a seu convite — disse Nicholas, pegando uma toalha de um assistente e enxugando o rosto e o pescoço. — Tire esses casacos, e Kevin aqui vai lutar um *round* com você. Ainda há um excesso de juventude nele mesmo depois de dois combates comigo.

— Tive que visitar as tias e demorou o dobro do tempo planejado, porque tive que ouvir todas as queixas delas uma com a outra.

— Estou surpreso que Agnes não tenha matado Dolores até agora — constatou Nicholas.

— Ela chegou perto, mas decidiu que colocá-la para fora de casa funcionará da mesma forma.

— Diga a seu pai para trancar as portas, Kevin. Ele é o único irmão na cidade — opinou Nicholas.

— Ela achava que Whiteford House seria mais adequada — revelou Chase.

Nicholas congelou com a toalha no meio do rosto enquanto o enxugava. Olhou então pela beirada do tecido como um homem que acabava de receber a sentença de ser arrastado por debaixo do casco de um navio.

— Vou partir para o campo e deixar a casa toda para ela, se ela se convidar para ficar lá.

— Posso tê-la convencido de que a casa ainda está muito desconfortável para visitantes e não atende aos padrões dela.

— Como vai permanecer por muito tempo, se isso me poupar de encontrar parentes à minha porta. — Ele jogou a toalha de lado. — Já que você ainda está completamente vestido, suponho que esteja com muito medo de Kevin para discutir com ele. Ponha-se mais confortável enquanto nos lavamos.

Encaminharam-se para os vestiários enquanto Chase andava pelo perímetro da sala, vendo punhos voarem e hematomas aumentarem. Lamentou ter chegado tarde demais para participar. Sentia-se mal quando não fazia exercícios regularmente. A noite anterior com Minerva havia removido o pior dessa sensação, mas ainda gostaria de um ou dois combates.

Quando seus primos voltaram, ambos haviam sido esfregados e vestidos e nem pareciam ter acabado de sair de um treino de boxe. Kevin tinha um grande sorriso no rosto.

— Foi uma ideia esplêndida, Chase, mesmo que você mesmo a tenha perdido — elogiou ele.

Chase arranjara o encontro como uma forma de reunir os dois sem ser muito óbvio. O fato de ter distraído Kevin de sua preocupação com o testamento foi um benefício inesperado.

— Uma taverna ou um clube? — Nicholas perguntou enquanto saíam do prédio.

— Uma taverna — escolheu Kevin. — A White Swan, se não se importa. Há um cavalo sendo oferecido por meio deles e meu pai me pediu para vê-lo.

Os três montaram e cavalgaram para o leste, depois para o sul em direção ao rio, até chegarem a White Swan. Kevin perguntou sobre o cavalo imediatamente e, em seguida, todos foram vê-lo.

Kevin se pôs a inspecioná-lo de perto, da cara à cauda. Nicholas e Chase também. Afinal, era um cavalo.

— Quanto? — Nicholas perguntou.

— Quarenta.

— Caro.

— Os brancos geralmente são. — Kevin gesticulou, indicando ao cavalariço que levasse o animal para dar uma volta pelo pátio. — Meu pai tem apreço especial pelos cavalos brancos, como muitos têm. Ficam muito bonitos em parelha. Infelizmente, metade da parelha que ele já tem adoeceu, então ele precisa de outro cavalo branco para substituir.

Nicholas começou a falar, depois fechou a boca. Chase podia imaginar a indagação que quase escapara. *Por que ele está pedindo para você inspecionar o cavalo quando ele mesmo pode fazer isso?* Ao que parecia, Chase não era o único cuidando para que Kevin fizesse algo diferente de ficar de mau humor remoendo os fatos.

— Vou dizer a ele para oferecer trinta e depois aceitar no máximo trinta e cinco.

Depois escolheram uma mesa na taverna e pediram para trazerem cerveja.

— Deveríamos aproveitar o dia — opinou Nicholas. — Vamos comer e beber muito, e então sairemos à procura de mulheres esta noite.

— Há a festa de Lady Trenholm esta noite — revelou Kevin. — Infelizmente, não posso ir com vocês, pois declinei do convite.

— Não esse tipo de mulher — rebateu Nicholas. — Chase me disse para encontrar uma mulher *indecorosa*.

— Tenho certeza de que haverá algumas dela também na festa — disse Kevin. — Tenho alguns nomes. Meu pai fala muito quando toma seu vinho do porto.

— Se eu comparecer a uma festa, se algum de nós o fizer cedo demais, as pessoas vão considerar um desrespeito à memória do tio, mesmo que o testamento tenha nos dado ordens para não mantermos luto. Além disso, eu nunca ficaria a menos de três metros de qualquer uma das damas indecorosas de seu pai, porque um bando de mães-coruja bloquearia meu caminho.

Kevin riu.

— Suponho que você tenha se tornado a raposa premiada na caça delas este ano. Assim que a Temporada começar...

— Imploro que você não fale sobre isso. A mera ideia da Temporada me lança em um estado de profunda melancolia.

— Você poderia simplesmente visitar um bordel — lembrou Kevin. — Indecoroso e descomplicado. Existem vários que celebrariam sua chegada como herdeiro de tio Frederick.

Nicholas se voltou para Chase.

— O que diz? Podemos mostrar ao jovem Kevin como é que se faz.

Kevin deu um sorriso lento.

— Sempre sou grato por suas preocupações com a minha educação.

Chase sorriu também, mas sua mente, não. Ele não queria ir a um bordel com Nicholas. Um mês antes, talvez. Mas não agora.

— Lamento ter um compromisso atrasado e não poder ir com vocês.

Os olhos de Nicholas se iluminaram.

— Maldição, olhe esse sorriso. Ele já encontrou uma mulher indecorosa.

— Bem, ele anda muito pela cidade.

— Eu ando mesmo — confirmou Chase. — Vocês dois deveriam tentar; é melhor do que ficar ruminando ressentimentos.

— Eu não fico ruminando ressentimentos — reagiu Nicholas. — Eu me preocupo; existe uma diferença marcante. Ontem, passei o dia lendo cartas de homens se oferecendo para serem o administrador de terras em todas as propriedades. Eu preciso de um novo funcionário para isso.

— Alguém que parecesse digno do posto? — Chase perguntou.

— E eu é que sei? — Nicholas riu. — Como um homem que nunca foi fazendeiro saberia se outro homem é bom para essa atividade? Terei que contar com referências de outros homens que também nunca foram fazendeiros.

E logo estavam de volta ao testamento. Chase não se importou, embora a hora de descanso tivesse sido bem-vinda.

— Você voltará para a França em breve? — ele indagou a Kevin.

Kevin negou, balançando a cabeça.

— A razão de estar lá desapareceu diante das atuais circunstâncias.

— Como assim? — Nicholas pareceu realmente interessado.

— Isso vai aborrecê-lo.

— De modo nenhum.

Kevin se inclinou para a frente.

— Você sabe que tenho desenvolvido uma pequena peça de maquinário que aumenta a pressão e a velocidade do vapor produzido por uma máquina a vapor.

— Eu sei, mas nunca entendi.

— Encontrei um homem na França com outra máquina que, se combinada com a minha, vai refinar o processo. Se colocarmos as duas juntas, será um dispositivo que todo motor precisará ter, pois permite uma aplicação muito mais ampla para eles. Eu estava na França tentando convencer esse sujeito a me vendê-la, ou pelo menos me vender o direito de usá-la. Passei semanas lá, esforçando-me para persuadi-lo, ganhando a confiança dele. Ele finalmente deu o preço, mas é claro que não posso pagar.

A agudeza e a tenacidade de Kevin impressionaram Chase. Ele sempre fora meticuloso em tudo o que se propunha a fazer. Seis anos mais jovem do que Nicholas e quatro anos mais jovem do que o próprio Chase, aos vinte e sete anos, fazia muito tempo que Kevin deixara para trás seus jovens amigos, que só pensavam na busca do prazer, e embarcado em uma espécie de missão.

— Quanto ele quer? — Chase perguntou.

— Oito mil. Vale muito mais. Especialmente para mim, ou para qualquer outra pessoa que tenha em mente o que tenho. Eu vim e pedi ao tio Frederick, mas...

Sua expressão de repente perdeu a intensidade. Ele engoliu o deslize junto com um pouco de cerveja.

Quando você voltou? Chase esperava que não tivesse de perguntar.

O silêncio lentamente derrotou o tempo. Por fim, Nicholas fez uma encenação de alongamento, bocejo e de passar a mão no cabelo.

— Agora, falando sobre aquelas mulheres indecorosas... — ele começou.

— Não. — Kevin ergueu a mão. — Vocês podem saber. Está fadado a dar certo. Assim que coloquei os olhos naquele calibrador, saltei para dentro de um paquete e retornei. Eu me encontrei com tio Frederick, mas ele não se convenceu. Disse que eu poderia providenciar para que fosse recriado aqui, por uma fração do custo. Isso pode ser verdade, mas o que fosse economizado em dinheiro seria perdido ao longo do tempo e, além disso, eu tinha prometido não roubar o projeto. Nem assim ele concordou, o que foi uma decepção para mim, é claro.

— Então você voltou para a França.

Kevin confirmou com a cabeça.

— Eu esperava conservar o que pudesse da negociação. No entanto, o preço continua o mesmo. É apenas uma questão de tempo até que alguma outra pessoa encontre esse homem. Ele sabe que tem algo de valor.

— Quando você voltou da França pela primeira vez, para falar com o tio? — questionou Nicholas, poupando Chase da pergunta.

— Três dias antes da morte dele. Fui a Melton Park quando soube que ele não estava na cidade. Enviei um recado quando cheguei e pedi para encontrá-lo no parque. — Ele piscou com força. — Tivemos uma briga entre as árvores. Voltei para a cidade naquela noite.

— É compreensível que você não tivesse divulgado esse fato amplamente — disse Chase. — Seria melhor se você continuasse a não fazê-lo.

— Não fiz nenhum mal à pessoa dele. Eu com certeza não subi naquele maldito telhado naquela noite; eu já tinha ido embora. Nós nos encontramos na noite anterior.

— É verdade, mas você esteve lá e não onde se pensou que você estivesse. Não fale sobre isso com mais ninguém.

Kevin o olhou nos olhos.

— Quanto ao dinheiro, você não consegue encontrar outra fonte? Outro parceiro de negócios? — Nicholas perguntou.

— Quem? Você sabe que meu pai não gosta do meu envolvimento nessas coisas. Ele ficava furioso com o irmão por me encorajar. Aqueles autômatos estúpidos eram todos ótimos e bons, mas Deus o livrasse de uma máquina que tivesse um propósito diferente de diversão. Não tenho nem o direito de ter outro sócio agora. A empresa está no limbo até que minha sócia atual seja encontrada e a concordância dela será exigida para *tudo*. Se ela não for encontrada, todos vocês serão meus novos sócios e eu exigirei *que todos vocês* concordem com cada passo meu. Quando der por mim, estarei explicando sobre máquinas para tia Dolores e, Deus me livre, para Walter.

— Bem, esse é um tipo especial de inferno que nenhum homem merece — reagiu Nicholas.

— Você saberia, não é?

— Sim, de fato, eu sei. — Nicholas olhou ao redor pela taverna. —

Estou com fome. Lembro que fazem tortas de carne decentes aqui. — Ele gesticulou para o proprietário e mandou buscar três tortas.

— São muito boas — Chase elogiou um pouco depois, comendo o terceiro bocado. — Às vezes, o que precisamos mesmo é de comida simples.

— Concordo. Aquela cozinheira da casa faz refeições sofisticadas ao estilo francês, mas grandes demais apenas para mim. É impressionante que o tio Frederick não tenha ficado tão corpulento quanto Prinny.

— Ele só comia uma refeição completa por dia — explicou Chase. — Fora isso, já se contentava com pão e queijo.

— A mim, soa enfadonho — opinou Nicholas. — Você conhece os detalhes mais incomuns sobre ele.

— Isso o impediu de ganhar peso, é tudo o que estou dizendo. — Chase olhou para a barriga de Nicholas.

Nicholas percebeu. E olhou para baixo.

— Está insinuando que eu preciso seguir o tio nesta excentricidade? Como ousa? Eu *não sou* corpulento.

— *Ainda* não — Kevin murmurou, cruzou o olhar com Chase e os dois riram.

— Este *duque nada corpulento* ainda quer voltar ao assunto das mulheres — insistiu Nicholas. — Não quero parecer insensível, Kevin, mas, durante todo o tempo em que você explicou sua visita inoportuna ao tio, fiquei ocupado pensando em mulheres, mas com detalhes escandalosos. Meu interesse nesse assunto todo, digamos, cresceu.

— Não tanto que você não possa andar a cavalo, tenho certeza.

— Ele se tornou um maldito impertinente, Chase.

— Qual bordel você quer visitar? — Kevin perguntou.

— Vou deixar você escolher. Atrevo-me a dizer que qualquer um deles vai me servir. — Nicholas parou e olhou fixamente para Kevin. — A menos que você frequente aqueles preferidos por homens com gostos peculiares.

Kevin parecia inocente como um cordeiro.

— Nada de gastronomia francesa como sobremesa, você quer dizer. Mais ao estilo das tortas simples. Visitaremos um bordel que irá satisfazê-lo.

Chase ficou enquanto terminavam a cerveja. Despediu-se deles para viverem suas aventuras noturnas e, em seu cavalo, voltou para casa.

Preciso ver você esta noite. Mandarei uma carruagem às nove horas. A carta chegara pelo correio do início da tarde. Minerva havia debatido sobre o que fazer durante pelo menos dois minutos antes de desistir de qualquer fingimento de que não pretendia ir.

Nenhuma repreensão veio de Beth enquanto ela se preparava após o jantar. Pelo contrário. Beth insistiu em refazer o cabelo de Minerva e separou um vestido quase da moda: um verde profundo com um minúsculo babado ao redor do decote. Ficou de vigia na janela até quando desceram.

— Está aqui — ela anunciou. — Ele não tem a própria carruagem?

— Acho que não. Ele não tem muita utilidade para manter uma para si.

— Ele vai precisar agora, eu acho. De que outra forma vai levar você ao teatro e tudo o mais?

— Ele não disse que quer ir ao teatro, Beth. Talvez ele nem goste.

— Todo mundo gosta de teatro. Se ele não sugerir, você deveria. Não é adequado que você o veja apenas para... — Ela fechou a boca de repente.

Minerva foi até o hall de entrada e encontrou Jeremy esperando.

— O que está fazendo aqui? Não se atreva a me seguir novamente.

— Estou aqui apenas para ser seu lacaio. Alguém precisa acompanhá-la e entregá-la à carruagem como uma dama.

Ela murmurou seu aborrecimento, mas, na verdade, sentia-se tocada pelo interesse e preocupação que eles demonstravam. Sob o olhar atento de Beth, Jeremy a ajudou a entrar na carruagem.

Para a surpresa de Minerva, a carruagem não estava vazia. Chase estava sentado ali dentro.

— Sempre a postos — disse ele enquanto se assegurava de que ela estivesse confortável. — Gosta de música? Há um concerto nos Argyll Rooms esta noite, promovido pela Sociedade Filarmônica de Londres. Pensei em irmos se você quiser.

— Eu gostaria muito.

Ele deu instruções ao cocheiro e deslizou de seu assento para o de Minerva. Deu-lhe um beijo. Em seguida, olhou ao seu redor pelo compartimento que compartilhavam e passou a mão de leve pelo estofado ligeiramente gasto do assento.

— Me desculpe. Esta foi a melhor que Brigsby conseguiu obter. Tenho sido negligente em não comprar uma carruagem para mim e devo cuidar disso agora.

Ela não tinha notado nada de errado com a carruagem.

— Beth anda interferindo de novo?

— Eu não falei com ela. O que faz você pensar que ela está se intrometendo?

— O concerto. A carruagem.

Ele ficou perplexo. Minerva lhe deu um beijinho.

— Ignore-me. Estou tão acostumada a investigações que minha mente segue esse caminho mesmo quando é desnecessário.

— Vamos esquecê-las esta noite. Passei o dia fazendo investigações e preciso de um descanso delas todas.

— É uma ideia esplêndida. Claro, isso nos deixa com poucos assuntos para conversar. Não posso aprender sobre sua vida sem tocar no tema de sua família, por exemplo.

— Minha família não se envolveu na minha vida toda. Pergunte se está curiosa em saber de algo.

Ela decidiu qual de suas muitas perguntas fazer primeiro.

— Seu pai esteve no exército? Você o seguiu nessa escolha de vida?

— Meu pai era um erudito; um dos bons. Ele traduzia literatura grega antiga e também escrevia livros sobre o tema. Vou mostrá-los a você algum dia. Eu não era um erudito; longe disso. O menos possível nesses assuntos. Todos os jovens cavalheiros aprendem latim, então eu me mantive firme nisso. Ele, no entanto, queria que eu também aprendesse grego, como ele havia feito, e isso estava indo longe demais.

— Você entrou no exército para evitar aprender grego antigo?

— Claro que não. Aliás, fiz questão de ser um fracasso supremo nessa tarefa. Se tivesse a chance, ele me deixava sentado por horas em uma biblioteca com ele, examinando aqueles textos antigos. Eu preferia correr, cavalgar, brigar e praticar esportes.

— Brigar?

— Quando você jantar com Nicholas, farei com que ele conte sobre as brigas que tivemos, seja entre nós ou lutando como companheiros de armas.

Você receberá um convite pela manhã, aliás. Ele não esqueceu.

— Suponho que, se você gostava de lutar, cavalgar e praticar esportes como esgrima, entrar no exército lhe parecia muito natural.

— Não tão natural, mas inevitável. Para o neto de um duque, as escolhas aceitáveis são limitadas. Delas, apenas o exército me convinha.

A carruagem mergulhou em um emaranhado de outras carruagens quando dobraram a rua, entraram em Regent Street e se aproximaram dos Argyll Rooms. Chase apontou para o edifício.

— Nash[2] o redesenhou quando alterou o trajeto e o tamanho da Regent Street aqui — explicou ele. — Tanto o interior como o exterior têm a marca dele agora.

— Não é aqui que acontece o Baile das Cipriotas?[3]

— Você sabe disso?

— Todo mundo sabe. Você já compareceu?

— A maioria dos cavalheiros da cidade o visita pelo menos uma vez. Não foi tão escandaloso quanto eu esperava.

— Que decepção para você.

O cocheiro manobrou a carruagem muito perto da entrada antes de parar. Chase saltou e ofereceu a mão para Minerva. Assim que ela desceu, ele falou com o cocheiro, deu-lhe algumas moedas na palma da mão e entrou no edifício com Minerva.

— Tenho entradas, mas usaremos o camarote do duque — revelou ele, guiando-a até o salão e depois até a porta.

— Ele também vai comparecer?

— Ele está ocupado com outra atividade esta noite.

O duque de Hollinburgh possuía um camarote muito bom. Um dos melhores. Abaixo, os músicos já estavam sentados e dedilhavam seus instrumentos. Havia um lindo cravo em um canto do palco. Minerva sentou-se na segunda fileira de assentos, na esperança de evitar ficar exposta como as mulheres nos outros camarotes.

---

2   John Nash (1752-1835) foi o arquiteto inglês responsável por obras importantes no período, entre elas a ampliação do Palácio de Buckingham. A Regent Street ainda permanece como um importante centro comercial de Londres. (N. T.)

3   Bailes em que cavalheiros se encontravam com cortesãs. "Cipriota" faz referência à ilha de Chipre, conhecida como a terra da deusa Afrodite. "Cyprians" [cipriotas] era um termo pelo qual as cortesãs eram conhecidas na Inglaterra do período. (N. T.)

Chase sentou-se ao lado sem comentar sobre a escolha dela. Quando um funcionário chegou e começou a acender as lâmpadas, ele pediu ao homem que as deixasse como estavam.

— Obrigada — disse Minerva. — Não estou vestida para a ocasião, muito menos para me sentar em um camarote como este.

— Eu deveria ter sido mais atencioso e avisado, para que você não se sentisse desconfortável. A verdade é que você está linda esta noite, Minerva, e tão elegante quanto qualquer outra das mulheres que estão cintilando do outro lado. Você está sempre linda.

Os músicos se prepararam para tocar. A música começou. No escuro do camarote, sentindo-se realmente muito bonita, Minerva permitiu que a música entrasse nela, aninhando-se no ombro ao seu lado.

Conforme o combinado, a carruagem estava esperando por eles quando deixaram o edifício. Chase guiou Minerva através da aglomeração até a porta.

A expressão dela à luz do lampião o lembrou da expressão da noite anterior, quando ela estava partindo. Atônita. Transformada.

— Você nunca ouviu música assim antes? — ele perguntou quando se sentou ao lado dela, e a carruagem começou a se afastar das demais.

— Não exatamente. Não como a última peça. Quanto às primeiras, ouvi algo semelhante na igreja.

A primeira tinha sido uma interpretação de Bach. A segunda, de Beethoven. A primeira, uma fuga ao cravo. A segunda, uma sinfonia que ribombou pelo teatro. Tio Frederick não gostava da música de Beethoven. *Dionisíaca*, ele a chamava. *A estrutura está presente, mas enterrada em tempestades que despertam as emoções, não a mente*, ele dizia. *Por outro lado, quando se deseja seduzir uma mulher, é útil que ela ouça Beethoven primeiro.*

— Sua igreja em Dorset tinha música tão sofisticada?

— Não, mas, quando eu vinha a Londres, ia à igreja de São Jorge, perto da Hanover Square. Nunca perdia o culto de domingo. Beth e o filho me acompanhavam, e nós íamos e voltávamos andando, mesmo no mau tempo, para fazer o passeio durar muito.

Não haveria maneira alguma de Finley se opor à sua esposa ir à igreja, o que deve tê-lo irritado. Não o suficiente para que ele a acompanhasse, no entanto. Aquele tipo de homem sabia que sua alma não tinha nenhuma relação com tal lugar.

— Que distância?

— Normalmente alugávamos uma casa a oeste de Portman Square, então não era muito longe. Apesar disso, eu tinha que sair bem cedo, porque caminhávamos muito, muito devagar. — Ela o beijou na bochecha. — Obrigada por esta noite. Foi um agrado muito especial. Sinto como se a música ainda estivesse dentro de mim.

Ele se virou e deu-lhe um beijo completo, como estava querendo fazer desde que ela saíra de casa.

— Vou levá-la de volta para sua casa agora, se quiser.

— Não se atreva.

Ele não precisava de incentivo maior, pois a música também estava dentro dele ainda. Chase liberou um pouco da paixão ao beijá-la. As coisas foram mais igualitárias desta vez. Ela separou os lábios, convidando a exploração profunda de sua boca. Mordiscou o lábio de Chase, testando um pouco seu próprio poder.

Foi um inferno libertá-la quando a carruagem parou. Os dois fingiram normalidade enquanto ele se resolvia com o cocheiro e depois enquanto caminhavam com calma até a porta. Subiram as escadas andando, quando, na verdade, ele queria jogá-la no ombro e correr.

Assim que a porta se fechou em seu apartamento, Chase agarrou Minerva e a tomou em seus braços. Não havia sinal ou som de Brigsby, que devia estar abrigado em seu próprio quarto. Chase segurou a cabeça dela com uma das mãos e se livrou dos casacos e da gravata. Minerva largou a retícula. Em meio a beijos, mordidinhas e abraços apertados, eles avançaram pelo apartamento com roupas voando pelo caminho.

Só quando caíram nus na cama foi que ele buscou um pouco de autocontrole. Poderia não ter que ser heroico, mas também não poderia violá-la. Ainda assim, ansiava por estar dentro dela, penetrando profundamente, sentindo seus tremores e ouvindo seus suspiros e... Ele se forçou para encontrar a amarra derradeira que o prendia à sanidade restante.

Depois disso, não teve pressa, certificando-se de que ela conhecesse o prazer. O ritmo dos suspiros e gemidos suaves de Minerva, lentos no início, depois mais intensos em velocidade e som, encontraram uníssono com os batimentos fortes de seu próprio coração. Ela abandonou o controle rapidamente, como uma mulher mais do que pronta. Chase lhe colocou a mão sobre o púbis ao mesmo tempo em que usava a boca em seus seios, para levá-la ainda mais longe rumo ao delírio.

Ele pressionou suavemente uma coxa.

— Abra, querida. — Então deslizou um dedo pela fenda enquanto falava. Minerva abriu a boca e arqueou as costas involuntariamente. Chase quase a puxou para cima dele, mas, em vez disso, resistiu uma vez mais. Tocou-a como quem sabia o que estava fazendo. A intensidade a fez gritar.

Ela se moveu sobre a mão dele, procurando mais. Seus gritos ficaram altos e desesperados. Uma série de pequenos tremores a sacudiu e, com cada um, ela parava de respirar. Com um movimento circular, Chase a tocou na abertura de seu sexo e introduziu o dedo até o fim. Uma série de gemidos frenéticos ecoou pelo quarto. Minerva gritou ao mesmo tempo em que subia nele e o introduzia dentro de si. Ela desceu com força, absorvendo-o.

Sua aparência era gloriosa, perfeita e ele só a queria ainda mais agora. Chase cerrou os dentes e se conteve mais uma vez, para que tudo o que ela estava experimentando não fosse interrompido.

Parecia que tinham permanecido assim por uma eternidade, com ele latejando dentro dela, quente e exigente, com todo o corpo rígido como uma corda retesada de arco. Ele estava prestes a desistir do heroísmo quando ela abriu os olhos e olhou para baixo. Ao se inclinar para a frente, ela o beijou e começou a se mover.

Logo se uniu a ele mais uma vez em uma paixão frenética. A espiral de prazer apertou, aumentando a fome de Chase e insistindo por mais. Estocou com força, de novo e de novo. A liberação do seu prazer veio em uma explosão que o enterrou.

Minerva se afundou nele, os dedos agarrando-lhe os ombros, a respiração ofegante e curta. Ele a envolveu com os braços, pelas costas e pelas nádegas para que ficassem juntos um pouco mais, em todos os sentidos. Ela permaneceu com ele enquanto as sensações lentamente iam dando lugar ao

pensamento. Mesmo assim, ele a manteve sobre si, porque a maioria desses pensamentos vagava ao redor dela.

E finalmente relaxou a firmeza das mãos. Minerva rolou por cima dele e ficou ao seu lado, de costas. Chase viu como poderia cobri-los com o emaranhado de roupas de cama que haviam criado. Ele a trouxe mais para perto com um braço.

— Estou sem palavras — ela disse baixinho no ouvido dele. — Não tenho como saber com certeza, mas acho que você provavelmente é um excelente amante.

Chase gostou dos elogios a um nível quase absurdo.

Ela se aninhou mais perto e mais fundo.

— Você passou o dia investigando, não foi?

— Passei. Você estava certo sobre Dolores. Havia um antigo ressentimento em relação a um homem de quem meu tio se livrou com uma advertência bem eficaz: ele pagou ao sujeito para desaparecer. Dolores ainda tem raiva. — Ia deixar o assunto se assentar, mas se viu acrescentando: — E Kevin admitiu para mim que realmente voltou da França mais cedo e se encontrou com tio Frederick. Eles tiveram um desentendimento.

Minerva não se moveu nem falou por um longo tempo.

— Não no telhado — ele se sentiu obrigado a acrescentar. — E não naquela noite, mas na noite anterior.

— Bem, isso é diferente, não é?

É se ele estiver falando a verdade. Maldição. Por horas, Chase não tinha pensado nisso; porém, era inevitável que tudo fosse recomeçar.

— É difícil investigar a própria família. Talvez você deva esperar por um inquérito oficial. Se não houver nenhum, você pode retomar a investigação se achar que deveria.

Chase observou-lhe o perfil e a forma como a luz fraca o iluminava. O emaranhado de seu cabelo espalhado sobre o travesseiro, seus fios sedosos cobrindo o rosto. Não tinha dito a ela, nem a ninguém, que sua investigação *era* a investigação oficial. Contudo, passara por sua cabeça dizer a Peel que encontrasse outra pessoa para a tarefa. Só então ele não teria mais controle sobre ela. Nenhuma capacidade de fazer vistas grossas ou de evitar descobrir informações sobre pessoas que ele não considerava que exigissem investigação. Como Kevin. Ou Minerva.

Tinha se perguntado quando ela abordaria esse assunto. Aquele exato momento tinha sido uma boa escolha. A intimidade permitia uma conversa mais honesta do que a luz do dia jamais exigiria.

— Se for alguém da família, gostaria de saber primeiro — disse ele.

— Para que você possa instruir essa pessoa a comprar passagens de paquete?

— Algo parecido.

Ela virou a cabeça e o fitou.

— Você já fez isso?

— Houve um tempo em que poderia ter feito. Eu estava muito confiante na inocência da pessoa, no entanto, até que fosse tarde demais.

— Espero que não se culpe por confiar, não importa o que isso signifique para a direção dos eventos.

— Foi um erro pelo qual paguei caro, só isso.

Minerva o observou como se estivesse tentando ver seus pensamentos. Quando ele não disse mais nada, ela desviou o olhar. Não havia mágoa, pelo que ele notava. Minerva simplesmente aceitou que ele escolhesse não dividir a história com ela.

Chase também desviou o olhar, para o teto. Ela se virou debaixo de seu braço e apoiou a cabeça em seu peito.

Você o matou? Apenas duas vezes ele respondera a essa pergunta e, mesmo assim, não dissera tudo. Não falava sobre isso. Não explicava.

— Eu estava no exército e às vezes fazia investigações. Foi aí que comecei e aprendi. Depois de Waterloo, estive com meu regimento na França, a parte do exército que permaneceu lá enquanto as coisas eram resolvidas. Um francês foi encontrado morto na cidade. A facadas. Alguém disse que um de nossos homens tinha sido visto por perto. Mandaram-me investigar.

Ela não se moveu nem reagiu; apenas ouviu.

— Descobri que esse homem tinha uma amante. Uma mulher de grande beleza. E ele tinha um rival: um de nossos oficiais. Um amigo meu. Um bom amigo.

Chase considerou apenas brevemente não terminar. No entanto, era bom enfim poder falar disso. Com ela.

— Eu sabia que não poderia ter sido ele de jeito nenhum. Eu o *conhecia*; eu o conhecia havia anos. Teria jurado pelo seu bom caráter. Então continuei procurando outra pessoa, e ainda assim... não havia mais ninguém. Não aceitei a verdade até que o prendessem. Um de seus criados se apresentou e admitiu que tinha visto tudo. Uma discussão sobre a mulher. "Um crime passional", os franceses chamaram. O exército britânico reivindicou jurisdição sobre o caso, no entanto, e não temos bases legais para receber essa concessão. Ele seria enforcado sem sombra de dúvida.

— Que coisa terrível para ele. E para você, se era um amigo.

— Significou uma morte ignóbil e a perda de seu bom nome. Uma vergonha para a família e para todos os que o chamavam de amigo.

Chase estava lá novamente, ouvindo as provas contundentes e sabendo tudo o que significavam, mesmo depois da morte. Podia ver o medo nos olhos do amigo, pior do que qualquer outro vivido em batalha. *Foi você? Você o matou?*

— Na segunda manhã do julgamento, ele foi encontrado morto em sua cela. Um único ferimento de pistola, bem colocado. Um ferimento de suicídio, ao que parecia, mas não encontraram nenhuma pistola.

Ela virou o corpo e olhou para ele.

— Você o matou?

Mulher corajosa. Mais corajosa do que ele. Afinal, ele nunca lhe havia feito a mesma pergunta.

— Ele admitiu a culpa para mim, então me pediu para matá-lo. Implorou. Eu recusei. Porém, dei a ele minha pistola e me afastei, saí da cela enquanto ele a usava. Em seguida, peguei a pistola, para que ele não fosse considerado de fato um suicida. — Ele só conseguiu expressar tudo isso sem fazer pausa, forçando a contenção das emoções daquela prisão que mais parecia uma masmorra úmida e da amizade que o levou a tal escolha. — Ninguém pôde provar nada, mas fizeram suposições. Poucos pensaram menos de mim por isso. "Eu teria feito o mesmo", confidenciou um oficial sênior, embora eu não tivesse admitido nada. Quando me perguntaram se eu o matara, eu disse que não.

— Você não o matou.

— Não oficialmente, mas, de certa forma, sim.

— Foi por isso que você deixou o exército?

Ele sorriu no escuro, com tristeza.

— Você é boa mesmo em investigações, não é? Recomendaram que eu vendesse minha comissão de oficial. É o tipo de história que acompanha um homem ao longo de sua carreira. Por enquanto... e os rumores correm até mesmo na minha própria família... Não há uma boa maneira de explicar, não é?

Ela o beijou no peito suavemente.

— Não há culpa sobre você nessa história triste. Espero que não se convença de que há.

— Se não confiasse tanto no que conhecia dele, eu saberia antes. Poderia ter feito escolhas melhores.

— Como dizer a ele para fugir?

Ele a acariciou no topo da cabeça. Ela se espreguiçou e o beijou.

— Portanto, agora você só confia nas evidências e nas provas que pode listar no papel, porque, quando foi o momento mais importante, seu conhecimento mais profundo sobre um homem estava errado. No entanto, acho que você sabia naquela época. Seu coração, sua lealdade e sua juventude não aceitavam, mas, bem no fundo, mesmo antes das evidências e provas, acho que você sabia.

O argumento que surgiu na mente de Chase morreu nos lábios. Minerva deu um suspiro profundo e começou a cochilar. Ele a abraçou, feliz por ela não ter pegado as roupas em vez de adormecer em seus braços.

O sono também se apoderou dele. Pensamentos e fragmentos de memórias flutuaram no que restava de sua consciência. Pedaços da história de Dolores, das conversas com Kevin e Minerva e dos eventos daquela antiga investigação. O sono o puxou mais e o fez afundar. Com os resquícios da consciência, sentiu o corpo dela no seu e a mão e braço ao redor da nudez feminina.

Sim, diabos. Eu sabia.

CAPÍTULO DEZENOVE

— Estive pensando. Você disse de passagem que, às vezes, poderia precisar de alguém como Jeremy. Se essa era mesmo sua intenção, você tem minha permissão para lhe oferecer um emprego, desde que eu não perca os serviços dele.

Estavam em uma carruagem indo para a casa dela, à luz cinzenta do amanhecer. Não que alguém em sua casa não soubesse que havia passado a noite toda fora. Ainda assim, achou melhor manter os padrões normais de ocultação da verdade.

— Em outras palavras, se você não tem uso para ele, posso lhe encontrar uma função.

— Se ele concordar. Pode ser que ele goste de ganhar algum dinheiro. Acho que Jeremy fica inquieto quando não o mantenho ocupado.

— Verei o que ele pensa a respeito disso, e se a visão que ele tem do próprio valor é tão alta quanto a sua. Espero que não. Você me emprestaria a srta. Turner também?

— Ela ainda está um pouco verde, mas tem muito potencial. Em alguns meses, talvez.

Ele voltou a beijá-la, ato que o comentário dela sobre Jeremy havia interrompido. Chase não parou quando chegaram à casa de Minerva, até que ela lhe desse um leve empurrão.

— Ele já deve estar acordado, se quiser falar com ele — disse Minerva. — Ele mora na casinha de carruagens há dois anos.

— Na idade dele, suponho que estivesse começando a incomodar vocês duas.

— Foi ideia dele mudar-se para lá. Beth ficava de olho nos movimentos de Jeremy quando ele vivia na casa. — Houvera algumas discussões a esse respeito, com Jeremy informando à mãe que já era hora de ela cuidar da própria vida. No início, a casa parecia vazia sem ele, e menos segura, mas ele estava por perto naquela casa de carruagem e era vigilante por natureza.

— O que vai fazer hoje? — perguntou ele, demorando-se na porta, a mão pousada no braço dela como se não quisesse parar de tocá-la.

— Primeiro, vou dormir.

Ele deu um sorriso malicioso em resposta ao olhar dela. Entre as outras coisas que ela aprendera naquela cama, para seu espanto, estava o fato de que as pessoas ocasionalmente faziam aquilo mais de uma vez por noite. O prazer tinha sido mais sutil da segunda vez, até lânguido, mas não menos comovente. Depois das revelações de Chase, a proximidade parecia ainda mais profunda, como se tivessem absorvido partes um do outro.

— Então vou começar minha nova investigação.

— Uma investigação interessante?

— Vou encontrar um parente que desapareceu. Houve um afastamento, e agora uma das partes quer uma reconciliação, mas não tem ideia de onde encontrar o parente em questão. Acho que vou começar com anúncios.

Ela mexeu na trava para abrir a porta.

— Eu adoraria ficar aqui com você e beijá-lo, abraçá-lo e chocar os vizinhos, mas tenho que mandá-lo para sua casa.

Um sorriso encantador. Uma elaborada reverência. Ele se virou e ela fechou a porta. Ela subiu para o quarto, já esperando que Beth a enchesse de perguntas e a obrigasse a fazer confidências. Se não contasse a alguém sobre a noite anterior, ela explodiria.

Chase desamarrou o cavalo e mandou a carruagem embora. Ele definitivamente teria que comprar uma agora e providenciar os serviços de um cocheiro e de um cavalariço.

Amarrou o cavalo então a um poste e caminhou até o portal lateral do jardim. Se Jeremy estivesse acordado e por perto, ele poderia muito bem ver se o rapaz tinha a mesma visão de Minerva sobre seus serviços serem divididos entre eles.

A casa estreita tinha um jardim estreito com muros velhos que a separavam da propriedade dos vizinhos. A casa de carruagem nos fundos parecia contar com um telhado novo, mas Chase duvidava de que uma carruagem propriamente dita fosse guardada ali nos últimos muitos anos.

Deu a volta até a frente e bateu na porta.

— Estou aqui — Jeremy disse de dentro.

Chase entrou. Era um lugar pequeno, mas organizado de modo a se tornar confortável. Ao menos um piso de madeira o transformava em uma casa, se nada mais o fizesse. Os portões para a carruagem estavam firmemente trancados com ferrolho, tornando-se uma parede. Móveis simples, provavelmente emprestados da casa principal, criavam uma pequena sala de estar.

Da primeira porta, ele logo encontrou outra e foi até ela. Na soleira, viu que era o quarto de dormir. Lá dentro, Jeremy estava se lavando, despido até a cintura, seu corpo juvenil inclinado para a frente sobre o lavatório enquanto enxaguava o rosto. Ele ouviu Chase e levantou os olhos. Sorrindo, ele ficou ereto e se virou para a porta enquanto vestia uma camisa. Em seguida, abriu totalmente a porta e saiu.

— Achei que fosse minha mãe. Eu não esperava visitas; não recebo nenhuma. — Chase olhou para o quarto ao seu redor. — Você criou uma casa agradável para si aqui.

— Eu gosto. Mas minha mãe não. — Ele sorriu novamente. — "Seremos mortas por invasores e você não ficará sabendo aqui fora", ela dizia. Como se algum invasor fosse ter qualquer chance com aquelas duas, como o senhor bem aprendeu com sua dor. Além disso, elas sabem atirar melhor do que eu.

— Foi ela quem ensinou a srta. Hepplewhite? Sua mãe?

— Foi. Mamãe era filha de um fazendeiro que era arrendatário de uma propriedade em algum lugar. Mas ela se casou com um sujeito do exército. Não como o senhor; apenas um soldado. Ele foi morto na guerra logo no início, e ela passou a trabalhar como criada para poder me sustentar. — Jeremy vestiu o casaco. — Venha e sente-se. Se está aqui, imagino que haja um motivo.

Chase e ele voltaram para a sala de estar. Jeremy acendeu um pouco o fogo e logo as chamas romperam o frio noturno que ainda pairava na casa.

— Eu lhe ofereceria algo, mas faço as refeições na casa e não tenho nem café aqui.

— Não preciso de nada, mas agradeço as boas intenções. A srta. Hepplewhite sugeriu algo para mim, que pensei em conversar com você, já que talvez não ache uma ideia tão boa quanto ela achou.

— Pode ser, embora ela geralmente tenha boas ideias.

— Ela me disse que há momentos em que não tem muito uso para os seus serviços, e que, se eu precisasse deles nesses momentos, talvez você estivesse disponível para integrar minhas investigações.

Jeremy absorveu o comentário, franzindo a testa vagamente enquanto pensava.

— Haveria um salário?

— Pagarei a mesma quantia que ela paga a você.

Jeremy sorriu para o chão e coçou a cabeça.

— Vou querer um pouco mais, pois ela não me paga nada. Não, por enquanto. Ela paga minha alimentação, e eu vivo aqui. Ela é como minha família.

— Então vamos estabelecer um salário que seja adequado, já que não sou família para você.

Não demorou muito para chegarem a um acordo, e Jeremy pareceu satisfeito.

— Pode ser complicado se o senhor mandar me buscarem aqui e eu talvez nem esteja em casa por estar em algum lugar cumprindo uma tarefa para ela.

— Veremos se podemos evitar que seja complicado demais.

Jeremy apenas olhou para ele com um meio sorriso no rosto. Algo lhe causava graça, e Chase suspeitou de que fosse a causa.

— O que foi? — perguntou, quando esse olhar continuou.

— Só estou pensando em como Minerva é a pessoa mais inteligente que conheço, e o senhor parece ter juízo também, mas nenhum de vocês consegue enxergar.

— Enxergar o quê?

— Diabos, se vão compartilhar funcionários e compartilham uma cama, por que não compartilham também os negócios?

A ideia nunca lhe passara pela mente. Ainda assim, fazia algum sentido, especialmente porque seus métodos se complementavam com os dela.

Ridículo, claro. Poderia citar cinco razões pelas quais nunca daria certo, e poderia muito bem arruinar coisas demais. Ainda assim, deveria dar a Jeremy algum crédito pela inteligência que ele demonstrava.

— Bem, vou indo agora. Oh, eu tinha uma pergunta sobre outro assunto. Quando vocês visitavam Londres com os Finley, onde ficava a casa que eles alugavam?

— Old Quebec Street. Bem no fim de Oxford Street. Perto de Portman Square.

Chase deixou Jeremy para ir tomar seu café da manhã e saiu pelo portal lateral. A imagem que vira ao entrar no quarto permaneceu firme na memória enquanto ele montava em seu cavalo. Antes de Jeremy vestir a camisa, enquanto se curvava sobre o lavatório, havia marcas visíveis em seus ombros, tal qual linhas em relevo. Ele havia sido açoitado em algum momento. Chase tinha visto marcas como aquela com bastante frequência no exército, apenas mais profundas e mais largas, em homens que haviam sido chicoteados.

Aquelas cicatrizes tinham se recuperado melhor do que na maioria das pessoas. O tempo tinha ido longe para apagá-las. Significava que eram já bastante velhas, e as costas em que tinham sido impressas eram jovens. O mero ato do crescimento as havia transformado.

Finley empregara brutalidade com mais gente do que com a esposa, ao que parecia.

O visitante chegou duas tardes depois. Chase não esperava ninguém, muito menos aquele homem.

Sr. Martin Monroe, dizia o cartão. *Investigações particulares.*

Monroe entrou na sala de estar e olhou em volta, como se estivesse medindo e avaliando seu valor. Chase esperou que ele fizesse a mesma coisa com o proprietário do apartamento.

Um grande sorriso brilhou no rosto vermelho de Monroe. No início da meia-idade, ganhara peso na linha do abdome e alguns fios grisalhos salpicavam seu cabelo escuro. O sorriso fazia saltar suas bochechas como duas bolinhas. Os olhos azuis, no entanto, mostraram mais astúcia do que sugeriam seus modos amigáveis.

— Vim por um assunto profissional — anunciou ele, assim que haviam se cumprimentado e ele se sentou. — Cortesia profissional, na verdade.

Disseram-me que o senhor e eu compartilhamos da mesma vocação.

— E o senhor tem me investigado, pelo que vejo.

— Bem, eu o vi no concerto. Perguntei ao meu amigo quem era e ele me disse. Não é um amigo seu, mas conhece aquele camarote e a família que usufrui dele.

Tudo parecia inocente, mas Chase ouvia a arquitetura por trás da fachada.

— Por que perguntou sobre mim?

— Ah, isso é o cerne da questão, não é? Tenho algumas informações que poderiam ser úteis para o homem daquele camarote e precisava saber seu nome. Imagine minha surpresa ao saber que era um parente do duque, cuja rotina era muito parecida com a minha.

— Claro, se o que sabe for de alguma utilidade, ficarei grato em ouvir. Talvez o senhor deva me informar sobre o valor de seus honorários antes de compartilhar as informações em si.

Monroe não se sentiu insultado. Afinal, ele estava no ramo da informação. Ainda assim, seu sorriso hesitou antes que suas palavras fizessem o mesmo.

— Nenhum valor desse tipo. Meu pensamento é que, se eu lhe fizer uma boa ação, profissionalmente falando, um dia, o senhor retribuirá o favor. As pessoas do nosso ofício precisam se manter unidas, não acha?

Aparentemente, o sr. Monroe o procurara com a melhor das intenções.

— Tenho sido negligente como anfitrião. Vamos tomar um *brandy* enquanto me faz esta visita. — Chase foi até o decantador, serviu dois copos e os trouxe de volta.

Monroe deu um gole no seu, expressou deleite e depois o pousou sobre uma mesa.

— Então aqui está: aquela mulher ao seu lado no concerto. Eu a conheço. E, para ser honesto, eu me pergunto se o senhor realmente a conhece.

— Creio que sim.

— Agora ela usa o nome Hepplewhite. Porém, não faz nem seis anos, ela era Margaret Finley. Esse é o nome verdadeiro dela. Sim, ela foi casada com um certo Algernon Finley.

— Estou ciente.

— Ora, está mesmo? Também sabe que ela matou o homem? Escapou da forca por centímetros.

Chase controlou sua reação, mas o espanto fez o tempo correr mais devagar por uns bons dez segundos.

Monroe enxergou a surpresa, apesar dos esforços de Chase para escondê-la.

— Eu sei do que falo. Não se trata de fofoca de desocupados.

— E como sabe?

— Estive em Dorset por outro assunto. Quando terminei, fiquei por um curto período de tempo e fiz um pequeno trabalho para o marido dela. Uma investigação. Sobre ela.

— Algernon Finley queria seus serviços em relação à esposa?

— Sim, de fato, ele queria. Ela o deixara, e ele tinha certeza de que havia um amante por trás daquilo tudo. Pediu-me para investigar. Não é o tipo de trabalho que me interessa muito, mas lá estava eu e pensei que seria uma tarefa fácil. Eu estava errado, porém. A mulher era astuta. Ela adivinhou que eu a estava vigiando, e o tal amante nunca foi à sua casa. Às vezes, ela saía de alguma forma sem que eu visse, e provavelmente o encontrava nesses momentos. Eu estava tentando fazer amizade com um vizinho que poderia saber de algo, quando Finley apareceu morto. Ocasionalmente, ele cavalgava em terras de caça próximas e um dia foi baleado por lá.

Diabos. Finley não havia simplesmente morrido. Havia sido *alvejado*.

— Um acidente de caça, provavelmente.

— Foi o que o legista acabou dizendo, mas nenhum homem que morre por acidente acaba com uma bala de chumbo direto no coração, não é mesmo?

Diabos.

— Bala de pistola, veja bem. Não de mosquete. Quem caça com pistola? Quase ninguém.

— Ela carregava uma pistola enfiada dentro de um xale em que se envolvia na época. Eu vi uma vez. Ela disse que estava no mercado no momento em que aconteceu, mas o pessoal do mercado não sabia exatamente quando ela esteve lá, já que o local estava com muito movimento. Poderia ter sido naquele mesmo instante, ou mais cedo. Eu sabia como ela tinha ido embora e sabia que seu marido presumia que a única maneira de ela conseguir dinheiro para viver seria com outro homem. Eu enxergava como aquele amante poderia tê-la ajudado ou feito isso por ela. Dou minha palavra sobre essa informação.

Minerva havia contado a maior parte disso. Não sobre o ferimento de pistola no coração. Não sobre Monroe estar procurando um amante. No entanto, ela tinha que saber que estava sendo observada por Monroe. Era boa demais em investigações para deixar de notar quando alguém a visava como objeto.

— Por que ela não foi acusada e julgada?

Monroe tomou outro gole de *brandy*.

— Falta de provas contundentes, disse o legista. Não houve prova alguma de que ele tivesse sido assassinado, e nenhuma de que ela estava na floresta. Logo descobri que ele não deixara nada, exceto dívidas, então qualquer motivo caía por terra, já que eu nunca encontrei o tal amante. Apesar disso, estou lhe dizendo que foi ela, tão certo como estou sentado aqui bebendo do seu excelente *brandy*. Relatando tudo isso extraoficialmente, é claro, e apenas devido à nossa profissão em comum. Sei tudo sobre difamação criminosa e não estou fazendo nenhuma acusação factual.

— Agradeço por tudo isso. Sei que o relato foi feito com as melhores intenções. Diga-me, o senhor costuma trabalhar a partir de Londres? — *Chase conseguiu um tom uniforme, apesar da forma como sua mente estava xingando e gritando.*

— Nunca. Estou aqui por um problema familiar. Mesmo que não sirva de nada. Normalmente estou nas Midlands, as planícies centrais do país, e tudo o mais, e nas cidades do Norte. Liverpool, às vezes. Manchester. Fazendo investigações para empresários. Financistas e industriais. É mais interessante do que assuntos domésticos e, apesar da crueza, é um trabalho mais limpo. Eles não são cavalheiros distintos, mesmo com todo o seu dinheiro, mas pelo menos não me sinto como se estivesse mexendo nas roupas íntimas de alguém. — Ele voltou a sorver um pouco mais do *brandy*, então parou como se um pensamento tivesse surgido de repente. — Uma investigação tangenciava a sua família, agora que me lembro. O último duque.

— Que interessante. Deve me contar a respeito, se não for uma indiscrição. — Chase se levantou e pegou a garrafa de bebida enquanto falava. Tornou a encher o copo do sr. Monroe, para a surpresa e deleite do homem.

— Posso lhe contar um pouco, já que somos uma espécie de colegas, suponho. — Ele apreciou o *brandy* por um momento antes de continuar. — Foi perto de Manchester. Há um canal lá no Norte e os donos estão pensando em alargá-lo. Só que um dos sócios não concordava de jeito nenhum. Ele disse que fazer isso só beneficiaria as fábricas de dois outros sócios, e não traria o suficiente para pagar pelo trabalho ou apresentar lucro. Bem, aqueles dois ficaram com raiva, e um deles me pediu para fazer algumas investigações sobre o sócio que estava impondo obstáculos. Procurar segredos ou algo parecido. Algo que seria constrangedor se fosse descoberto. Era sobre o falecido duque que eu estava tentando obter informações: ele era o sócio teimoso.

Os canalhas queriam chantagear tio Frederick.

— E descobriu algo de útil?

— Nada... Primeiro, é difícil investigar um duque. Depois, descobri que ele não se importava muito com o que se dizia sobre ele, então o pouco que eu descobrisse não o envergonharia. Gosto por prostitutas, por exemplo. Muito comum, mas há quem ficasse mortificado se o mundo inteiro soubesse. Apesar disso, estava claro que ele não escondia esse gosto de forma alguma. Acho que ser duque torna tudo diferente.

— Na maior parte dos assuntos.

— Descobri que ele aparecia fantasiado. Como se tivesse participado de um baile de máscaras. Só que não tinha participado de nada. Levei uma semana para descobrir. Extraí de uma criada da casa dele em Londres que ele tinha um guarda-roupa inteiro com aquelas coisas, e às vezes também as usava em casa, sem nenhum motivo. Mesmo quando estava sozinho. — Com o rosto corado agora, Monroe se inclinou para a frente de modo confidencial.

— Quando ouvi isso, confesso que me perguntei se talvez ele fosse um pouco louco.

— Não louco. Apenas incomum.

Aquelas proeminências saltadas passaram a residir permanentemente nas bochechas de Monroe, acima de seu grande sorriso. Ele gargalhou e pousou o copo com firmeza.

— Já basta disso. Agradeço. Agora devo voltar para a casa de minha irmã e jantar. Fico contente que tenha podido me receber, senhor. Espero tê-lo ajudado, como era minha intenção.

— E ajudou. Estou ansioso para retribuir o favor. — Chase ainda esperava algum tipo de pedido de pagamento. Quando não veio, ele se sentiu muito cético.

Acompanhou, então, o convidado até a porta. Quando o homem começou a descer as escadas, Chase fez uma pergunta final.

— Quem o mandou investigar o último duque?

Monroe parou por um instante.

— Bem, eu não deveria dizer.

— Compreendo.

Monroe ficou parado ali por um minuto, então voltou para a porta.

— Desculpe. Lembrei-me de que preciso escrever uma carta rápida para postar quando eu sair. O senhor se importa?

— De forma alguma. Use a escrivaninha.

Monroe entrou na sala de estar, foi até uma escrivaninha e usou a pena em uma folha de papel, removeu o excesso de tinta, dobrou e o enfiou na sobrecasaca. Quando voltou para a porta, o papel caiu lentamente no chão.

Com uma despedida inocente, ele desceu para a rua.

Chase pegou o papel que caíra "acidentalmente". Leu e guardou na escrivaninha.

Olhou pela janela e viu Monroe caminhar pela rua. Com a mandíbula apertada, ele mal conseguiu conter a raiva que sentia de si mesmo.

Tinha sido negligente. Com sua missão, com seu dever — maldição... com sua honra. Deveria ter feito pesquisas com mais afinco sobre aquela mulher misteriosa que herdara tanto dinheiro do duque. Em vez disso, começara a flertar com ela e agora estava enredado. Havia permitido que o desejo interferisse, de maneira mais oportuna na descoberta até mesmo das informações básicas sobre o passado dela.

Não era de admirar que Minerva fosse tão cautelosa com ele e tão interessada na morte do duque. Não era apenas a herança que a colocava no topo da lista, mas também o seu passado. Se alguém soubesse que ela já fora suspeita de assassinato...

Eu sei que você não o matou. Diabos, agora ele não sabia de mais nada.

Minerva olhou no espelho uma última vez. Enormes olhos escuros a encararam de volta.

O convite do duque para o jantar chegara na semana anterior, e ela engolira todos os temores até aquela noite. O único consolo que encontrava agora era saber que Chase estaria lá e que não enfrentaria tudo sozinha. Também estava ansiosa para vê-lo. Estavam longe um do outro havia quatro dias, pois investigações o haviam mantido ocupado.

Ela fingiu não estar nervosa, mas, no momento em que pegou a retícula, já se encontrava em estado de alarme. Beth recuou e a examinou.

— Esse vestido é muito lisonjeiro e igual a qualquer outro usado pelas demais damas que certamente estarão lá.

Minerva usava o vestido de seda cor de prímula que, misteriosamente, chegara à sua casa. Quando escreveu para Madame Tissot dizendo que havia um engano, a modista simplesmente respondeu que sua loja não cometia erros.

Outras damas. Claro que haveria algumas; no entanto, não pensara nisso. Agora ela se perguntava quantas e quem seriam.

Beth beliscou suas bochechas.

— Você precisa de um pouco de cor, só isso. Reencontre seu autocontrole. Você está à altura das damas. Mais do que à altura delas. Duvido que alguma tenha feito tanto quanto você na vida, ou aproveitado a liberdade que você desfruta todos os dias. Quem sabe, talvez se elas souberem de suas investigações, conseguiremos clientes das quais podemos cobrar honorários muito altos.

— Beth, você sabe exatamente o que dizer. Encontrarei uma maneira de garantir que elas fiquem sabendo das minhas investigações. Esta é uma oportunidade maravilhosa e pretendo fazer mais do que desfrutar de uma excelente refeição.

— Não menospreze a parte de comer. Provavelmente será a melhor refeição que você comerá em toda a sua vida. Vou exigir todos os detalhes

amanhã. Cada molho, cada aperitivo, cada corte de carne. — Ela suspirou. — Posso até sentir o gosto agora.

Minerva desceu para esperar a carruagem. Não seria bom deixar um duque esperando. Quando ouviu o transporte na frente de sua porta, ela se recompôs e saiu.

Jeremy esperava para atuar como lacaio. Já Elise, para ficar boquiaberta. A chegada de Minerva interrompeu a conversa e os risos. Jeremy rapidamente se pôs em posição de serviço para cumprir suas obrigações. Elise observava com os olhos arregalados.

Minerva, tão distraída por eles, já estava na porta da carruagem antes de perceber como era um belo transporte. Não tão grande quanto uma típica carruagem de aluguel, ostentava pintura verde, latão envernizado, e o cocheiro usava um casaco e um chapéu muito distintos. Dentro, um estofado fofo em vermelho-escuro a esperava.

Jeremy fechou a porta e olhou para o interior.

— Você vai desfilar pela Park Lane com estilo.

Chase tinha feito aquilo. Era comovente que ele a quisesse fazer se sentir "à altura daquelas damas" quando chegasse à casa do duque, seu primo. Ela abriu as cortinas e olhou pela janela, para o brilho da cidade com os postes de iluminação e janelas enquanto prosseguiam.

Sua chegada foi recebida com formalidade. Dois lacaios de libré cuidaram da porta e das carruagens. Um lhe deu a mão para auxiliá-la a descer e a acompanhou para dentro, entregando-a ao mordomo. Este, por sua vez, entregou-a a outro lacaio, que a levou até a sala de visitas.

Pelo menos uma dúzia de pessoas se movimentava lá dentro, conversando. O duque se aproximou para cumprimentá-la. Ele se curvou; ela fez uma reverência, e lá foram eles, serpenteando pelo pequeno grupo que incluía algumas damas realmente muito elegantes.

Ela espiou Chase do outro lado do recinto, conversando com uma linda mulher de vermelho, que flertava com ele sem pudor. Ele não parecia estar se importando. A imagem clareou a confusão atordoada de sua mente de imediato. Ela voltou sua completa atenção para as apresentações, memorizando cada nome que ouvia.

— Aquela é a condessa Von Kirchen. Veio de Viena e está de passagem

— explicou o duque, percebendo para onde a atenção dela sempre voltava.

— Ela é muito... encantadora. — Minerva quase disse voluptuosa. Devido aos amplos atributos, o corpete da condessa revelava mais seios do que cobria. Minerva olhou para seu próprio decote. Ao pôr o vestido, ela já o achara ousado. De repente, parecia pudico o suficiente para uma igreja.

Em dado momento, o duque a conduziu até Chase, e pronunciadamente levou dali a dama de vermelho. A chance de flertar com um duque mostrou-se uma isca eficaz. Minerva observou o vermelho adentrar o grupo.

— Ela é linda — elogiou.

— Creio que sim.

— É claro que ela é. Você tem olhos.

— Nossa, você está mal-humorada. Está com ciúmes?

— É óbvio que não.

Ele inclinou a cabeça para mais perto.

— Nem um pouquinho? Estou ofendido. Quanto aos meus olhos, só enxerguei você quando chegou. Fiz tudo o que pude para não ser rude, e para estes olhos nenhuma mulher aqui é tão bela quanto você.

Nesse momento, sentiu-se tola. Ela é que estivera mal-humorada.

— Talvez eu estivesse com um *pouco* de ciúme. Suponho que mulheres encantadoras flertem com você descaradamente o tempo todo. Eu não deveria dar muita importância.

— Ainda um pouco ríspida, eu vejo. — Ele deu um passo para trás e olhou para ela da cabeça aos pés. — O vestido deixa você sedutora.

Não era uma palavra que ela teria usado. Certamente ninguém mais teria usado. No entanto, o fato de ele chamá-la assim a fez se sentir sedutora.

— Talvez eu também deva flertar descaradamente.

— Apenas comigo, querida. Agora vamos nos juntar a Kevin e àquela mulher que o persegue há meses. Ela é a esposa de um visconde... O visconde é aquele homem ali... e aparentemente ela considera atraente a preocupação de Kevin com aquela invenção.

— Talvez ela só o ache atraente. Ele é um homem muito bonito de uma forma um tanto dramática. Todos os primos Radnor foram abençoados pela natureza. Mesmo aquele cuja esposa fala por ele.

Eles seguiram em direção a Kevin e à ansiosa viscondessa.

— Obrigada pela carruagem. Foi uma bela surpresa. Eu me senti uma rainha.

— Fico feliz. Eu a comprei ontem.

Ela tocou a seda rústica da saia.

— Obrigada por este também. Acho que você foi meu benfeitor misterioso.

— Nem afirmo nem nego.

Kevin os cumprimentou com o que parecia ser alívio. A viscondessa não parecia nada satisfeita. Sua expressão clareou quando soube que Minerva ajudara Chase em algumas de suas investigações. Com um longo olhar, ela observou os dois. Minerva quase podia ouvir a cabeça da mulher tirando conclusões. Depois disso, a viscondessa foi muito amigável.

— Estou cheia demais — revelou Minerva. — Sinto-me corpulenta como o mordomo de seu primo.

Chase deu um tapinha na barriga dela.

— Você se divertiu plenamente.

— Culpe Beth. Ela disse que queria todos os detalhes e não teria como eu ter todos eles se não provasse de tudo.

Eles se sentaram juntos na nova carruagem. Chase achou que o jantar fora um sucesso para Nicholas, o primeiro como o novo duque. Um pequeno evento, e ele convidara pessoas que não eram dadas a duras críticas. Se houvera alguma, Minerva pelo menos não as tinha notado. Durante todo o tempo, ela ficou com os olhos brilhantes e vivazes, comportando-se como se fosse óbvio que ela deveria estar sentada com aqueles lordes. No entanto, talvez tivesse se entregado demais à mesa. Só tinha provado o mais ínfimo sabor da maior parte dos pratos, mas mesmo isso já fora o suficiente para colocá-la em seu estado atual.

— Você provavelmente deveria me levar para casa — disse ela. — Não sirvo para mais nada.

— Se quiser, farei isso. Mas eu gostaria de abraçá-la por mais algum tempo. Não preciso de mais nada. — Exceto conversa. Precisava falar com ela sobre a morte do marido. Finalmente.

Tinham sido três dias ruins para sua consciência. Ele havia se envolvido em mais autorreflexão do que de costume. As conclusões que havia tirado a respeito dela, a respeito de si e de seu envolvimento o surpreenderam. Também não poderia ignorar que sua raiva arrefecera; a reação mais forte agora havia se tornado um ímpeto de protegê-la, não de investigá-la.

— Você pode visitar minha casa, se quiser — ofereceu ela. — Eu me sentiria melhor lá, caso eu...

Ele disse ao cocheiro para onde ir.

— Você vai se sentir muito melhor em uma hora ou algo assim. Você bebeu uma boa quantidade de vinho, o que só está piorando as coisas.

Em casa, ela subiu por um instante. Quando voltou, usava o novo vestido doméstico. Sua expressão sugeria que só de remover o espartilho e o vestido de festa já se sentia melhor.

— Beth não vai se importar? — perguntou ele, abraçando-a pelos ombros quando ela se sentou ao lado dele.

— Esta é *minha* casa.

— Claro.

Ela apoiou a cabeça no braço dele.

— Foi um jantar maravilhoso. Tenho certeza de que pela manhã vou reviver todos os momentos mágicos. As luzes bruxuleantes, a prata e o ouro, a comida... minha nossa, a comida! Os amigos do seu primo foram muito gentis. Algumas damas perguntaram sobre minhas investigações com interesse. Acho que uma ou duas vão pedir minha ajuda no futuro.

Que bom para Minerva. Provavelmente bom para as damas. Não tão bom para *ele*. Um dia atrás, se precisassem de uma investigação, elas o teriam visitado. De repente, com um jantar, ela se tornara uma concorrente que estava prosperando bem debaixo do seu nariz.

Ele já tinha concorrentes; alguns eram bons. Um outro que frequentava os mesmos círculos. Minerva, porém, apresentava um apelo especial, ao qual ele não poderia se igualar. Ela era mulher. Se uma investigação tocasse em qualquer assunto que pudesse ser chamado de *delicado*, outra mulher provavelmente procuraria o Escritório Hepplewhite.

— Falei com Jeremy — comentou Chase. — Ele concordou com sua ideia.

— Fico feliz em saber. Um trabalho seria bom para ele. É muito mais conveniente para ele do que algumas das coisas que faz para ganhar trocados.

— Ele disse que você não lhe paga nada.

— Eu também não pago Beth. Nem a mim mesma. Ele vive aqui. Ele come aqui. No entanto, se as investigações continuarem aparecendo, como é minha expectativa, pretendo pagar um salário em breve. E, é claro, no devido tempo, terei também parte da renda do fundo que herdei.

Chase não se importava que esses salários derivassem de investigações para as quais ele é que deveria ter sido contratado. De forma alguma. Ele realmente não precisava da renda. E ainda assim... Chase olhou para ela. Cabeça para trás, olhos semicerrados, cabelo despenteado — ela parecia deslumbrante em seu desalinho. Agora que Minerva tinha posto um dedo do pé na sociedade, ele não tinha dúvidas de que desenvolveria o Escritório Hepplewhite rapidamente. Sentia-se feliz por ela. De verdade. Algum dia, entretanto, provavelmente daria uma bela chamada em Nicholas por tê-la convidado para aquele jantar.

— Quando estávamos conversando, Jeremy disse algo provocativo.

Isso chamou a atenção dela o suficiente para fazê-la erguer a cabeça.

— Uma palavra estranha, provocativa. Está dizendo que ele o deixou com raiva?

— De forma alguma. Ele disse que não entendia por que não compartilhávamos também os negócios, se vamos compartilhar funcionários.

Ela virou o corpo e ficou de frente para ele.

— De que forma poderia ser algo provocativo?

— Mas provocou.

— Está querendo dizer que gostaria de fazer algo assim?

— Só estou dizendo que faz algum sentido. Você tem habilidades que eu não tenho. Eu tenho algumas que você não tem.

— Posso contratar um homem com suas habilidades. Você pode contratar uma mulher com as minhas. Podemos até contratar um ao outro.

— Verdade. Um pouco desajeitado, mas verdade.

Ela estreitou os olhos.

— Não está sugerindo que eu me torne uma funcionária regular sua, está? Com salários e tudo mais?

Era um assunto que ele não havia considerado muito. Ao ser provocado a pensar, ele realmente não tinha pensado muito.

— Você tentou fazer isso em Melton Park, chamando-me de sua empregada, embora eu não fosse. Achei a mentira útil naquele momento e naquele lugar, mas não gosto dessa ideia.

— Eu não tinha intenção de sugerir tal coisa.

O olhar dela tornava essa a resposta certa a dar, não importava o que ele pudesse pensar um dia, quando pensasse.

Isso a acalmou.

— De quem então seria a empresa?

Minha, é claro. Não havia alternativa no mundo que fosse satisfatória. Os homens nunca a contratariam se ela fosse a proprietária. Já as mulheres o contratariam, se ele possuísse uma empresa na qual uma mulher fornecesse alguns dos serviços.

A empresa certamente não poderia ser *dela*. Isso faria *dele* o empregado. Um cavalheiro que liderava investigações era uma coisa, um homem que trabalhava em troca de salários era outra.

A mente de Minerva devia ter viajado pelos mesmos caminhos, porque ela balançou a cabeça.

— Acho que não seria uma boa ideia.

— Provavelmente não. — Ele a trouxe de volta em seus braços. Já não podia mais evitar o assunto seguinte. — Preciso lhe dizer uma coisa. Um certo sr. Monroe me visitou.

Minerva arregalou os olhos. Ela se endireitou e se virou para Chase.

— O que ele queria?

— Ele viu você no concerto e veio me contar sobre você, pois achou que eu deveria saber sua história.

— Aquele aborrecimento de homem. Ele estava sempre lá, me seguindo, metendo o nariz na minha vida, vigiando minha casa.

— Ele foi contratado para encontrar evidências de um amante.

Ela baixou as pálpebras.

— Típico de Algernon. Primeiro, ele me acusa de ser fria e uma mulher incompleta, depois, decide que estou fazendo orgias com outro homem. Não havia amante, é claro. Monroe estava perdendo tempo e, como eu disse, sendo um aborrecimento.

— Ele disse que Finley foi baleado enquanto cavalgava. Que não foi uma morte normal. Disse que o magistrado especulou sobre o seu envolvimento.

— *Ele disse que você carregava uma pistola e que foi uma bala de pistola no coração, o que é um acidente improvável.* Chase engoliu as novas revelações enquanto olhava para ela. Será que o oficial do exército duvidara dela? Será que o homem que fazia investigações particulares duvidara? Do contrário, não havia razão para insultá-la com perguntas sobre aqueles detalhes.

Ele gostaria de poder afirmar que não imaginava que ela seria capaz de matar. Havia aqueles que seriam. Até o exército tinha alguns, e eles morriam rápido no campo. Minerva não era esse tipo de pessoa. Dadas as circunstâncias certas, para se proteger, ele conseguia enxergá-la cometendo o ato. Será que o perigo que aquele marido dela proporcionava era motivo suficiente?

Ela o estava observando intensamente agora, observando-o enquanto sua mente trabalhava.

— Eu estava me perguntando por que você não encontrou uma maneira de me ver nos últimos dias. Acho que decidiu encerrar este nosso envolvimento.

— Não decidi nada do tipo.

— Eu decidiria por você, se fosse corajosa o suficiente. Se isso se tornar um fato conhecido... quando se tornar um fato conhecido... qualquer amizade comigo comprometeria você de várias maneiras. O sr. Monroe lhe disse que eu era suspeita da morte de Algernon. Só isso já me tornaria novamente uma suspeita do duque. Você sabe que estou certa.

— Só direi ao advogado o que for necessário para estabelecer sua história como Margaret Finley. O resto não tem significado para as funções dele de executor. Com sorte, ninguém ficará sabendo do resto.

Ela acariciou-lhe a mandíbula e, em seguida, sua boca.

— Não tive motivo para matá-lo, se você está se perguntando. Eu tinha minha liberdade. A separação provavelmente salvou a vida dele; isto é, até que outra pessoa cometesse o crime.

Maldição, ela acabava de admitir que poderia muito bem ter matado o marido se não fosse pela separação.

— Você pode não conseguir me proteger, se estiver pensando assim — disse ela.

— Isso é o que veremos. — No entanto, ele achava que poderia. As revelações haviam alterado a visão dele de muitas coisas. Como se visse um campo de batalha de terreno elevado de repente, ele alinhara certas provas, como tinha feito com tantas tropas antes. O caminho para a vitória, entretanto, exigiria algumas investigações que ela não gostaria de fazer e, por enquanto, uma espécie de retirada.

Ela se inclinou mais para perto e olhou bem nos olhos dele.

— Chase, você uma vez me disse que sabia que eu não tinha matado seu tio. Simplesmente sabia. Você tem a mesma certeza de que não fiz mal a Algernon?

Chase pegou a mão dela nas suas.

— Minerva, acho que você não fez, mas não é que eu saiba do jeito como você fala: um conhecimento fruto do melhor juízo. O diabo da verdade é o seguinte: percebi que não me importo se você matou aquele patife. Na verdade, uma parte de mim espera que você tenha feito isso.

CAPÍTULO VINTE

Chase deixou a casa de Minerva ao amanhecer e cavalgou até Park Lane.

Subiu as escadas de Whiteford House e entrou nos aposentos pessoais do duque. Caminhou a passos largos até as janelas da sala de estar e fechou as cortinas.

Uma névoa prateada pairava sobre Londres, obscurecendo a maioria dos telhados. Algumas lâmpadas da rua ainda brilhavam, pois ainda não tinham sido apagadas. Abaixo, os jardins e estábulos pareciam pouco mais do que manchas cinzentas. Enquanto ele observava, no entanto, o lento nascer do sol começou a definir mais as formas, delineando árvores e casas. A névoa lentamente se dissipou.

Ele olhou em direção ao nordeste. A ampla faixa de Oxford Street corria nas proximidades. Algumas ruas depois, uma abertura entre os telhados dos edifícios mostrava a localização de Portman Square. Um pouco a sudeste, surgia a abertura muito maior da Grosvenor Square e, além dela, Berkeley Square.

— O que diabos você está fazendo aqui?

Chase virou a cabeça e encontrou Nicholas semicerrando os olhos para ele enquanto amarrava um roupão ao redor do corpo.

— Estou pensando no tio Frederick.

Nicholas se aproximou e olhou para fora enquanto bocejava.

— A cidade é pacífica a esta hora. Quase linda.

Chase abriu a janela.

— Está ganhando vida, mas os sons ainda são distintos. À noite, há momentos de silêncio. Ele gostava desse silêncio. Gostava do mundo à noite.

— Teria sido melhor se ele não gostasse.

Chase já não estava pensando sobre a morte do duque, mas sobre sua vida.

— Ele caminhava à noite aqui. Você sabia? Assim como caminhava ao longo do parapeito em Melton Park. O criado pessoal dele fez um comentário sobre isso, e ele mesmo mencionou as caminhadas para mim.

— Posso vê-lo assombrando a escuridão.

— À noite, se houver lâmpadas acesas dentro das casas, dá para ver o interior ao passarmos. Mesmo aquelas com cortinas fechadas... muitas vezes é possível vermos lá dentro. Eu me pergunto o que ele viu, ou mesmo se notou.

Nicholas passou os dedos pelo cabelo.

— Escute, eu não disse nada ontem à noite porque não era a hora, mas como você está ficando nostálgico com o tio agora... estou preocupado com Kevin.

— Eu também. Seria melhor se ele deixasse a Inglaterra por alguns meses. Um homem tem melhor chance de justiça aqui do que em qualquer outro lugar, mas esta é a morte de um duque e, se não for chamada de "acidente", haverá aqueles em busca de uma resolução. — Azedava seu humor pensar nesse desdobramento, e em como, se de fato ocorresse, o acontecimento ficaria em sua consciência. A cada hora, ele travava a batalha do peso do dever versus família, versus amor.

— Se for necessário, ele pode saltar em um paquete.

Nicholas cruzou os braços.

— Você acha que há alguma chance de ele... Eu me recuso a acreditar nisso.

— Algum dia contarei a vocês os perigos de se recusar a acreditar naquilo que os fatos sustentam. Você perguntou se eu penso que há alguma chance. Sim, eu penso. No entanto, não *acredito* que haja chance. Porém, Kevin estará à mercê do que os outros acreditam e pensam.

— É uma situação maldita. Espero que não use contra mim o fato de eu ter arrastado você para isso.

— Você não me arrastou para isso. Eu já estava lá.

Nicholas se afastou, como se, assim, estivesse se distanciando também do assunto.

— A srta. Hepplewhite estava adorável ontem à noite. Muito vivaz.

— Acredito que ela se divertiu.

— Lorde Jennings comentou sobre o apetite saudável que ela demonstrou.

— Ela pagou caro pela autoindulgência. E ficaria constrangida em saber que outras pessoas notaram.

— Jennings ficou impressionado, não crítico. Quanto a mim, foi um elogio ao novo chef. Ele começou há poucos dias. A sra. Fowler disse que todos os seus velhos amigos se foram e ela não queria continuar porque não era a mesma coisa. — Ele caminhou sem rumo pela sala antes de desabar em uma poltrona. — Kevin perguntou sobre a srta. Hepplewhite. Duas vezes. Não consegui dissuadi-lo na segunda. Acho que ele a vê como uma mulher indecorosa elegível.

— O que você disse a ele?

— Você me avisou para me afastar enquanto ela era chamada de sra. Rupert, mas eu não sabia se você ainda a defendia. Eu diria "protegia", mas não quero insinuar nada.

— Diga a Kevin para destinar sua atenção à viscondessa. Ela adoraria devorá-lo um pedaço de cada vez.

Nicholas ergueu as sobrancelhas.

— Você se irrita facilmente quando se trata da srta. Hepplewhite. Presumo que isso significa que tudo o que a fez fugir de Melton Park foi resolvido. Vocês pareciam bons amigos ontem à noite.

— Não vou ficar com ela, se é o que você está tentando perguntar.

— Não estou perguntando isso, embora aquele vestido de baile fosse muito mais bonito do que o da mulher que visitou Melton Park poderia usar e eu acho que ela ainda não tem acesso à sua nova fortuna. Estou perguntando se devo alertar Kevin diretamente se ele perguntar sobre ela pela terceira vez.

— Diga para ficar longe dela. Maldição, diga a ele que vá para o inferno.

Ele *ficou* irritado e não sabia por quê. Aquele não era um simples ciúme obscurecendo sua mente. A natureza temporária do relacionamento que tinham o estava corroendo.

Eles compartilhavam prazer e uma profunda familiaridade. Trocavam confidências e, ele gostava de pensar, um afeto mútuo que tocava fundo em alguns momentos juntos. Ela era sua amante, mas não concubina, e ele não tinha direitos no que se referia a ela. Nenhum. Nem mesmo tinha o direito de repelir o interesse de seus primos. Ou de protegê-la de outras maneiras.

Nicholas seguiu para seu quarto de vestir.

— Mandarei o pajem avisar lá embaixo que você ficará para o café da manhã.

— Tenho uma pergunta antes de você começar a se vestir.

Nicholas se virou, esperando.

— Você encontrou algum ouro na casa? Moedas.

Nicholas pareceu surpreso, depois sorriu.

— Diabos, você é bom mesmo! Eu descobri uma grande reserva em Melton Park um dia depois que você partiu. Abri uma gaveta em um guarda-roupa sem uso que ficava fora do quarto de vestir e lá estava, atrás de um fundo falso. Guinéus a enchiam pela metade. Desfrutei de uma hora exultante de alívio antes de começar a me perguntar se eu tinha que informar ao advogado e entregar a quantia para o legado do tio.

— Você herdou as residências ducais e o conteúdo nelas. Isso era parte do conteúdo.

— Foi o que concluí. Era o suficiente para equilibrar as contas por pelo menos um ano. Como você sabia sobre isso?

— Dolores mencionou algo a respeito enquanto me contava uma velha história de família.

— *Uma fortuna que ele poderia levar porta afora.* Nas mãos. Pronta para levar. Seu tio poderia ter trazido o ouro apenas para o suborno, mas Chase não pensava assim. — Estarei na sala matinal quando você estiver pronto. — Ele gesticulou para o cômodo. — Provavelmente há mais aqui, em algum lugar. Não deve ser difícil de encontrar.

O anúncio de Minerva em nome da sra. Jeffers produziu resultados imediatamente. Uma carta chegou naquela mesma tarde. Uma carta anônima. Dizia que o homem que ela procurava, Douglas Marin, morava em Litchfield Street.

Grata por algo para distraí-la de sua preocupação sobre o que Chase tinha descoberto, na manhã seguinte, ela se vestiu com seu uniforme cinza, amarrou o laço do chapéu embaixo do queixo, deslizou a retícula sobre o braço e partiu a pé. Litchfield Street não ficava muito longe de sua casa. No entanto, ao caminhar rumo ao leste, a vizinhança rapidamente foi piorando, refletindo que ela estava se aproximando de Seven Dials, uma das regiões mais pobres e deterioradas da cidade.

O primo da sra. Jeffers devia estar sem sorte se morava ali e ficaria feliz em saber que sua prima o procurara e que desejava que fizessem as pazes. Houve ocasiões em que fazer investigações poderia resultar em coisas boas para as pessoas, e ela ficou animada que provavelmente fosse uma dessas.

Encontrar o local onde vivia o sr. Marin não demorou muito. Um menino brincando na rua apontou-o antes de correr atrás de seu amigo. Ela se aproximou dos degraus da frente enquanto uma mulher descia por eles.

— Perdão, mas a senhora é a sra. Marin?

A mulher começou a rir.

— Como se eu fosse me casar com um homem daquele. Existem muitos bêbados inúteis no mundo sem que a gente vá e se case com um deles.

O homem bebia. Minerva teria que deixá-lo sóbrio antes de conhecer a prima.

— Mas ele mora aqui. Estou correta?

A mulher apontou por cima do ombro.

— Bem ali. Primeira porta à direita, logo depois de entrar. Tenha o seu lenço à mão. O lugar fede. — Ela saiu andando e desceu a rua.

Quando uma mulher daquele bairro dizia que um quarto fedia, Minerva não questionava. Ela afrouxou o cordão da retícula para apanhar o lenço rapidamente. Então subiu os degraus, abriu a porta da frente e encontrou a primeira à direita.

Esperava que o sr. Marin já estivesse acordado àquela hora. Se ele bebia, talvez não estivesse. Mas então, se ele bebesse, quem sabia quando estaria acordado ou dormindo? Ela bateu na porta.

Sons vieram de dentro. Arranhões, baques e pelo menos uma blasfêmia. A porta se abriu uma fresta, e olhos vermelhos a espiaram.

O sr. Marin parecia mais jovem do que ela esperava, mesmo que a vida ruim o tivesse envelhecido antes do tempo. Cabelo loiro caía emaranhado em volta da cabeça, comprido e desgrenhado. Em pé, era um pouco mais alto do que ela. A sra. Jeffers dissera que eles brincavam juntos quando crianças, mas ela devia ser pelo menos uma dúzia de anos mais velha do que ele.

— Quem é? Alguma mulher reformadora?

— Não. Eu pareço uma?

— Um pouco. Não há necessidade da senhora aqui. Pode ir aos andares de cima. Há um homem lá com duas mulheres que precisam ser salvas. Eles fazem barulho demais a noite toda.

— Sr. Marin, não estou aqui para salvar ninguém. Eu vim...

— Como sabe meu nome? — Ele olhou para ela, desconfiado.

— Fiz investigações para encontrar o sr. Douglas Marin e obtive sucesso, creio. Se abrir a porta mais alguns centímetros, terei prazer em explicar o porquê. É do seu interesse me ouvir.

Ele fez uma careta, pensou a respeito, escancarou a porta e voltou para dentro do quarto. Minerva o seguiu. O odor a agrediu tanto que ela quase pegou o lenço. Em vez disso, ela o enfrentou e escolheu seu caminho em meio ao lixo alarmante que cobria o chão. Parou a três metros da entrada e notou com algum alívio que a porta permanecia aberta, permitindo a entrada de um ar melhor.

— Do meu interesse, a senhora diz. — O sr. Marin a encarou do outro lado do cômodo. — A menos que saiba de uma herança, não há muito que possa dizer que seja de meu interesse.

— Isso não é verdade. Talvez fique surpreso ao saber que sua prima, a sra. Jeffers, está procurando pelo senhor. Ela quer se reconciliar. — Minerva deu um grande sorriso e esperou que a alegria dele irrompesse.

Ele estreitou os olhos.

— Ela mandou a senhora?

— Mandou. Ela me contratou para encontrá-lo.

— Não bastou me arruinar, agora ela tem que me pisar em mim, hein? E se eu não quiser ser encontrado? Já pensou nisso?

— Há momentos em que uma pessoa não deseja ser. No entanto, é família. Certamente ter uma família de novo é melhor do que isso. — Ela olhou consternada pelo quarto ao seu redor.

— Para mim está bom. — Ele andou de um lado para o outro, agitado e irritado. — A senhora é uma encrenqueira, nada mais. Problema para mim, isso é certo. Minha prima não quer me trazer para o seio familiar, mulher. Ela espera terminar o que começou e o que me trouxe para cá.

O que ele falava não estava fazendo sentido, mas claramente ele não apreciava a intrusão. A bebida o tinha enlouquecido e Minerva só pioraria as coisas.

— Vou deixá-lo, já que o senhor está contente como está. — Ela se virou e caminhou em direção à porta.

— Vai, uma ova. Não vou permitir que diga a ela onde estou.

Os instintos de Minerva gritaram em alerta. Ela se virou para ver um borrão de movimento. Um golpe atingiu sua cabeça, tão forte que ela cambaleou. O choque a imobilizou. A porta bateu, bloqueando sua passagem.

Da próxima vez, reaja. Ela manteve o equilíbrio, mas por pouco, e pôs então a mão dentro da retícula. Ele foi para cima dela, enlouquecido, com o que parecia ser a perna de uma cadeira levantada acima do ombro. Ela o viu através do sangue e quase desmaiou. Encontrando alguma força, deu um passo à frente e o arranhou no rosto com alfinetes de chapéu.

Sentindo a visão turva, ela o deixou gritando e abriu a porta. Cambaleou para fora do prédio antes que suas pernas se tornassem líquidas, e ela caísse com o traseiro no meio da rua. Seu último pensamento foi que provavelmente seria atropelada por uma carruagem.

Chase estava sentado na biblioteca que servia como seu escritório, transferindo os pensamentos para o papel. Fingiu estar escrevendo um relatório no exército e alinhou os fatos e as evidências de acordo com aquele protocolo. No entanto, percebia certos furos, embora não previsse muitos problemas em preenchê-los. Ele sabia como tudo tinha acontecido. Sabia de maneiras que os fatos nunca provariam.

Uma batida lá embaixo mal penetrou em sua concentração. Quando essa batida chegou até sua própria porta, ele direcionou a atenção. Brigsby correu para a porta, não satisfeito. Momentos depois, Jeremy invadiu a biblioteca.

— Precisa vir imediatamente. Não pode haver demora. Tenho uma carruagem esperando lá fora.

Olhando Jeremy, parecia que o exército francês fora avistado na barreira de pedágio mais próxima. Com o rosto pálido, ele o encarava, os olhos arregalados e temerosos, parecendo-se muito com o menino que tinha sido recentemente.

— É Minerva. Ela foi ferida. Ela foi...

Um momento de choque e então Chase se moveu rápido, passando por Jeremy às pressas.

— Conte-me no caminho.

Eles pularam na carruagem e Chase disse ao cocheiro para usar toda a velocidade possível. A carruagem sacolejava o suficiente para provar que seu comando tinha sido ouvido.

— O que diabos aconteceu?

Jeremy umedeceu os lábios.

— Eles a trouxeram para casa. Carregada. Ela sofreu um ferimento na cabeça. Há muito sangue.

— Quem a trouxe? Onde ela foi encontrada?

— Eu não estava lá. Mamãe disse que ela tinha cartões de visita na bolsa e eles a levaram para aquele endereço. Uma carroça, eu acho. Mamãe está cuidando dela e me mandou buscá-lo quando voltei. Disse para lhe contar que ela foi atacada durante uma investigação.

Chase abriu a portinhola e disse ao cocheiro para ir mais rápido.

— Ela estava sozinha em uma investigação perigosa? Por que você não foi com ela?

— *Eu não estava lá.* Hoje eu estava ajudando nos estábulos. Eles me pediram para vir por causa de um dos homens deles... Então eu não estava lá. Minha mãe disse que Minerva recebeu uma carta pelo correio e partiu logo após o café da manhã. Um desfecho fácil, ela disse à minha mãe. Não achou que seria perigoso. Ela não teria ido sozinha se achasse.

O pior perigo acontece quando não se espera.

— Quem fez aquilo? A carta ainda está na casa?

— Não sei. — Jeremy firmou a voz e o olhar. — Ela não é estúpida ou descuidada. Se pensar em censurá-la, pode sair agora.

Aquele moleque o estava repreendendo? Ele quase rosnou um palavrão em resposta, mas se conteve. Nenhum deles, muito menos Minerva, precisava dele com o sangue quente. Isso poderia esperar outra hora e outra pessoa.

— O que importa é que ela tenha o melhor atendimento, que se recupere.

A carruagem cambaleou pelas ruas e cruzamentos. Ele e Jeremy sacudiam ali dentro. Quando enfim pararam em Rupert Street, os dois saíram em questão de um instante.

— Espere aqui — Chase ordenou ao cocheiro por cima do ombro. — Onde ela está? — acrescentou enquanto corriam até a porta.

— Biblioteca.

Ele parou do lado de fora da biblioteca, acalmando-se para não parecer um louco. Então virou a trava e entrou.

Beth estava sentada ao lado do divã, olhando para o estofamento. Chase deu a volta para ver Minerva deitada ali, pálida e meio despida. Um chapéu ensanguentado havia sido jogado no chão e uma peliça cinza em ruínas, pendurada em uma cadeira próxima. Uma compressa cobria sua testa, e uma tigela de água repousava em uma pequena poça no chão.

— Ferimento na cabeça — disse Beth. — Costumam sangrar muito. Eu o estanquei e coloquei um cataplasma. Acho que ficará uma cicatriz. Foi um ferimento grave, sr. Radnor. Feio. Como se alguém tivesse batido nela com um porrete.

Ele puxou uma cadeira de madeira e sentou-se ao lado de Beth. Jeremy hesitava ali, atrás do divã.

— Onde eles a encontraram? — Chase tocou na mão mole de Minerva. Fria demais.

— Na rua. Bem no meio da rua. Ela foi vista sentada lá e então caiu. Pensaram que estava bêbada, até alguém notar o sangue. Ela ainda estava segurando isto. — Beth estendeu a mão para a cadeira onde a peliça estava pendurada e ergueu dois longos alfinetes prendedores de chapéu. — Deve ter usado contra quem fez isso com ela e depois fugido.

Ele olhou para aquelas miniaturas de floretes. *Bom para você, Minerva.*

— Ela abriu os olhos?

— Um pouco, algumas vezes. Acho que está dormindo, não inconsciente. Ela me reconheceu; considero um bom sinal. Aqueles que a trouxeram disseram que ela parecia inconsciente no início, mas se mexeu enquanto estava na carroça.

Ferimentos na cabeça podiam ser perigosos, com danos invisíveis. O sangue no rosto e nas roupas de Minerva era o que menos importava.

— Vou mandar chamar um cirurgião do exército, Beth. Eles veem mais esse tipo de coisa do que qualquer outra pessoa. Vou enviar também um médico.

Beth removeu a compressa e mergulhou-a na água novamente.

— Pensei que isso já chegara ao fim para mim. Pensei que nunca mais veria.

Ele segurou firme no ombro dela como forma de consolo e foi até a escrivaninha. Escreveu um bilhete apressado e chamou Jeremy.

— Leve a carruagem para fora e leve isto ao duque de Hollinburgh, em Park Lane. Deixe claro aos criados que o recado foi enviado por mim, e que ele deve recebê-lo imediatamente. Espere para ver se ele precisa de você. Se não precisar, quando você voltar, diga ao cocheiro para esperar novamente. — Tirou algumas moedas do bolso. — Use o que precisar com ele.

Jeremy saiu correndo. Chase voltou para o divã e vasculhou suas memórias em busca de imagens de homens feridos daquela forma em batalha. O que os cirurgiões tinham feito?

— Ajude-me a levantar um pouco a cabeça, Beth. Em seguida, feche as cortinas. Vamos esperar os médicos antes de a levarmos para o quarto, só por precaução, caso isso não seja recomendado.

Juntos, deixaram Minerva o mais confortável possível. Ela abriu os olhos, apenas uma fenda, enquanto Beth colocava travesseiros sob a cabeça e os ombros. Ela olhou para seu corpo e, em seguida, para Beth.

— Meu vestido está arruinado — murmurou.

Beth quase chorou.

— Isso não tem importância.

— Como aconteceu? — Ela fez uma careta e pressionou os dedos na testa. — Estou com dor de cabeça.

Chase se ajoelhou ao lado do divã e olhou nos olhos dela.

— Você foi ferida, Minerva. Você se lembra?

Ela balançou a cabeça.

— Então não tente. Não agora. Feche os olhos e descanse.

Beth refez a compressa e colocou na cabeça de Minerva. Esta suspirou como se a sensação fosse agradável. Ela estendeu a mão, cegamente.

— Você vai ficar aqui um pouco, Chase? Dói muito, mas, se você estiver aqui, consigo ser corajosa.

Ele envolveu a mão dela entre as suas.

— Eu ficarei, e você não precisa ser corajosa. Não por mim, querida. Não por Beth.

Lágrimas escorreram das pálpebras dela.

— Querida Beth. Pobre Beth. Sou uma provação para ela. Ela deveria ter ido embora.

Beth ficou rígida. Seu rosto esmoreceu.

— Você é como uma filha para mim. Ninguém mais cuidará de você, se depender de mim.

Chase ergueu a mão, pedindo o silêncio de Beth.

— Ela quer cuidar de você.

Minerva assentiu vagamente.

— Não é justo com ela. Com Jeremy. Viver sob o teto de um homem desses para cuidar de mim.

Ela não estava falando sobre o presente, e isso era doloroso.

— Você os afastou daquilo. O que você sente agora foi feito por outro homem — explicou Chase.

Minerva franziu a testa, abriu um pouco os olhos e olhou para ele. Sua mente atordoada parecia estar tentando organizar as informações.

— Agora descanse. Durma, se puder. — Ele se levantou, se inclinou e a beijou.

Ela pareceu pegar no sono, então. Beth voltou a trabalhar na compressa.

— Ela vai atravessar esse momento — disse, beligerante. — Já passou por coisas piores, não passou? Ela logo estará bem, você verá. Não é uma mulher delicada.

— Você tem alguma sopa já pronta, Beth? Deve haver algo se ela quiser comer.

Beth colocou as mãos nos joelhos.

— Eu só tinha começado a cozinhar, mas poderia fazer sopa. A questão é que sou necessária aqui.

— Acho que ela vai dormir um pouco. Vou ficar sentado aqui com ela. Prometo chamá-la se precisarmos de você.

A hesitação de Beth demonstrava que ela estava dividida. Por fim, ela se levantou.

— A água ainda está fresca, então você molha o pano novamente a cada dez minutos, mais ou menos. Se ela acordar, afofe os travesseiros de novo. É só me chamar que virei ajudar. Não vá beijá-la nem nada disso. Não é a hora nem o lugar para isso.

Ele deixou que ela lhe desse um sermão sobre mais alguns pontos antes que se arrastasse com passos pesados até a porta.

Ele se sentou e tentou não gastar cada segundo da meia hora seguinte examinando Minerva em busca de provas de que ele não precisava se preocupar tanto quanto se preocupava.

CAPÍTULO VINTE E UM

Vozes. Conversando perto dela. Ao redor dela. Quase sussurrando. Mesmo assim, os sons fizeram a dor de cabeça gritar.

Ela ficava querendo abrir os olhos, mas não ousava. Mesmo olhar para muito longe doía. Apenas ficar deitada ali, sem se mover, sem falar, parecia deixá-la melhor.

Outra voz. A de Chase.

Há médicos aqui, Minerva. Eles vão examinar você. Por favor, deixe que examinem.

Toques na cabeça onde a dor cravava em seu couro cabeludo. Depois, nas têmporas. Uma ordem baixa lhe disse para abrir os olhos. Ela obedeceu e olhou para o rosto redondo e rosado de um homem rechonchudo de óculos.

Outro rosto apareceu ao lado dele. Cabelo grisalho. Rosto mais fino. Olhando de perto, bem em seus olhos, mas não olhando para ela tanto quanto através dela.

Em geral, ela tem dormido, o senhor disse? Só ficou inconsciente por pouco tempo?

Pelo que entendo, sim. Tenho quase certeza de que ela não perdeu a consciência nas últimas duas horas.

Que bom. Que bom. Mais olhares atentos. E ela sabia quem o senhor era? Sem confusão?

Apenas um pouco sobre o que tinha acontecido.

Isso é comum. Em alguns dias, ela se lembrará de mais.

Os dois rostos se afastaram e se tornaram cabeças presas a dois corpos. Uma cabeça se inclinou na direção da outra. Mais sussurros. Os corpos se viraram e o homem gordo se dirigiu a outra pessoa que estava atrás da cabeça de Minerva. Como ninguém parecia se importar se ela mantivesse os olhos abertos ou não, ela os fechou novamente.

Ela teve sorte. Um homem mais alto, mais forte, e o ataque poderia ter sido fatal. Mesmo assim, ela deve descansar. Pelo menos uma semana. Na cama. Sem ler. Pouca luz. O mínimo de ruído possível. Pode movê-la daqui, se tiver muito cuidado ao carregá-la. Se ela não se recuperar em uma semana, teremos outra conversa. O som de passos se afastando.

Foi sensato chamá-lo. Não precisava de mim com a experiência dele à sua disposição. Ele já viu os efeitos de artilharia, de espadas e de coronhadas de mosquete.

Eu o agradeço por vir de qualquer maneira.

Quando um duque manda chamar um médico da realeza, o médico normalmente obedece. Uma pausa. *Esposa dele?*

Não.

Ah. Caso não seja óbvio, devo dizer que não deve haver interação sexual nesta semana de descanso.

Eles se afastaram e ela não ouviu mais nada. Permaneceu um pouco consciente, mesmo enquanto os sonhos começavam a se reunir. Ela soube quando Beth voltou só pelos passos e pensou ter ouvido Jeremy sussurrando ao longe.

Dois braços deslizaram embaixo dela. Seu corpo se levantou. Ela forçou os olhos a se abrirem, viu o rosto de Chase perto do seu e sentiu a cabeça repousar no braço dele.

— Eu me sinto muito melhor quando você me abraça — sussurrou ela.

Ele sorriu, mas a testa permaneceu franzida e os olhos, severos.

— Fui imprudente, Chase. Não investiguei de maneira suficientemente profunda o motivo de a sra. Jeffers procurar o primo. Achei que fosse para uma reconciliação que ele aceitaria. Só que ele não queria ser encontrado.

— Não pense nisso agora. Não pense em nada.

Ela realmente se sentiu melhor nos braços dele, daquela forma. Ela fechou os olhos novamente e flutuou na força dos braços dele.

Chase esperou na biblioteca enquanto Beth despia Minerva e tentava alimentá-la com um pouco de sopa. Dedilhava um pequeno papel e um cartão, impaciente para que Jeremy voltasse. Ele o enviara a Bury Street para buscar sua própria carruagem. Assim que chegasse, tinha algo importante a fazer.

Beth desceu as escadas logo que Chase ouviu os cavalos do lado de fora. De onde ele estava sentado na biblioteca, viu Jeremy entrar e depois se afastar. Beth parou no meio do caminho e ficou olhando.

— Ele insistiu em vir — contou Jeremy. — Recusou-se a ouvir minha explicação do que era desejado.

Beth cruzou os braços.

— Quem seria o senhor?

— Brigsby. Estou aqui para servir ao cavalheiro que é meu empregador. — Com isso, deu passos à frente e entrou na linha de visão de Chase, quase cara a cara com Beth.

Brigsby havia assumido seus modos mais arrogantes. Beth parecia ter visto um homem que precisava diminuir um pouco todo aquele orgulho.

— Seu cavalheiro lhe disse para vir aqui? Não, ele não disse. Ouvi com clareza o que ele mandou Jeremy fazer, e não era para buscar *o senhor*.

— O pedido feito por este jovem não fazia sentido. "Envie uma valise com camisas limpas." Como se isso bastasse para uma viagem. — Ele ergueu uma valise pendurada no braço direito. — Vou me certificar de que seja o suficiente, e se não for eu voltarei e...

— Ele não vai viajar, seu tolo. Ele simplesmente não vai para casa. Entregue essa valise e depois volte para o lugar de onde veio para não ficar no meio do caminho. — Ela se afastou, balançando a cabeça. — Como se precisássemos de camareiros e esse tipo de coisa aqui.

— Não sou um camareiro — disse Brigsby para as costas dela. — Sou um funcionário hábil em muitas responsabilidades. Se necessário, posso desempenhar suas funções melhor do que a senhora.

Beth parou, endireitou-se e girou.

Brigsby olhava-a de nariz empinado, mesmo sem tentar. Naquele momento, no entanto, foi de propósito.

— Sou cozinheiro, por exemplo. Também administro a casa do meu cavalheiro. Tudo o que ele exige, eu faço por ele. — Brigsby ergueu a valise e moveu-a para cima e para baixo. — Por favor, mostre-me onde estão os aposentos dele, para que eu possa acomodá-lo.

Beth voltou para Brigsby com um desejo homicida nos olhos.

Chase achou que era um bom momento para tossir. Ambos viraram a cabeça, assustados. Brigsby se recuperou primeiro.

— Ah, aí está, senhor. Trouxe o que precisará. — Ele carregou a valise para dentro enquanto Beth desaparecia. Jeremy permaneceu na porta, cruzou o olhar de Chase e indicou a rua com um gesto. Chase o informou de que esperasse o momento oportuno.

Ele abriu a valise; ele realmente enviara uma lista incompleta com Jeremy, já que seus pensamentos estavam focados em pouco além de Minerva. Brigsby havia trazido as camisas, mas também uma pilha de gravatas limpas, um colete extra, roupas de baixo e utensílios de higiene pessoal. Era o suficiente para uma viagem de cinco ou seis dias, não cerca de uma noite em uma casa no meio da cidade.

— Sua pistola e um pouco de munição estão embaixo de tudo — falou Brigsby, discretamente. — O senhor costuma levá-la quando viaja, então achei que deveria trazê-la também.

— Acho que não vou precisar, mas você não saberia, por isso seu preparo atencioso é compreensível. — Ele fechou a valise e colocou-a de lado.

— Essa mulher parece achar que devo ir embora, senhor. — Brigsby mostrava-se tão impassível como sempre. — Se esse for seu pedido, partirei agora.

— Isso terá que esperar até meu retorno. Precisarei da carruagem por algumas horas.

— Se me disser onde fica seu quarto de hóspedes, vou desfazer suas malas enquanto espero.

— Não faço ideia de onde ficam os quartos. Talvez eu fique aqui mesmo nesta biblioteca. Pergunte a Beth. Ela é a mulher com quem você acabou de falar.

A boca de Brigsby se contraiu.

— Devo me dirigir a ela como Beth, senhor?

— Considerando que acabaram de se conhecer, talvez seja melhor chamá-la de sra. Shepherdson. Ela está lá embaixo na cozinha agora, mas preferiria estar lá em cima com a srta. Hepplewhite, então pode se oferecer para preparar o jantar para a família no lugar dela. Talvez assim ela decida que você não é um incômodo.

As sobrancelhas de Brigsby se ergueram um pouquinho. Chase o contornou e foi até a porta.

— Venha comigo, Jeremy. Temos uma pequena tarefa a resolver.

Jeremy pegou a carruagem.

— Se formos para onde eu acho que vamos, poderia levar essa pistola.

Chase entrou.

— Se eu levar, provavelmente vou usá-la no patife. Encontre-se com o cocheiro e certifique-se de que ele não perca tempo.

— ... então o duque mandou chamar um médico da realeza, que era o outro homem aqui, aquele com o rosto comprido e magro. É útil ter um parente duque. Eu poderia me beneficiar. — Beth continuava conversando, seu ânimo se elevando a cada minuto. Minerva observava de sua cama no quarto iluminado por apenas uma lamparina. A dor de cabeça tinha quase passado, mas Beth insistia em colocar compressas úmidas na testa a cada poucos minutos. Podia sentir o repuxar do cataplasma em algum lugar no alto da cabeça, acima do olho esquerdo. Não havia sangue fresco, mesmo quando ela exigiu que Beth a ajudasse a sentar-se mais ereta.

Terminou o resto da sopa e do pão e ergueu a bandeja.

— Estava uma delícia. Obrigada. Amanhã talvez eu coma algo mais substancial. Estou com um pouco de fome.

— A sopa não foi toda minha. Aquele camareiro a terminou. "Onde estão suas ervas?", ele ficava perguntando. "Onde está seu creme? Onde está sua pimenta?" Eu o deixei descobrir sozinho, já que ele é tão especial.

— Se Brigsby está aqui, onde está Chase?

Beth se levantou, pegou a bandeja e se virou para colocá-la sobre a mesa. Ela mexeu nos pratos.

— Imagino que voltará logo. Talvez tenha ido falar com o primo.

Depois de muito tempo fitando a mesa, Beth voltou para sua cadeira ao lado da cama. Colocou a mão na tigela para pegar um pano recém-umedecido.

— Chega, por favor. — Minerva retirou o pano que ainda estava pingando água em seu nariz. — Acho que não preciso mais disso. Na verdade, acho que não preciso mais ficar nesta cama.

— Já que é de noite, onde mais você estaria?

— Fazendo algo diferente disso. Não estou nem um pouco cansada;

dormi o dia todo. Não sou uma inválida. Fiquei bem chocada e muito abalada, mas agora já me recuperei. — Ela jogou as roupas de cama para o lado. — No mínimo, vou me sentar em uma cadeira, não nesta cama, e acender mais lamparinas para poder ler.

— Você deve ficar na cama — disse Beth, impedindo-a de se levantar ao pôr seu corpo na frente. — Dois médicos deram essa recomendação. *Dois.*

— Oh, e o que eles sabem?

— Mais do que você.

— Vou enlouquecer se tiver que ficar aqui quando nem estou cansada. Agora, afaste-se para que eu possa...

— O que você pensa que está fazendo?

Ela paralisou. Não era a voz de Beth, mas a de Chase.

Ela olhou para cima e o viu na porta de seu quarto, olhando para dentro. Parecia cansado, desalinhado e nada feliz.

— De volta para a cama, Minerva. — Ele entrou. Beth deu a ela um olhar de autossatisfação e saiu com a bandeja.

— Não é necessário.

— Repouso na cama. Uma semana. Os médicos foram explícitos. — Ele ergueu a roupa de cama e gesticulou. Ela colocou as pernas de volta sobre o leito e socou a colcha.

Ele se sentou na cadeira.

— Apesar disso, sua inquietação é um bom sinal.

Não foi apenas inquietação que ela experimentou naquele momento, mas também um aborrecimento intenso.

— *Você não descansou na cama depois de levar uma pancada na cabeça, então por que eu deveria?*

— Aquilo foi diferente.

— Não foi. De forma alguma.

— Você sangrou profusamente.

— Você sangrou o suficiente. Ferimento na cabeça, você disse. Sempre sangram muito, você disse.

Ele tentou parecer compreensivo, mas apenas pareceu severo.

— Você estava inconsciente. Poderia haver danos internos na sua cabeça.

— Você estava inconsciente. Não se preocupou com danos internos na sua cabeça?

— Eu sabia que não havia nenhum. E fiquei inconsciente por apenas alguns instantes.

— Foram muitos instantes. E se você sabia que não havia danos, eu também posso saber. Minha dor de cabeça já quase passou, e a luz não me incomoda. Observe, vou olhar diretamente para a lâmpada. — Ela fez exatamente isso. Chase estendeu a mão e afastou o objeto para impedi-la.

— Estou dizendo que não é a mesma coisa — ele repetiu com firmeza.

Minerva socou a colcha novamente.

— Não é a mesma coisa porque eu sou mulher, é o que você quer dizer.

— Exatamente. Também porque se algo acontecesse porque você ignorou o conselho dos médicos, eu nunca me perdoaria. Portanto, conceda-me esse favor e faça como lhe foi dito.

Ela não gostou, mas ele tinha uma aparência que não encorajava mais rebeliões.

— Vou ficar descansando na cama por três dias. No entanto, se depois disso eu voltar a ser eu mesma e não tiver dores nem nada mais, decidirei que estou totalmente recuperada e quero que você também o admita.

Ele fechou os olhos procurando ter paciência, mas concordou, balançando a cabeça.

— Agora, por favor, traga a lamparina de volta para perto da cama para que eu não fique nas sombras.

Ele soltou um grande suspiro, mas o fez.

Minerva pegou a mão dele nas suas. Os nós dos dedos pareciam vermelhos.

— Onde você estava?

— Por aí.

Ela passou o polegar sobre aquela vermelhidão.

— Você o matou?

— Não. — Ele apertou a mão dela. — Levei Jeremy. A missão dele era garantir que eu não o matasse, por mais que eu quisesse. Houve alguns socos, no entanto, para subjugá-lo.

Imaginou-o entrando naquele quarto fétido, endurecido e zangado, com Jeremy ao seu lado. O sr. Marin deve ter entrado em pânico ao ver dois homens em busca de vingança.

— O que você fez com ele?

— Dei uma escolha. Ele poderia entrar na carruagem que o esperava, que o levaria ao estabelecimento no campo onde a prima esperava que ele pudesse ser tratado. Ou ele entraria em outro, e seria levado ao magistrado para responder por tentar matá-la.

— Acredito que ele escolheu ir para o campo.

— Como eu disse, houve troca de socos. Tenho certeza de que, quando acabou, ele concordava comigo que seria a melhor decisão.

Minerva o observou novamente.

— É melhor não deixar Brigsby vê-lo, se ele ainda estiver aqui. Ele vai insistir em lhe dar banho e cuidar de você até seu último suspiro se ele tiver chance.

— Foi por isso que vim direto para cá. Por isso e para que eu pudesse ter certeza de que você não estava sendo desobediente. O que você estava.

— Era sua intenção ficar vigiando a noite toda para ter certeza de que eu não saísse daqui?

— Minha intenção era ficar aqui a noite toda e colocar compressas geladas na sua cabeça. Não esperava encontrá-la tão recuperada.

Ela olhou para o próprio corpo, que formava ondulações sob a roupa de cama.

— Você não tem que se sentar naquela cadeira. Recebi ordens para ficar na cama; não me mandaram ficar na cama sozinha.

Ele riu um pouco.

— Infelizmente, recebi ordens de não importuná-la. Foi a última coisa que o médico disse antes de sair.

— Dormir ao meu lado não é me importunar. Tenho certeza de que vou me recuperar mais rápido se você me abraçar. — Ela se afastou um pouco na cama. — Não é grande, mas deve caber.

— Tenho certeza de que cabe. — Ele se levantou e tirou a sobrecasaca e o colete. Afrouxou e tirou a gravata. Depois de descalçar as botas e apagar a lamparina, ele se deitou ao lado dela.

— Você poderia entrar embaixo do lençol comigo.

— Beth decerto virá ao raiar do dia para tomar meu lugar ao seu lado. Melhor não. — Ele se virou e deslizou o braço por baixo, para poder abraçá-la. A sensação era insuportavelmente boa, como se o gesto fizesse toda a feiura do dia ir embora.

— Percebi uma coisa hoje — iniciou ela. — Enquanto aquilo estava acontecendo, lembrei-me de algo que havia esquecido. Estava simplesmente ali, na minha cabeça.

Ele bocejou e se virou de bruços.

— E o que foi?

— No dia em que recebi aquele dinheiro, ele me disse algo. O garoto que o trouxe. Esqueci quase imediatamente, mas, quando entregou a caixa, ele deu um recado: "Disseram-me para avisá-la: da próxima vez, reaja". Ouvi esse alerta na mente hoje. E eu me pergunto...

— O quê?

— Eu me pergunto se quem mandou aquele dinheiro sabia o que estava acontecendo em nossa casa.

— Acho que sabia. Eu até acho que sei como. Ele tinha que saber.

— Porque senão ele não teria me dado aquele dinheiro?

— Porque, quando ele morreu, deixou a você o suficiente para cuidar de si.

Ela olhou para o teto. A ideia não a chocou tanto quanto deveria.

— Foi o duque, você acha.

— Tenho quase certeza. É a única conexão possível que encontrei entre vocês dois.

— Por que você não me disse isso?

— Eu ia dizer, mas você levou uma pancada na cabeça e isso acabou se tornando um assunto para outro dia. — Ele bocejou novamente. — Ainda é. Agora durma.

Ela fingiu, mas não dormiu. Chase, no entanto, logo pegou no sono ao lado dela. Minerva ficou ouvindo a respiração e abraçou o braço que a envolvia, pensando nas emoções pungentes que aquela presença despertava nela sempre que ele mostrava o quanto se importava.

CAPÍTULO VINTE E DOIS

— Exijo permissão para sair deste quarto.

Minerva falava com determinação. Seus olhos fulguravam. Beth se virou para Chase, estendendo as mãos como uma mulher atormentada por grandes problemas.

— Chamei-o para falar com ela e lhe dar um pouco de juízo.

Chase encarava Minerva do outro lado do quarto, a cama que eles compartilharam por duas noites agora perfeitamente arrumada e lisinha. Ela usava o vestido de casa que ele havia comprado para ela e tentara pentear o próprio cabelo. Um de seus conjuntos estava estendido na cadeira. Chase duvidava de que Beth o tivesse colocado ali.

Ela parecia estar em seu normal. Além do hematoma em torno do cataplasma no alto da testa, nada parecia errado. Todas as suas atitudes falavam de sua irritação pelo confinamento. No máximo, poderiam segurá-la ali por mais um dia. Depois disso, ela poderia muito bem amarrar lençóis uns nos outros e fugir pela janela.

— Você concordou que, depois de três dias, se eu me sentisse recuperada, poderia deixar de ser uma inválida — argumentou.

— Eu menti, para garantir que você descansasse pelo menos três dias. No entanto, se você prometer fazer do meu jeito, talvez possa deixar este quarto por um curto tempo.

Beth abriu a boca para protestar, mas fechou-a com a mesma rapidez. Minerva olhou para ele como se para ver se estava tentando enganá-la.

— Qual é o seu jeito?

— Você só vai descer as escadas comigo. Poderá tomar um pouco de ar no jardim se você se agasalhar bem. E pode ir dar um passeio de carruagem comigo esta tarde e fazer uma curta caminhada se jurar que vai admitir quando estiver cansada ou se a qualquer momento estiver sofrendo o mínimo que seja.

— Seu jeito não parece muito divertido.

— A alternativa é trancá-la aqui dentro.

— Você não se atreveria.

Chase não disse nada em resposta. Ela avaliou o humor dele com um longo olhar.

— Tudo bem, mas é muito injusto. Você pode levar uma pancada na cabeça e ainda continuar com seus assuntos, mas, se eu levar uma pancada na cabeça, torno-me inválida. Beth, ajude-me a me vestir melhor. Pretendo tomar o café da manhã lá embaixo.

Chase saiu enquanto elas cuidavam disso, então acompanhou Minerva escada abaixo, procurando qualquer indicação de que ela não estivesse com o equilíbrio perfeito. Na pequena sala matinal, a mesa posta esperava. Ela se serviu de um prato cheio e, em seguida, sentou-se para desfrutar de sua liberdade.

Chase se juntou a ela. Assim que se acomodou, Brigsby chegou e pousou na mesa uma pilha alta de correspondências e o jornal. Chase já havia verificado duas cartas quando percebeu o que acabara de acontecer.

— Como você conseguiu isso?

— Mandei o rapaz buscá-las.

— Jeremy não é seu lacaio, Brigsby.

— Ele não se importou de ir. Eu disse que ele poderia levar sua carruagem e lhe dei autorização para permitir que a moça também fosse.

— *Você* deu a *sua* autorização?

— O senhor estava ocupado. Achei imprudente incomodá-lo. — Uma pequena tosse pontuou o orgulho que sentia de sua discrição.

— Moça? — Minerva perguntou.

— A srta. Turner. Ela visita de vez em quando. Eu os vi conversando ontem no jardim, e achei que ela gostaria de dar uma volta na carruagem.

— Brigsby foi buscar o café e o serviu em ambas as xícaras. — O senhor precisava de uma sobrecasaca nova, depois do desastre que aconteceu com a que tínhamos aqui. Pedi ao jovem que fosse buscar a sua azul e cuidasse da correspondência enquanto estivesse lá. O jornal, eu mesmo saí e comprei.

Satisfeito por seus deveres matinais terem sido concluídos de maneira satisfatória, Brigsby deixou o aposento.

— Jeremy e Elise? — disse Minerva.

— Eles moram perto um do outro, trabalharam juntos em Whiteford House e agora também para você. Não é de surpreender que tenham feito amizade. Decerto você não desaprova.

— Se houver algo mais aí, pode complicar minhas investigações.

— De que forma?

— Jeremy pode se tornar protetor e se preocupar com ela. Pode interferir nas tarefas que tenho para ela se achar que ela estará em perigo, mesmo que seja o mais leve perigo.

Chase olhou mais correspondências, formando suas pilhas. Então viu uma carta de Peel. Maldição.

— Tenho certeza de que isso não vai acontecer. Ele é bastante razoável e, de qualquer maneira, você nunca a colocaria em perigo.

Ele estava quase terminando a correspondência quando percebeu o silêncio que pairava do outro lado da mesa. Ergueu os olhos e encontrou Minerva observando-o com elevado ceticismo. Rapidamente repassou a breve conversa na mente para ver se tinha algo que houvesse provocado aquela expressão.

— Fico feliz que você tenha certeza de que Jeremy não se tornará superprotetor. Se acha que essa é a resposta de um homem razoável, tenho certeza de que agora não se tornará superprotetor em relação a mim.

Isso é diferente. De fato, não era, mas na verdade era. Não tinha intenção de ser descuidado em relação à segurança dela e planejava totalmente garantir que ela também não o fosse. Aquele, entretanto, não era o melhor momento para abordar o assunto, ou a pequena lista de mudanças em seus hábitos em relação a indagações que garantiriam que ela nunca mais sofresse de nenhuma forma.

Quando ele não conseguiu reagir de outro modo além de sorrir, Minerva trouxe à baila o assunto de suas atividades diárias.

— Não quero ficar sentada no jardim a manhã toda. Quero que me explique o que comentou há duas noites, sobre ter quase certeza de que o duque era meu benfeitor. Você disse que era assunto para outro dia. Bem, aqui estamos nós em outro dia.

Ele olhou pela janela e verificou o tempo.

— Faremos o passeio de carruagem agora, não hoje de tarde. Será mais

fácil mostrar o que quero dizer do que apenas explicar com palavras.

Ela terminou a refeição rapidamente.

— Vou buscar meu chapéu e capa e voltarei em breve.

Ele chegou à porta antes dela.

— Vou pegá-los. Sente-se aqui e não chegue perto das escadas. — Ele apontou para a escada, ouvindo um longo suspiro atrás de si.

— Eu gosto dessa carruagem — comentou Minerva. — Estou muito confortável aqui. — Confortável até demais. Não apenas ela estava envolta em sua capa, mas Chase a tinha coberto com uma manta de carruagem. Estava agora sentado em frente a ela enquanto seguiam para o oeste.

— Você deve me dizer se o balanço ou o sacolejo, de alguma forma...

— Sim, sim, eu sei. E, da próxima vez que levar uma pancada na cabeça, você deverá me dizer se, de alguma forma, viajar de carruagem, ou a cavalo, ou caminhar, ou ler, ou qualquer outra coisa lhe causar desconforto.

Chase não gostava das referências repetidas que Minerva fazia de suas restrições injustas, e agora isso transparecia nos olhos dele. Ela só voltou ao assunto porque tinha certeza de que ele começaria a ser um problema e tentaria baixar decretos sobre seus movimentos e decisões.

Seria praticamente impossível manter suas investigações se tivesse que dar satisfações a ele sobre cada movimento seu. Não tinha intenção de se explicar dessa forma — com ninguém. A preocupação e o cuidado de Chase a tocavam profundamente, mas ela não ousava permitir que nenhuma das duas coisas a enfraquecesse.

Fora imprudente, ela era capaz de admitir. A sra. Jeffers não tinha sido tão aberta sobre sua história com o sr. Marin quanto seria sensato. Poderia ser desculpada por presumir que se tratava de uma reconciliação que um homem vivendo naquelas condições fosse receber bem. Porém, ela soube quando o viu, naquele primeiro momento, que deveria ter dado atenção a seu bom senso, que lhe disse para bater em retirada.

Se estivesse totalmente atenta ao assunto em questão, ela poderia ter feito isso. Um mês antes, ela provavelmente teria fingido encontrar a porta errada ou usado alguma outra desculpa para dar as costas e sair. Em vez

disso, pelo menos metade de sua mente tinha se concentrado em Chase e em seu envolvimento, e na forma como seu coração ponderava o amor por ele, em relação ao perigo potencial que ainda pairava sobre ela.

Amor. Minerva sorriu para si mesma. Não dera esse nome antes, mas agora simplesmente emergia como parte de seus pensamentos. Mas o amava, de fato. Ficou maravilhada com a constatação.

Olhou para o outro lado e o encontrou observando-a, seu olhar cálido e o menor sorriso em seu rosto. O que ele pensava quando a via? Será que ainda se perguntava sobre Algernon e se ela havia providenciado para que o ex-marido nunca mais a machucasse? Chase dissera esperar que ela o tivesse matado, mas foi uma réplica feita depois que ela questionara sua crença nela. Ele não dissera que tinha certeza de que ela não o matara, da mesma forma que tinha certeza de que ela não havia feito nada contra o duque.

A carruagem desceu pela Oxford Street. Como era de manhã, estava bastante tranquila. A tarde traria muito mais pessoas. Minerva olhou para as lojas lado a lado na rua, seus proprietários se preparando para os clientes que chegariam mais tarde naquele dia.

Ele abriu a portinhola e disse ao cocheiro que parasse no cruzamento seguinte. Minerva olhou as lojas ali e do outro lado da rua. Conhecia aquele cruzamento muito bem.

Chase apontou para a janela.

— Se você olhar para os telhados ali, conseguirá ver o de Whiteford House. A mansão faz frente para Park Lane, mas os fundos ficam bem perto de onde estamos. Quando meu tio ia ao centro, a Oxford Street ou à maioria dos lugares de Mayfair, ou mesmo para a City, ele não descia ao lado do parque. Ele vinha por aqui, passando uma das ruas, para o leste.

— Imagino que sim.

Ele deslizou para a outra janela e pediu que ela fizesse o mesmo. Estava tão embrulhada que não conseguia deslizar no assento. Era mais uma questão de balançar os quadris. Apesar disso, sabia o que veriam daquele lado.

— Disseram que você morava naquela rua Old Quebec — revelou Chase. — Não muito longe do meu tio. — Ele estendeu a mão para a trava da porta. — Se estiver se sentindo bem, vamos dar uma volta.

Ela lutou com o cobertor até se libertar e deixou que Chase a ajudasse a descer. O ar fresco parecia maravilhosamente revigorante e o sol brilhava intensamente. Chase a acompanhou até o outro lado da rua e até chegarem ao final da Old Quebec.

— Ele costumava sair à noite com frequência, Minerva. No campo, passava tempo naquele parapeito. Acho que aqui na cidade ele ia para as praças e parques. Portman na verdade é a mais próxima, mas ele provavelmente ia mais longe às vezes. Então consigo vê-lo indo para Portman Square, ou caminhando por ela, olhando para as estrelas, que são tão difíceis de ver em grande parte de Londres. — Ele pegou a mão dela. — Vamos caminhar até a praça, se você puder.

— Claro que consigo. — Ela começou a se afastar, para provar, mas parou no meio do caminho, como se tivesse colidido contra uma parede.

— Podemos subir a próxima rua, se você não quiser ver aquela casa.

Ela podia ver a casa e um pouco da porta.

— Venha por aqui em vez disso. — Ele a guiou de volta para Oxford Street, para o cruzamento seguinte. — Agora, use sua imaginação. Ele sai de casa e caminha. Vai em direção à praça. Provavelmente, passou por sua casa algumas noites. Acho que passou muitas vezes.

Parou na rua, mais ou menos no local daquela casa em Old Quebec.

— Você acha que ele via ou ouvia alguma coisa, não é?

— Eu acho. Esta área é tranquila à noite. Os sons que você talvez nunca ouça durante o dia podem ser mais claros. A luz das lâmpadas no interior das casas revela mais do que se vê à luz do dia.

Chegava a lhe dar náusea pensar que outros pudessem ter visto ou ouvido o que acontecia.

— Como ele saberia quem eu era?

— Ele perguntaria. Assim como você e eu perguntamos quando queremos saber quem mora em uma casa ou qual é a casa dessa ou daquela pessoa. Uma pergunta casual na loja da esquina revelaria o nome.

Ela imaginou o duque indagando casualmente no armarinho da esquina se sabiam quem habitava a quarta casa a partir dali. Ela viu o armarinho dizer o nome e talvez também lançar um olhar que dizia que nem tudo estava certo ali.

— Há quanto tempo você está pensando nisso?

— Quase duas semanas. Você disse que não o conhecia e eu acreditei, mesmo naquela primeira noite. Então, como foi que ele deixou o legado? Ele sabia seu antigo nome e o novo também. O dinheiro que você recebeu... era quase bizarro receber um presente anônimo como aquele, mas ele poderia ser estranho à sua própria maneira. No entanto, só tive certeza quando você me contou o que o mensageiro havia lhe dito.

Da próxima vez, reaja. Aquele dinheiro a permitira reagir. Não com os punhos, mas com a inteligência e com a fraqueza do próprio Algernon.

Caminharam rua acima, depois até a praça.

— Eu visitava aqui muito raramente, embora morasse a poucos minutos de caminhada — disse ela. — Quando Algernon saía de casa, às vezes, Beth e eu vínhamos aqui se o dia estivesse bom, mas apenas brevemente. Eu não ousava estar fora quando ele voltava. Eu estava em Londres, mas não tinha liberdade de sair de casa, de ter amigos, de ir a festas. Estava em um lugar diferente, mas ainda na prisão.

Ele apertou a mão dela.

— Ainda não entendo por que o duque me deixou aquela fortuna, Chase. Ele não me conhecia.

— Talvez ele tenha pensado que faria mais bem a você do que a qualquer um de nós. Ele obviamente sabia da morte do seu marido e que você então estava a caminho de Londres.

— E eu me esforcei tanto para ter certeza de que ninguém sabia quem eu era.

— Os duques têm seus meios. Suponho que alguém tenha feito uma investigação discreta para descobrir para onde você tinha ido depois de desaparecer de Dorset.

— Gostaria que ele tivesse mandado um recado com aquele dinheiro, para poder agradecê-lo.

— Acho que ele preferia que você não soubesse. Muitas vezes ele fazia coisas sem exigir crédito. Acredito que ele intercedeu em meu nome quando eu estava deixando o exército, para que não houvesse perguntas ou escândalos. Ele nunca disse uma palavra sobre isso, mas estou convencido de que usou a influência que tinha.

Minerva olhou para Chase.

— Então nós dois devemos muito a ele.

Refizeram seus passos até chegarem à carruagem. Ela o deixou acomodá-la e até envolvê-la novamente na manta.

— Acho que é hora de um pequeno passeio no parque — disse ele.

— Por favor, diga a ele que passe primeiro por Whiteford House. Devagar.

Cinco minutos depois, eles passavam pela casa. Minerva olhou para ela, sentindo-se muito próxima do homem que fora o dono daquela propriedade, mas que ela nunca conhecera.

Naquela noite, Chase havia tomado uma decisão. Precisava fazer algum tipo de relatório para Peel nos dias que se aproximavam. Não via alternativa a não ser seguir mais um fio na história de Minerva antes de começar a escrever. Poderia nunca precisar usar a verdade sobre a morte de Finley, mas a queria em seu bolso, apenas para o caso de ter de revelá-la para proteger Minerva.

Ele entrou no quarto dela discretamente depois que a casa ficou em silêncio. Tinha enviado Brigsby para casa, explicando que voltaria no dia seguinte. O ronco de Beth zumbia no corredor quando Chase fechou a porta.

Ele se despiu e se enfiou sob os lençóis para encontrar o calor de Minerva em sua pele. Ela se virou de lado para encará-lo.

— Achei que você estivesse dormindo — disse ele.

— Eu estava esperando você. Durmo melhor quando você está comigo.

Ele a puxou para perto e pressionou os lábios em sua cabeça.

Ela pousou a palma da mão no peito dele, sobre o coração; em seguida, deslizou-a para baixo pelo tronco.

— Sua pele não é como a minha. A superfície é macia, mas o que ela cobre não é, então é muito diferente.

Sua contínua curiosidade sobre as coisas mais simples o encantavam. Ela pressionou e explorou um pouco, para ver o quanto poderia ser diferente.

— O que você está fazendo agora, Minerva? — A mão dela desceu consideravelmente.

— Vendo se consigo seduzi-lo.

— Prometo que você conseguirá. No entanto, os médicos disseram...

— ... tudo o que acharam que convenceria seu primo de que tinham levado muito a sério a incumbência de um duque. — Uma de suas unhas traçou uma linha subindo pelo membro. — Vejo que não demorou quase nada.

— Jurei não importuná-la enquanto você se recuperava. Por mais que eu quisesse... Pare com isso! — Um beliscão inesperado na ponta de seu falo fez disparar raios em seu sangue.

— Você não gostou? Desculpe.

— Eu gostei. Muito. No entanto, não podemos...

— Você não pode, visto que foi tolo a ponto de jurar que não faria. Eu não jurei nada. Você não estará me importunando em nada. Não vou precisar da sua ajuda, então fique aí e seja fiel à sua palavra. Sem abraços. Sem carícias. — Ela se ajoelhou e tirou a camisola. — Só não pegue no sono.

Como se isso fosse provável. Um homem mais forte deixaria o quarto imediatamente. Ele não o fez.

Ainda de joelhos, ela olhou para baixo com fome, como se estivesse decidindo onde banquetear primeiro. O pênis inchou mais com o simples pensamento de Minerva banquetear-se em qualquer lugar.

Ele parecia perfeito. Forte, rígido e belo. Não era apenas a aparência que mexia tão profundamente com ela. A maneira como ele cuidava dela, falava com ela e a tratava comoveu-a profundamente. Ela se abaixou sobre as mãos e os joelhos e o beijou para liberar a plenitude em seu coração. Então moveu os lábios para o ombro e o pescoço, para o braço e o peito, elogiando-o, agradecendo-lhe com sua paixão.

Ele aceitou, como se soubesse que ela falava sério quando disse que não queria a participação dele. Ela queria expressar suas próprias emoções daquela maneira. Precisava que ele apenas as aceitasse. E ele aceitou, sem abraçá-la, sem assumir o controle. O mero roçar de seus seios no corpo dele já a excitava. Ela não precisava de carícias diretas. Inalar o cheiro dele a deixava inebriada. Lamber sua pele começava a enlouquecê-la. Ela percebia que ele gostava de tudo. O corpo mostrava isso, o olhar e, finalmente, os sons baixos de seu prazer.

Ela se sentou nas coxas dele e o acariciou completamente, ao longo de todo o seu peito, maravilhada ao tocar o corpo dele, admirando sua beleza. Mais baixo, então, seguindo o estreitamento de seu tronco até a dureza dos quadris. Ela circulou o membro com o dedo, depois acariciou com mais determinação. Nesse momento, Chase fechou os olhos. Sua dura mandíbula e expressão tensa a fizeram se sentir perversa, poderosa e sedutora.

Com o olhar semicerrado, ele a encontrou sobre seu corpo.

— Está se sentindo corajosa?

— Invencível. Como uma guerreira.

— Então suba aqui, para que eu possa usar minha boca em você.

Levou um momento para ela entender o que ele queria dizer. Ela avançou, apoiada nas mãos e nos joelhos. Ele deslizou para baixo o suficiente para levar o seio dela à boca. Os meros beijos dele já a deixaram a meio caminho da insanidade, mas a maneira como ele lambia e chupava seu seio a fez tremer de desejo. As primeiras tensões de seu clímax começaram a aumentar, e ele nem mesmo a havia tocado de verdade. Ela começou a se mover para trás, para que pudesse tomá-lo dentro de si.

— Não perca a coragem agora. Venha para a frente. Continue subindo aqui.

Ela chegou perto de perder a coragem. Por um lado, não tinha certeza se queria esperar; por outro, sentia que era algo que ele queria. O prazer não seria realmente só dela.

Ela avançou para cima, pouco a pouco, movendo os joelhos para a frente. Chegou a um ponto em que não havia escolha a não ser ajoelhar-se ereta. Agarrou a cabeceira da cama e olhou para baixo, para ver como a cabeça dele estava posicionada logo abaixo de seu corpo. Com delicadeza, ele afastou os joelhos dela e elevou a cabeça.

O primeiro beijo fez um forte e profundo prazer gritar através dela. O que ele fez depois disso a deixou agarrada à cabeceira da cama em busca de apoio. A intensidade das sensações fez sua mente girar. Ela tinha certeza de que não poderia ficar mais surpreendente, mas ficava, cada vez mais, até que ela perdeu todo o sentido. Ela se ouviu implorando para que ele parasse, mas, no mesmo instante, também implorando por mais. Por fim, o orgasmo atravessou-a violentamente.

De alguma forma, ela se moveu de novo. Não, ele a moveu. Ela se viu ligada a ele, conectada, profundamente unida. Ele a preencheu como nunca antes, esticando-a para que ela sentisse seu poder dentro dela. Minerva se sustentava sobre ele enquanto ele empurrava forte e fundo e, mesmo assim, ela desejaria mais se ele pudesse dar. O clímax de Chase veio com tanta força que ela ficou sem fôlego.

Ela desabou sobre ele, totalmente exausta. Não tinha força para se mover. Ele a envolveu em um abraço e segurou-a com força enquanto suas respirações profundas se encontravam durante a noite.

— Você é perfeita, Minerva. Magnífica e linda.

Ela acreditou nele. Sentia-se magnífica e linda. Com ele. Por causa dele.

CAPÍTULO VINTE E TRÊS

— Imagino que houvesse um bom motivo para me dizer que o encontrasse aqui — Beth falou antes mesmo que ele a cumprimentasse. Ela não olhou para ele, mas para alguns pequenos brotos embaixo de uma árvore, anunciando a chegada da primavera. — Percorri um longo caminho apenas para conversar.

Encontre-me no mesmo lugar, quando sair para fazer compras. Esse foi o bilhete que ele entregara discretamente depois do café da manhã. A cesta vazia repousava na grama aos pés de Beth. O rosto, redondo e enrugado, parecia muito sóbrio.

— Não contei que você queria falar comigo — disse ela. — Não há razão para isso.

— É melhor assim.

— Ela me falou que você conhece um homem que disse que ela matou o marido. Suponho que signifique que ainda há algum perigo para ela nessa situação.

— Algum. Não muito, eu acho.

Mal podia ver o rosto dela na forma como ela olhava para baixo e com o longo babado da touca obscurecendo seu perfil.

— Houve uma decisão sobre tudo aquilo. Uma que a livrava de qualquer culpa — ele acrescentou.

— Nunca confiei naquilo. A mim pareceu mais uma questão de talvez colocar a panela no fundo da lareira, longe das chamas, mas perto o suficiente para agarrar se alguém precisasse. Isso poderia acontecer? Se decidirem que esse duque foi morto, eles poderiam voltar a investigar e não apenas pensar que ela poderia ter cometido o ato, mas até mesmo começarem a escavar a morte daquele bruto inútil outra vez?

— Eles poderiam. Não foi o mesmo que ser declarada inocente em um julgamento. O caso pode ser reaberto.

— Conto com você para que isso não aconteça.

— Receio não poder fazer promessas. Ela sabia dos riscos, mas decidiu enfrentá-lo.

Beth não se mexeu nem olhou para ele. Apenas olhou para o chão, seu corpo robusto um pouco encurvado com o peso dos pensamentos.

Ele pegou a cesta.

— Caminhe comigo.

Andaram ao longo do perímetro das árvores que cercavam Portman Square, ambos em silêncio.

— Vi as marcas nos ombros de Jeremy — disse ele. — Ele devia ser muito jovem quando alguém as provocou.

Ela caminhou um pouco mais ereta com isso e olhou para a frente.

— Treze anos. Da primeira vez.

— Finley?

Ela assentiu.

— Eu deveria saber que isso aconteceria. Um homenzinho tão estúpido. Ele sentia prazer na crueldade. O cavalo, a esposa... eu deveria saber que ele também iria atrás do meu filho.

— Se tentasse de novo, depois que vocês saíram da casa dele, se encontrasse Jeremy em qualquer lugar, na rua ou na propriedade... Ele já não era mais um menino. Alguns anos mais velho e ele poderia ter se recusado a aceitar. Ninguém poderia culpá-lo se ele decidisse não permitir que ninguém fizesse aquilo novamente.

Ela inspirou fundo e expirou.

— É o que você acha? Que meu filho o matou? Está pensando em jurar essa informação para poupar Minerva?

— Não pretendo jurar nada. Não tenho nada a jurar. Só tenho uma soma que fiz na minha cabeça, sem fatos para comprová-la.

Ela cruzou os braços e o olhou nos olhos.

— Você somou errado. Jeremy nunca faria isso.

— Nas circunstâncias certas, qualquer homem poderia fazer. Afinal, é assim que as guerras são travadas.

— Estou lhe dizendo que ele não fez. Eu sei que não fez.

Ele não disse que não havia como Beth saber. Que mesmo tendo certeza sobre alguém, não podemos ter certeza absoluta. Ele não disse que, como

mãe, ela certamente acreditaria que seu filho era incapaz de tal coisa, por mais justificado que fosse o ato.

— Tenho certeza de que ele não matou aquele homem patético — ela declarou com firmeza, como se ouvisse os pensamentos dele. — Eu sei, porque eu mesma atirei em Finley.

— Finley começou a ir atrás dele novamente. Nunca vi Jeremy tão zangado. Chega uma hora em que um menino não é mais um menino, e não admite mais suportar aquilo. Você tinha esse direito. — Beth contou sua história enquanto continuavam o passeio no parque. — Achei que fosse apenas uma questão de tempo até que Jeremy tomasse uma atitude, mas então acabaria enforcado ou transportado para as colônias, mesmo se tivesse sido provocado a fazer aquilo.

Chase sabia que não deveria fazer perguntas ou exigir informações. Havia considerado Beth também, mas rejeitara a ideia. Beth era a pessoa que curava e ajudava. Não uma pessoa que matava.

— Então tinha aquele homem bisbilhotando — acrescentou ela. — Alguém como você. O sr. Finley o contratou para procurar provas contra Minerva de que ela tivesse um amante ou algo assim. Não gostei. Eu temia que ou ele encontrasse o suficiente para convencer um tribunal ou que acabasse inventando. Do contrário, provavelmente o sr. Finley apenas a roubaria. Quem se importaria ou saberia, exceto eu? Ela não estava realmente segura, mesmo se o tivesse deixado, estava?

— Não. — Sem família em que confiar ou para quem fugir, Minerva era vulnerável enquanto permanecesse casada com Finley.

— A causa, porém, foi vê-lo de novo. Ele veio direto para a nossa porta a cavalo. Minerva o viu e parecia a morte em pessoa. Jeremy foi lá e disse-lhe para ir embora, que ele não tinha direitos lá. A resposta do homem foi usar aquele chicote em Jeremy novamente, golpeando do alto daquele cavalo, uma e outra vez. Jeremy por fim agarrou o chicote e o jogou para o lado, mas seu rosto estava cortado e o pescoço... era como se o antigo pesadelo voltasse a ganhar vida. Então peguei a pistola que tínhamos em casa e esperei por ele enquanto ele estava andando a cavalo na floresta. Ele gostava de ir lá, mesmo que as terras não fossem dele. Gostava de fingir que era senhor de alguma mansão, quando não era senhor de nada.

— Ele não achou estranho que você estivesse lá?

— A princípio, ele achou que eu havia trazido uma mensagem de Minerva. Na verdade, ele parecia satisfeito. Quando eu disse a ele para não se aproximar dela ou de meu filho novamente, que eu não toleraria, ele tentou usar aquele chicote em *mim*. Admito que minha mente ficou sombria naquele momento. Eu estava com a pistola na mão, embaixo da capa, e eu só... — Ela piscou com força. — Tentei me arrepender por ter feito aquilo, pois sou uma mulher temente a Deus, mas não conseguia acreditar que Deus fosse me culpar muito. Uma mãe não fica sentada olhando enquanto seu filho é machucado. Ele tinha apenas dezessete anos. Ainda jovem. E Minerva... eu não poderia vê-la passar por aquilo de novo. Também não acho que ela teria aceitado. Ela havia crescido muito, em sua mente e em si mesma. Ela teria lutado com ele se ele a levasse de volta. E ele a teria matado com certeza, em algum momento. Ele tinha isso dentro dele.

Beth parou de andar, cruzou os braços e olhou para o parque. Chase também cruzou os seus e olhou com ela. O que fazer a partir daquele momento? A questão pairava pesada entre eles.

— Eu teria me apresentado e confessado, se Minerva fosse levada para a cadeia. Quero que saiba. Eu nunca a deixaria ser enforcada. Eu estava me preparando para isso, acertando as coisas da melhor maneira que podia, quando disseram que tinha sido um acidente. Foi um presente, de fato.

— Acredito que você teria se entregado se precisasse. Não duvido.

Ela se virou para olhar para ele, seus olhos nublados com lágrimas e memórias, mas não com arrependimento.

— Vai contar a Minerva sobre isso?

Chase duvidava que fosse necessário. Minerva era boa em investigações. Ela sabia que não tinha usado aquela pistola, então quem tinha? Havia apenas duas prováveis possibilidades.

— Não vejo razão para contar. Pode ser que em algum momento você queira, caso ela venha a suspeitar de Jeremy.

— Ainda assim, eu me entregarei se for necessário. Se tudo isso voltar à vida e houver quem esteja tentando prejudicá-la.

— Foi julgado um acidente e pode continuar sendo como era. Se alguém começar a fazer perguntas, tentarei fazê-los direcionar os olhos para os caçadores ilegais conhecidos por frequentar áreas de caça particulares como aquela floresta. Seria típico de Finley confrontar um deles. Minha esperança é que não chegue tão longe, mas se for necessário... é bom saber que você faria a coisa certa.

Ela assentiu.

— Espero que tudo corra como você diz.

— Venha. Vou levá-la para casa para que você não precise ir caminhando ou pagar uma carruagem. Estou com a minha aqui.

Ela se iluminou.

— Eu estava com vontade de andar nela.

— Teremos que fazer uma parada primeiro, se não se importar. Minerva se perguntará onde você esteve todo esse tempo. Vamos dizer a ela que levei você para comprar um vestido novo. Isso significa que um vestido deverá chegar, então vamos parar e mandar fazer um vestido.

Ela caminhou mais rápido.

— Eu conto que matei um homem e você me compra um vestido? Não parece certo de forma alguma, mas não vou reclamar.

Chase compraria um guarda-roupa inteiro para ela por acalmar a preocupação que tinha com Minerva.

— Estive pensando — disse ela, para distrair a ambos.

— Isso geralmente é perigoso.

— Meus pensamentos eram sobre esse legado e os outros.

O assunto chamou a atenção.

— Se ele me conhecia tão pouco, talvez tenha sido assim que conheceu as outras duas mulheres que você agora deve encontrar. Talvez, como eu, elas nem tenham consciência de que ele já tocara na vida delas.

— Temos uma mente muito semelhante ao conduzir investigações. Trilhei meu caminho e você seguiu o seu, mas a tendência é chegarmos ao mesmo destino. Se estivermos certos, elas serão mais difíceis de encontrar.

— Um dos hábitos do duque o colocou em contato comigo. Talvez esse mesmo ou outro diferente o tenha alertado sobre elas.

— Tenho pensado no que sei dele e quais eram seus hábitos para encontrar novos rumos de investigação.

— Vai me contar quais eram esses hábitos?

— Não.

— Posso ser capaz de ajudar, mesmo seguindo meu caminho.

— Em breve, você será uma herdeira rica; não precisará mais realizar investigações, Minerva.

Não realizar investigações? Não sabia se queria parar, afinal, ela gostava.

— O que planeja fazer com a herança? — ele perguntou.

— Vou separar uma parte para ajudar a nova empresa. Então, renovarei o guarda-roupa de todos nós. Jeremy deveria ter um apartamento próprio, como você. — Ela se entusiasmou com o assunto. — Uma carruagem, talvez. Modesta. Eu também posso fazer investigações na América, para ver se consigo encontrar minhas primas. Seria bom saber o que aconteceu com elas e com meu tio. Principalmente, eu gostaria de encontrar uma maneira de ajudar mulheres que precisam encontrar refúgio das situações que enfrentam, que precisam de um lugar seguro.

— Se não houver nenhuma instituição de caridade fazendo isso, você pode começar uma. Não negue a si mesma o novo guarda-roupa e a carruagem. Realizar um pouco seus desejos usará apenas uma pequena quantia do que você receberá, e você deve comemorar sua boa sorte. — Ele abriu a porta da carruagem. — Chegamos.

Ela olhou para a porta do Banco da Inglaterra. Naquele dia, Minerva Hepplewhite sacaria cinquenta libras da conta que continha os rendimentos de seu fundo.

A riqueza a esperava. Uma nova vida começaria.

Ele inclinou a cabeça, sua mão ainda segurando a dela, esperando que ela descesse. Minerva desejou que não usassem luvas para poder sentir o calor dele em sua palma. Ela olhou nos olhos azuis, tão calorosos e amáveis naquele rosto severamente bonito.

— Você pode ficar comigo durante isso tudo?

Ele a persuadiu a sair com um puxão suave.

— Eu irei com você. E vou ficar pelo tempo que você quiser.

Pareceu que ele não entendia o que ela queria dizer. Por outro lado, talvez entendesse.

Juntos, entraram por aquela porta. Lado a lado, encontraram o homem indicado pelo sr. Sanders.

Meia hora depois, ela saiu de lá uma herdeira.

Chase apreciou a mensagem de Nicholas quando ela chegou. *Venha me ver à uma da tarde, se puder.*

Chase havia passado um entardecer e uma noite agitados. Deixara Minerva com sua "família" para comemorar o dinheiro que ela havia levado para casa. Não dissera para ir visitá-lo quando quisesse — ela saberia que era bem-vinda. No entanto, também não combinou de vê-la por iniciativa própria.

Em meia hora, muita coisa havia mudado. Não podia fingir que não, pois eram fatos, mas experimentar as implicações azedava seu humor. Sob sua frustração estrondosa, a nostalgia criou raízes.

Ela dera o primeiro passo para aproveitar os frutos de sua boa sorte. Não precisava de investigações ou da proteção de Chase. Aquela herança, agora em mãos, mudaria as coisas. Mudaria a ela. Ele a imaginou recebendo visitas de mulheres e participando de festas e bailes. Ele a viu em sedas que ofuscariam aquele vestido rosa de seda crua.

Imaginou homens flertando com ela. Não apenas caçadores de fortunas. Esses, ela notaria imediatamente. Outros homens, no entanto, seriam atraídos por sua chama. Lordes, industriais e homens de riqueza maior do que a que ela possuía. O dia chegaria, talvez rapidamente, em que ele seria apenas um dos amigos dela, e nem mesmo um amigo especial.

Não era possível refrear nada daquilo. Não queria e, ao mesmo tempo, queria. Não queria ver outros homens considerando-a uma possível esposa de boa fortuna, ou como uma mulher indecorosa, com quem se divertir por algum tempo. Mesmo se ela rejeitasse todos eles, isso o deixaria louco.

Chegou a Whiteford House quinze minutos antes da uma da tarde. Havia ensaiado as palavras com as quais informaria a Nicholas que estivera conduzindo uma investigação para o Ministério do Interior enquanto conduzia outra para seu primo. Era hora de fazer isso, já que o pedido de

Peel por um relatório não poderia ser mais adiado. Não esperava que seu primo recebesse a revelação com calma.

Nicholas aguardava na biblioteca.

— Aí está você. Entre e se prepare.

— Me preparar para quê?

— Atividades familiares. Walter e sua esposa chegarão em breve.

— Para pedir dinheiro?

— Sem dúvida. No entanto, pelo recado de Walter, acho que há mais do que isso. Ele se referiu a informações de extrema importância.

— Antes que cheguem, preciso lhe dizer uma coisa, também da maior importância.

Nicholas fez um aceno.

— Vamos conversar depois que eles forem embora. Só posso absorver uma importância extrema de cada vez.

Exatamente à uma hora da tarde, o mordomo entregou o cartão de Walter.

— Claro que ele chegaria pontualmente. Não se poderia esperar nada menos — disse Nicolas.

Walter entrou com Felicity ao seu lado. Após os cumprimentos, Nicholas os convidou a se acomodarem.

Walter lançou um olhar para Chase e depois se dirigiu a Nicholas.

— Eu esperava conversar com você a sós. O assunto é muito delicado.

— Chase está aqui a meu pedido. Se pretende me dizer que a condessa Von Kirchen não é a viúva que ela afirma ser, eu já sei disso.

Walter corou.

— Não tenho interesse em suas amantes. Esta, como escrevi, é uma questão de *extrema importância*. — Ele se inclinou para a frente, o rosto muito sóbrio. — Tem a ver com a morte do tio.

— Então Chase certamente deveria estar aqui. Talvez queira expressar o que veio me dizer.

— Minha esposa esteve na cidade alguns dias antes da morte do tio. Ela precisava fazer compras. Ela estava na Bond Street e...

— Talvez você permita que ela conte, já que é a história dela — interrompeu Chase.

Walter franziu o cenho para ele e se virou para Felicity.

— Está disposta a isso?

— Tenho certeza de que ela está, não é, Felicity? — insistiu Nicholas.

Ela assentiu.

— Eu estava na cidade, fazendo compras. Vi Kevin enquanto estava em Bond Street. Descendo a cavalo, tão claramente quanto possível. Mais tarde, quando todos disseram que ele estava na França, eu não sabia o que fazer. Naquele dia, pelo menos, ele não estava.

Chase e Nicholas se entreolharam. *Inferno e danação.*

— Está bem certa disso? — indagou Chase.

— Eu reconheceria um primo do meu marido, não?

— Não se houvesse neblina ou se você não o visse de frente.

— Tenho certeza de que era Kevin.

— É um pouco tarde para se lembrar disso — afirmou Nicholas.

Ela corou. Walter parecia pronto para bufar em nome dela.

— Lembrei de imediato. Eu não disse nada, nem mesmo para Walter, porque não queria causar problemas para Kevin.

— E agora quer?

Chase nunca tinha visto Felicity demonstrar raiva, ou mesmo muita emoção além da adoração de esposa. Agora, sua expressão era intensa.

— Pensei, já que o assunto continua sem solução, que eu deveria contar ao meu marido. Ele achou que você deveria saber.

— Que atencioso da parte de vocês dois — disse Nicholas, e se levantou. — Falarei com Kevin sobre isso, e se necessário, quando necessário, informarei ao Ministério do Interior.

Walter ergueu os olhos, consternado, e também se levantou.

— Venha, querida. Parece que o duque tem um dia cheio já planejado e não devemos desperdiçar o tempo dele.

Nicholas não disse uma palavra para discordar.

— Pode ser hora de dizer a Kevin para pular naquele paquete — opinou Nicholas depois que o casal se foi.

Chase já tinha decidido na noite anterior que faria exatamente isso.

— Poderia ter sido mais cortês. Você praticamente os expulsou daqui.

— Não suporto Walter. Ele *gostou* de me dizer aquilo. Provavelmente

está fazendo os cálculos para ver quanto mais poderá receber se Kevin for enforcado.

— Ele saiu daqui se sentindo insultado. Amanhã, ele será um balão de ar quente cheio de si e certo de sua correção moral.

Nicholas bateu com o punho no encosto de um divã, praguejou novamente e depois se acalmou.

— Vou me desculpar. Agora, quais eram as *suas* notícias de extrema importância?

Seria melhor dar a Nicholas algum tempo para se recuperar de Walter e da esposa.

— Chame seu cavalo. Vamos cavalgar ao longo do rio.

Nicholas foi até a porta.

— Não vou gostar das suas notícias mais do que gostei das de Walter, não é?

— Walter parecia acreditar que a condessa Von Kirchen é sua amante. É verdade? — Chase lançou a pergunta depois que diminuíram o passo dos cavalos e os conduziram andando ao longo da margem do rio, a oeste da cidade. Nicholas não o acusara de traição abertamente quando revelou sobre o inquérito do Ministério do Interior, mas a espera por seu cavalo tinha sido muito silenciosa.

— Suponho que seja.

— Você não sabe?

— Não temos nenhum tipo de acordo que a classificaria como "concubina". Pelo menos eu não concordei com nenhum por minha livre e espontânea vontade.

— Você poderia, em um momento de fraqueza, concordar com um acordo a contragosto?

Nicholas riu, mais para si mesmo do que para Chase.

— Possivelmente. Houve alguns momentos de fraqueza nos últimos dias.

Chase se lembrou de como a condessa havia mostrado um lado agressivo no jantar de Nicholas. Quando ele a empurrou para Nicholas, não

previra um envolvimento. Se estivesse pensando em qualquer outra pessoa além de Minerva, e em como ela estava bonita quando Nicholas a trouxera, poderia ter imaginado que a condessa faria seu próprio acordo com o novo duque, e que não perderia tempo.

Esse era o problema com mulheres indecorosas de certa classe. Tinham expectativas, mesmo que não incluíssem o casamento.

— Por falar em concubinas, como está a srta. Hepplewhite? — Nicholas perguntou.

— Ela não é minha concubina.

— Perdoe-me. Falando em amantes, como ela está?

— Indo muito bem. Sanders a informou de que parte dos recursos estava sendo liberada e ela se valeu de algumas libras. Além disso, a avaliação da empresa foi consideravelmente alta.

— Isso complica as coisas para você, imagino — disse Nicholas.

Não foi uma guinada na conversa que Chase esperasse.

— De certa forma.

— No mínimo, você não tem mais um campo livre. A notícia se espalhará depressa. Todo aristocrata com mais privilégios do que dinheiro vai considerá-la uma boa possível esposa. Se não fosse seu interesse por ela, eu mesmo consideraria.

— Eles perderão seu tempo. Ela não tem interesse em se casar.

— E eu aqui pensando que poderia oferecer um café da manhã de casamento em breve. Ela também não parece adequada para a categoria de mulher indecorosa. Presumi que fosse sua amante, mas as coisas estavam caminhando para uma situação mais formal.

— É complicado, como você disse.

— Talvez não tanto quanto pensa. Não é como se você fosse um caçador de fortunas. Ela provavelmente sabe que sua vocação é por escolha, não por necessidade. — Nicholas deu um grande sorriso para ele. — Por que não a pede em casamento e vê como pode ser descomplicado?

Porque ela disse, sem rodeios, que nunca mais se casaria. À luz de seu primeiro casamento, ele compreendia. Gostaria de pensar que ela sabia que poderia confiar nele para nunca ser como Finley; nunca, não importava o quanto fosse provocado, estivesse bêbado ou zangado. Agora, será que ela poderia acreditar nessas promessas, vindas de qualquer homem?

Não avaliara o casamento de uma forma específica por causa disso, mas também não queria perdê-la. Ele certamente não queria ver outros homens perseguindo-a, mesmo que achasse que ela não mudaria de ideia sobre o casamento.

— Meu pensamento de encontrar algo assemelhado a uma aliança formal tomou outras direções — disse ele.

— É melhor você terminar logo esse processo de pensamento. Dou uma quinzena no máximo até as visitas começarem. Ela conheceu pessoas suficientes no meu jantar para que algumas famílias já se achassem no direito de dar um passo a mais nessa direção.

— Eu esperava irritá-lo hoje, não ser irritado por você.

— Você me irritou bastante. Estou apenas me vingando — retrucou Nicholas. — Na verdade, estou me divertindo. Vai me dizer por que o tio deixou a herança para ela?

— Não.

Nicholas encolheu os ombros.

— Suponho que tenha sido mais um exemplo da generosidade excêntrica que lhe era típica. Recebi cartas de alguns outros que também se beneficiaram. Eles têm esperança, eu acho, de que eu seja tão excêntrico quanto ele e continue a tradição de distribuir moedas de ouro por impulso.

Chase parou seu cavalo e agarrou o arreio da montaria de Nicholas.

— Agora estou realmente irritado. Você poderia ter me falado sobre isso.

— Presumi que soubesse. Você perguntou sobre o ouro. Você estava certo, a propósito. Havia outra reserva em Whiteford House.

— Não sobre o ouro, sobre a generosidade excêntrica do tio em distribuir aquelas moedas.

— Ele só podia estar fazendo algo com elas. O que você achou? Que ele ficava sentado no gabinete dele fazendo pilhas e contando-as? — Nicholas soltou seu cavalo da mão de Chase. — Acho que ele nunca saía de casa sem algumas na carteira ou no bolso. Uma aqui, dez ali... uma carta dizia que ele aparecia em um orfanato à noite e entregava um saquinho de moedas para o criado que estivesse na porta. Ele nunca dizia quem era, mas eles fizeram questão de descobrir. Agora esperam que as visitas continuem apesar da morte do duque.

— Esperam?

Nicholas seguiu em frente com o cavalo por instantes antes de responder.

— Uma vez. Duvido que eu possa continuar. A pilha em Whiteford House não vai durar muito. Mas é melhor ficar com aquele orfanato a ficar com Walter, o canalha ganancioso.

Exatamente o que tio Frederick concluiu, pensou Chase.

Chase escreveu sua dissertação, a que ele esperava fazer para Minerva. Era sua melhor chance, ele decidiu, de alinhar os motivos pelos quais ela poderia concordar com suas ideias sobre a futura aliança.

Examinou o trabalho final, aquele sem todos os riscados e comentários para si mesmo sobre ser um idiota por incluir isso ou aquilo. A lista de benefícios a ela parecia tristemente pequena. O fato de sua própria lista também parecer pequena não ajudava muito em seu humor.

Nunca vira antes em tinta sobre papel como a aliança permanente entre um homem e uma mulher tinha pouca credibilidade, uma vez que eram removidas as coisas práticas, como apoio financeiro, herdeiros e demandas sociais. Restava muito pouco para encorajar uma mulher como Minerva a abrir mão de um pouco de independência e liberdade.

Felizmente, não tinha nenhuma intenção de pedir a ela para fazer isso.

Chase verificou o relógio de bolso e percebeu que precisava sair ou chegaria tarde à casa dela. Seu cavalo já estaria esperando. Ele reuniu a razão e a compostura, mas deixou as listas.

Ao cruzar o apartamento até a porta, viu Brigsby ali, recebendo uma carta. Brigsby virou-se com a missiva na mão e a trouxe cheio de cerimônias.

— Entregue por um mensageiro particular. Do Ministério do Interior.

Dois pensamentos correram na mente de Chase. O primeiro foi uma blasfêmia pela impaciência de Peel. O segundo foi uma oração para que Kevin tivesse ouvido seu conselho e pegado um paquete rumo à França. Ele abriu a carta. Peel exigiu que ele fosse até lá naquela tarde às duas horas. Dessa vez, não era um pedido.

— Brigsby, envie um recado à srta. Hepplewhite dizendo que vou me atrasar. Melhor ainda, para ter certeza de que ela receberá a mensagem imediatamente, leve-a você mesmo.

— Senhor, se me permite a pergunta, tem algo a ver como alguma de suas investigações?

— Sim, tem.

— Então o senhor não espera que eu seja um mensageiro, o que não é parte das minhas responsabilidades. Em vez disso, está me pedindo para servir como um de seus... acredito que são chamados de "agentes". — Brigsby considerou a ideia. — Que novidade. Pode ser interessante.

— Chame do que quiser, apenas certifique-se de que ela entenda a mensagem.

Às duas horas, Chase amarrou seu cavalo em frente ao edifício que abrigava o Ministério do Interior. Peel não esperava do lado de fora dessa vez. A reunião seria mais oficial do que isso.

Muito oficial, como se descobriu. Peel esperava em seu escritório. Chase se sentou e colocou um portfólio sobre a mesa.

— Tenho o relatório preliminar solicitado.

— Solicitei já há algum tempo.

— Havia detalhes cuja precisão eu necessitava verificar antes.

Peel colocou os braços sobre a mesa e se inclinou para a frente.

— Como ele morreu? Esse é o detalhe mais importante.

— Foi assassinado.

Peel recostou-se e fechou os olhos. Chase imaginou que o homem estava avaliando em pensamento os problemas e complicações que agora aguardavam as providências de seu ministério.

— Quem? — Peel perguntou depois de um suspiro profundo.

— Ainda não tenho a informação precisa. Atualmente, existem várias possibilidades. — Ele entregou o portfólio. — Cada página é uma delas, com as evidências a favor e contra cada suspeita.

Peel removeu as folhas de papel e começou a examiná-las.

— Ainda não identificou aquela mulher que o visitou naquele dia?

— Não.

— Pode ter sido uma das duas que ainda não foram encontradas.

— Possivelmente.

Ele virou outra página.

— Ah. A que a foi encontrada. A srta. Hepplewhite. — Peel continuou lendo. — A morte do marido dela foi considerada acidental, você escreve, mas também que pode não ter sido. — Mais leitura. — Meu Deus, pobre mulher. Foi ela? Ela certamente teve provocação.

— Fui contratado para fazer investigações sobre a morte do meu tio, não do marido dela. No entanto, não foi ela.

— Como pode ter certeza? Depois que um assassinato é cometido, é mais fácil repetir o ato.

Essa era exatamente a reação que Minerva temera.

— Eu sei que ela não foi ela, porque sei quem fez.

Peel ergueu os olhos, surpreso.

— Você deve informar ao magistrado lá embaixo.

— Tenho uma confissão verbal, mas nenhuma prova. Além disso, como mencionei, não fui contratado para fazer investigações sobre a morte do marido dela.

O ministro aceitou a resposta, mas de cara feia. Ele virou a página e ergueu os olhos novamente.

— Você é mais honesto do que eu esperava, se incluiu seu próprio primo nesta pilha de suspeitos.

Parecia uma crítica, não um elogio.

— É o tipo de evidência que facilmente poderia ser encontrada, caso você vá mais fundo. Não havia sentido em tentar esconder. Ele estava na Inglaterra e visitou Melton Park. No dia anterior, segundo ele disse, mas, como não foi visto, não posso provar nem que sim nem que não.

— Ele parece ter tido um motivo, se os recursos para fortalecer a sociedade lhe foram negados. Os negócios às vezes trazem à tona o que há de pior nos homens.

Chase apenas deixou esse comentário no ar.

Peel virou também essa página, revelando a última. Ele leu, sem expressão. Por um longo tempo.

Olhou para cima, bem nos olhos de Chase. Examinando. Avaliando.

— O que o levou a incluir meu pai em suas investigações?

— Apresentou-se a mim uma prova de que houve um desentendimento quando o duque se recusou a concordar em alargar o canal que beneficiaria apenas dois dos sócios. Seu pai era um deles. Ele não aceitou bem a situação e procurou encontrar informações que pudessem persuadir o duque a mudar de ideia.

— Eles eram amigos.

— Não recentemente, se tal persuasão estava sendo considerada.

— Quem lhe deu essa prova de tentativa de persuasão?

— Alguém em quem acredito e confio. — Ele não incluiu o nome do sr. Monroe. — No entanto, verifiquei as informações sobre o canal de forma independente.

Peel virou a última página, recostou-se na cadeira e fechou os olhos mais uma vez. Chase apenas esperou.

Alerta novamente, Peel se inclinou para a frente e bateu com o dedo nas páginas.

— Inconclusivo. Tudo isso.

— Creio que sim. Conclusões preliminares. O suficiente para que seu ministério continue, no entanto, se o senhor escolher. — *Ou não continue, se o senhor escolher não continuar.*

Peel franziu os lábios, ainda olhando os papéis.

— Mesmo sua afirmação sobre a causa da morte é inconclusiva e não suficientemente embasada por fatos.

Não exatamente.

— Se é o que diz...

— Eu digo. Se você tivesse me trazido só isso há um mês, teria me economizado muito tempo. — Ele enfiou os papéis de volta no portfólio. — Sem provas diretas de um crime, foi um acidente. Espero que aceite isso. Seria inútil os agentes passarem meses fazendo novas investigações se um homem com suas habilidades descobriu tão pouco para estabelecer que a morte foi um assassinato.

— Então minha missão acabou. — Chase se levantou. — Deseja ficar com as anotações ou devo removê-las?

— Vou ficar com elas por algum tempo, se não se importa.

— Eu não me importo. Faço cópias de todas as minhas anotações.

Tenha um bom dia. — E virou as costas para empreender sua fuga.

— Radnor.

Ele se virou de novo.

— Você é muito inteligente.

Como isso também não soava como um elogio, Chase simplesmente saiu.

Minerva andava de um lado para o outro. Chase estava agora três horas atrasado. Ele a advertira, mas ela ainda sentia uma agonia de impaciência.

Haviam planejado uma tarde inteira que, a cada minuto, era menos provável de se realizar. Primeiro, iriam sair para ver carruagens que ela poderia comprar. Depois, ela pretendia voltar ao atelier de Madame Tissot e encomendar algumas roupas novas. Visões de madeira de qualidade e metais acobreados, de sedas e lãs macias dançaram em sua mente durante a manhã toda, apenas para serem riscadas quando Brigsby chegou com a notícia de que Chase se atrasaria.

— Olha quem está aqui — anunciou Beth, trazendo o empregado para a biblioteca, sem cerimônias. — O camareiro do sr. Radnor.

— Como expliquei, não sou camareiro, mesmo que essa tarefa esteja entre os deveres que executo. Também não estou aqui como o criado pessoal que sou.

— Não? Então por que temos essa rara honra? — Beth perguntou.

— Estou aqui como um dos agentes do sr. Radnor.

Beth deu uma gargalhada involuntária.

— Minerva, agora ele é um dos *agentes* do sr. Radnor. Ajudando-o em investigações, não é? Acreditarei nisso quando vir com meus próprios olhos.

Brigsby a ignorou.

— Srta. Hepplewhite, vim com uma mensagem. O sr. Radnor se atrasará algumas horas. Um assunto importante, urgente, precisou da atenção dele momentos antes de ele deixar seus aposentos para vir aqui.

— Não fale comigo como se fosse um parceiro de negócios — disse Beth. — Você fala como um mensageiro.

— Não se confiam a mensageiros coisas dessa natureza, que dizem respeito a investigações importantes. Apenas a agentes.

— Chame do que quiser, eu reconheço um cavalo chucro quando vejo um.

Brigsby não deixou de notar que Beth tinha chegado perto de chamá-lo de burro ou mula. Minerva agradeceu e o mandou para casa.

Agora ela esperava. Algo estava acontecendo. Alguma coisa importante. Ela ficaria louca se Chase não viesse logo para lhe dizer o que era.

Ele só chegou quando já era perto das seis horas e entrou sozinho antes que ela chegasse à porta. Chase deu uma olhada nela e ergueu as duas mãos em um gesto que pedia calma.

— Está tudo bem. Fui chamado ao Ministério do Interior. O resultado oficial será de morte acidental.

— Isso não é possível. Nós dois sabemos...

— Esse será o resultado final do inquérito, Minerva. Não estou inclinado a discutir esse ponto. Você está?

A proprietária do Escritório de Investigações Discretas Hepplewhite definitivamente queria contestar esse veredicto. A mulher que já fora suspeita de assassinato percebeu que era uma dádiva. Sem ninguém em busca do responsável pela morte do duque, ninguém decidiria que ela era uma excelente suspeita.

— Simplesmente fingiremos que foi de fato um acidente?

— Por enquanto. Caso outras informações se apresentem, no entanto, tenho o dever de investigá-las.

— "Por enquanto" pode durar para sempre, eu suponho.

— Não vai durar, confie em mim. — Ele caiu no divã e puxou-a para seu colo. — Por enquanto, porém, vou deixar isso de lado. Tenho outras coisas ocupando minha mente e me distraindo das investigações.

— Você vai guardar todas as suas listas, anotações e tudo o mais, eu espero. Apenas para o caso de serem necessárias.

— Apenas se você guardar as suas.

Ela riu, porque os dois sabiam que ela não tinha anotações. Minerva lhe deu um beijinho na ponta do nariz.

— O que o anda distraindo?

— Você. Todo o meu desempenho nessa investigação não correspondeu aos meus próprios padrões por sua causa. Penso em você o tempo todo. Eu a desejo constantemente. Se isso não tivesse acontecido, você nunca teria me superado quando se tratava de saber que Kevin não estava na França, por exemplo.

— É o que você diz. Será que não está me usando como desculpa para resguardar seu orgulho de eu ter me saído melhor do que você?

Ele a beijou, mas sua boca sorriu no meio do processo.

— Possivelmente.

O beijo durou o tempo de um batimento cardíaco.

— É muito tarde para comprar uma carruagem ou encomendar trajes.

— Faremos isso amanhã.

— Isso nos deixa sem muito o que fazer agora. — Ela o beijou novamente. — Como vamos preencher o tempo?

— Com uma conversa necessária.

— Parece sério.

— É, mas espero que não de um jeito ruim. Estive pensando sobre nós, sobre nossas investigações e nossos diferentes métodos. Você não quer uma parceria formal, mas podemos formar uma aliança que não seja formal. Haverá momentos em que você vai querer que um homem fale com alguém, por exemplo.

— Como com outro homem?

— Haverá quem nunca levará suas perguntas a sério e haverá outros que nem as ouvirão. Você sabe que eu estou certo sobre isso.

— Faria isso por mim? Como meu empregado?

— Não estou procurando emprego. Meu pensamento é que dividiríamos qualquer investigação que requeira a participação de nós dois. Consultaríamos um ao outro sobre estratégias e táticas e dividiríamos as tarefas. Será mais eficiente e também duas vezes mais rápido.

— Isso se parece muito com uma parceria, não importa como você a chame.

— Tenho certeza de que haverá investigações em que não serei útil, portanto, você as conduziria por conta própria.

Minerva não conseguia pensar em nenhum tipo de investigação em que ele não fosse pelo menos um pouco útil. A ideia de uma parceria não lhe agradou quando ele a havia proposto antes, mas agora... Tinha certeza de que não era uma proposta atraente apenas porque garantiria que ela o veria com frequência contínua, embora isso tivesse desempenhado um papel em sua reconsideração.

— Parece complicado — disse ela. — Talvez nos próximos dias devêssemos falar sobre se devemos forjar uma aliança mais formal. Se prometer não se tornar o oficial que comanda as tropas, posso concordar.

Ele ficou muito sério. O abraço de Chase ficou mais firme.

— Se as coisas fossem do meu jeito, eu proporia a aliança mais formal possível, Minerva, mesmo sabendo que, com a sua nova situação, você não tem utilidade para isso. Já decidi que você nunca vai concordar, no entanto, e entendo o porquê.

Ele a encarou calorosamente. Com certa melancolia no olhar. Suas emoções se tornaram pungentes.

— Já pensei nisso — revelou ela, baixinho. — Você não foi o único que se distraiu.

— Se eu lhe disser que valorizo você como um tesouro, que a amo a ponto de não só me distrair, mas de enlouquecer, faria diferença? Porque é verdade, querida. Posso jurar o que você quiser, se isso a encorajar a continuar pensando.

A declaração fez as lágrimas brotarem nos olhos dela. Ela cometera um erro terrível uma vez ao se deparar com essa escolha, mas não era mais uma menina, e aquele homem não era um enigma. Não seria um casamento prático ou de que ela precisasse para ter segurança. Seria um casamento por amor, com um homem em que ela já confiava com seu corpo e seu coração.

E ainda assim... aquela velha sombra não tinha desaparecido completamente. Não podia negar que perderia muito se aceitasse. Minerva olhou profundamente nos olhos dele, enquanto sua mente pesava tudo.

— Você juraria nunca bancar o oficial do exército, de forma alguma, comigo ou com os meus?

Ele sorriu.

— Você tem minha palavra de cavalheiro. Se algum dia eu esquecer, tenho certeza de que você me lembrará deste momento.

— Pode ter certeza disso. Também nunca mais quero me preocupar em seguir meu próprio caminho, caso eu precise.

— Parte da sua herança está em um fundo, e não posso tocá-la. Se você vender a sociedade, o dinheiro pode ser adicionado à herança. O marido tem certos direitos sobre as posses de sua esposa, mas não sobre o capital que está sob custódia do fundo. Sanders explicará tudo isso quando você se encontrar com ele, caso decida se casar com alguém. Quanto à renda, nós a declararemos sua para utilizar como desejar em nosso acordo.

— Você me permitiria continuar minhas investigações? Eu realmente gosto delas e não quero parar.

— Estaremos juntos nisso, como em tudo.

Confiava nele para manter a promessa, ou ele tentaria forçá-la a parar se ela se machucasse novamente? Mandá-lo falar com os homens não significava que isso nunca aconteceria. Afinal, mulheres também eram capazes de acertar alguém na cabeça. Ela já provara isso, não provara?

Chase não disse nada para pressioná-la a tomar uma decisão, e teve o bom senso de permanecer calado; era outro aspecto que ela gostava nele. Ele não exigia que ela comunicasse o que estava pensando. Não argumentava contra seus sentimentos.

— Há muito que embasaria essa ideia — iniciou ela. — Posso ficar grávida, por exemplo. Eu preferiria não tomar essa decisão devido a esse acontecimento.

— Esse é um excelente argumento.

— Um que você se esqueceu de fazer.

— Eu tinha certeza de que você já sabia dessa possibilidade.

Ela descansou a cabeça no ombro dele.

— Suponho que terei contato repetidamente com aquela sua família, não importa o que eu faça. Suas tias vão querer me inspecionar, no mínimo, já que acham que eu praticamente roubei delas. Seria útil se você ficasse entre mim e elas, para levar o fogo pesado.

— Prometo proteger você delas. Heroicamente.

— Admito que tenho mais do que um pouco de vontade de ser corajosa de novo — disse ela. — O amor me faz pensar assim. Eu só vejo um problema sério.

— E qual é?

— Não tenho certeza se posso viver com alguém que faz listas o tempo todo.

Ele riu.

— Prometo que você nunca vai me ver escrever uma lista.

— Então me leve para a cama e, enquanto estivermos juntos, peça-me em casamento se quiser, e veremos o que eu direi.

Não muito depois, como um último teste, ela rolou de forma que ele a cobriu com seu corpo pela primeira vez desde que estavam juntos. Minerva esperou que as velhas emoções surgissem, preparada para combatê-las, totalmente ciente de sua vulnerabilidade sob a força e o tamanho de Chase. Descobriu que seu coração estava cheio demais para permitir que qualquer coisa entorpecesse seu amor e sua alegria.

Ela o abraçou perto do coração enquanto ele se movia dentro dela. As palavras de amor entraram na cabeça de Minerva e tocaram sua essência. No auge de seu momento de união, ele parou um instante, heroicamente, e olhou para baixo com amor e paixão nos olhos.

— Você me daria a honra de ser minha esposa, Minerva?

É claro, meu amor.

— Sim.

Continua em:

HEIRESS IN RED SILK

Madeline Hunter

Entre em nosso site e viaje no nosso mundo literário.
Lá você vai encontrar todos os nossos
títulos, autores, lançamentos e novidades.
Acesse www.editoracharme.com.br

Você pode adquirir os nossos livros na loja virtual:
loja.editoracharme.com.br

Além do site, você pode nos encontrar em nossas redes sociais.

  https://www.facebook.com/editoracharme

  https://twitter.com/editoracharme

  http://instagram.com/editoracharme